ANDREAS SCHRÖFL

Brauerehre

EXTRA EINGEBRAUT Alfred Sanktjohanser, genannt der »Sanktus«, Bierbrauer und Ex-Polizist, kommt nach Jahren im Ausland in sein geliebtes München zurück. Die Freude der Heimkehr endet jäh, als er erfährt, dass sein Freund Matthias Kellerer in einem kochenden Sud des Münchner »Sternbräus« zu Tode kam. Seine ehemaligen Kollegen, alle Bierbrauer beim »Sternbräu«, überzeugen den »Sanktus«, wieder in der Brauerei zu arbeiten und als Ex-Polizist inkognito mit ihnen zu ermitteln. Katharina, die Tochter des Brauereidirektors und Sanktus' Jugendliebe stößt hinzu. Die Ermittlungen führen sie mitten ins Herz der Münchner Brauereien, über das Oktoberfest und internationale Bierkonsortien bis zu mysteriösen Geheimbünden. Zahlreiche Geschichten über das Bier und das Münchner Lebensgefühl erwarten Sie. Eine spannende, interessante und humorvolle Jagd nach dem Mörder nimmt ihren Lauf …

© Max Werkmeister, Freising

Andreas Schröfl, 1975 in München geboren und aufgewachsen, erlernte das Handwerk des Brauers und Mälzers in einer Münchner Großbrauerei. Anschließend studierte er an der Universität Weihenstephan und arbeitete fünf Jahre als Braumeister in einer bayerischen Brauerei. Andreas Schröfl lebt mit seiner Familie in einem Dorf am Rande der Hallertau. Die Sanktus-Bier- und München-Krimis vereinigen seine Liebe zum Beruf, die Verbundenheit mit München und der bayerischen Tradition sowie seine langjährige Leidenschaft für Kriminalromane.

ANDREAS SCHRÖFL

Brauerehre

DER »SANKTUS« MUSS ERMITTELN

GMEINER

Personen und Handlung sind frei erfunden.
Ähnlichkeiten mit lebenden oder toten Personen
sind rein zufällig und nicht beabsichtigt.

Immer informiert

Spannung pur – mit unserem Newsletter informieren wir Sie
regelmäßig über Wissenswertes aus unserer Bücherwelt.

Gefällt mir!

Facebook: @Gmeiner.Verlag
Instagram: @gmeinerverlag
Twitter: @GmeinerVerlag

Besuchen Sie uns im Internet:
www.gmeiner-verlag.de

© 2015 – Gmeiner-Verlag GmbH
Im Ehnried 5, 88605 Meßkirch
Telefon 0 75 75 / 20 95 - 0
info@gmeiner-verlag.de
Alle Rechte vorbehalten
1. Neuausgabe 2023

Lektorat: Claudia Senghaas, Kirchardt
Herstellung: Mirjam Hecht
Umschlaggestaltung: U.O.R.G. Lutz Eberle, Stuttgart
unter Verwendung eines Fotos von: © André Bergmann /
stock.adobe.com
Druck: CPI books GmbH, Leck
Printed in Germany
ISBN 978-3-8392-0457-3

Für Petra, Quirin und Korbinian

»Item die Bierbräuer und andre sollen auch nichts zum Bier gebrauchen denn allein Malz, Hopfen und Wasser, noch dieselben Bräuer und auch die Bierschenken nichts anderes in das Bier thun, bei Vermeidung von Strafe an Leib und Gut.«

Biersatzordnung Herzog Georgs des Reichen von Baiern-Landshut um 1493

PROLOG IN SCHRIFTDEUTSCH

Die Situation machte ihn verrückt. Er musste reagieren. Und zwar bald. Er war es nicht gewohnt, unter solch einem unerträglichen Druck zu stehen. Er war bisher immer auf der Seite der Sieger gestanden. Bis vor Kurzem jedenfalls. Eines war ihm klar. Jemand wollte ihn vernichten, ihn ausradieren.

Er musste handeln. Die Hitze im Raum schien ihn verglühen zu wollen. Er war bis auf die Unterwäsche durchgeschwitzt. Schweißperlen liefen ihm in seine Augen. Sein Atem ging schwer. Er wollte endlich wieder einen klaren Gedanken fassen können. Dazu musste er sein Problem möglichst schnell beseitigen, bevor es das mit ihm tat.

*

Endlich hatte er sich aufgerafft zu handeln. Am Morgen hatte er in der Mariahilfkirche eine Kerze gestiftet und um göttlichen Beistand gebetet.

Langsam und bedächtig stieg er jetzt die Treppe in den Keller der Brauerei hinab. Seit sein Plan gereift war, hatte das verdammte Schwitzen aufgehört. Seine Sinne waren wieder klar. Es würde nicht mehr lange dauern und er würde wieder frei sein. Es durfte nur nichts schiefgehen. Das Scheitern seines Plans schien ihm jetzt nahezu unmöglich. Er war wieder der Alte, fest auf dem Erdboden zurück.

Nun sog er genüsslich den Geruch der Gärungskohlensäure des lagernden Biers ein. Die angenehme Kühle unter der Erdoberfläche und die Stille hatten eine beruhigende Wirkung auf ihn. Das Ziel war nahe.

Von einem verborgenen Winkel aus beobachtete er, wie der Bierbrauer den nächsten zylindrischen, liegenden Tank zur Befüllung vorbereitete und dabei in dessen Inneres sah. Der befreiende Moment war nun gekommen. Ein kurzer, effektiver Schlag mit einem der Hakenschlüssel, die überall im Lagerkeller zum Festziehen der Schlauchverbindungen hingen, und der Brauer sackte in sich zusammen. Mit äußerster Kraftanstrengung hievte er sein Opfer durch das Mannloch in den Lagertank und verschloss diesen. In Kürze würde das Bier den Tank füllen und seine Probleme für immer lösen.

*

Einige Wochen später

Der Schweiß und die Verwirrung waren zurückgekehrt. Es schien schier unmöglich zu sein. Er hatte es zu Anfang zwar befürchtet, dann aber verdrängt. Es handelte sich um eine Gruppe von Gegnern. Seine Probleme waren mit einem Mal wieder präsent. Er musste erneut tätig werden. Er würde nicht untergehen. Nicht jetzt. Der Plan war bereits geschmiedet.

*

Die Septembernacht war angenehm lau. Sein Schatten huschte im Schutz der Mauern über den spärlich beleuchteten Brauereihof. Er musste einen ganz bestimmten Moment abpassen, um seinen Plan verwirklichen zu können. Hoffentlich war er nicht zu spät, sonst würde alles fehlschlagen. Er hatte sich seinen Schleichweg zurechtgelegt.

Durch eine Hintertür gelangte er ins Sudhaus, da er vom Biersieder nicht gesehen werden durfte. Dies sollte kein Problem sein, weil der Angestellte in der Nachtschicht sicherlich niemanden erwarten und daher nicht besonders achtsam sein würde. Die Hitze des Sudhauses ließ ihn sofort ins Schwitzen geraten, doch er spürte den Schweiß nicht mehr. Er konzentrierte sich ganz auf seinen Plan. Ein kurzer Blick durch das Sichtfenster des Mannlochs in die kupferne Würzepfanne sagte ihm, dass es bald an der Zeit sein würde. Der Sud brodelte noch.

Von seinem Versteck aus konnte er die gläserne Schaltwarte beobachten. Der Biersieder saß vor seinen Bildschirmen und verfolgte den Sudverlauf. Eine gelbe Warnlampe begann zu blinken. Es war so weit.

Als ob der Biersieder seine Anwesenheit spürte, blickte sich dieser im ganzen Sudhaus um, umrundete alle kupfernen Kessel, spähte hinter alle Geräte. War er entdeckt worden? Hatte der Brauereiarbeiter zuvor doch seinen Schatten oder sein Abbild an den verspiegelten Wänden bemerkt? In seinem Versteck war er jedoch sicher. Es dauerte einige Zeit, bis sich der Biersieder beruhigt der Würzepfanne näherte, eine Probe der Bierwürze aus einem Hahn nahm, diese bearbeitete und dann die Würzepfanne öffnete, um die Füllmenge mittels einer Messlatte zu bestimmen.

Es war nicht schwer, den Biersieder durch die Öffnung in die einhundert Grad heiße Würze zu befördern, da das Überraschungsmoment auf seiner Seite war. Er schloss die Pfanne und begab sich siegessicher zur Schaltwarte. Nach einigen gekonnten Griffen begann der Sud erneut zu kochen. Hoffentlich war es jetzt vorbei.

Er musste duschen.

MONOLOG IM VOLKSMUND

Endlich ist einmal ein richtiger Mord passiert, da sagst du »Sie«! Kurz vor dem Oktoberfest! »Ned wieder so ein Allerwelts-Gemetzel!«, hat da der Münchner frohlockt. Also nicht *so* ein Mord, der niemanden mehr hinter dem Ofen hervorlockt, also Medien-Überdröhnung, verstehst? Tod den Gemeinplätzen! Individualität großgeschrieben. Wenn du ganz ehrlich bist, Vergewaltigung mit Todesfolge tangiert dich inzwischen eher peripher, Überfall mit zahlreichen Leichen höchstens leichte Empörung. Da muss schon irgendein Extrem-Attentat passieren, damit du beeindruckt bist – oder es muss halt mal was ganz was Neues sein!

Das gestrige Ereignis hat da schon eher mit einem *Tatort* konkurrieren können, also großes Fernsehen und daher schon einmal mordsinteressant. Fairerweise musst du zugeben, dass das Spektakel nicht an Medienwirksamkeit entbehrt hat, weil einen Mord in einer Münchner Brauerei kurz vor der Wiesn, den hat's halt bisher einfach doch noch nicht gegeben, gell. Jetzt magst du sagen, während des Oktoberfests neunzehnhundertachtzig hat's schon mal ganz schön gerumst und Tote waren auch genug dabei. Alles richtig! Wird dir kein Mensch widersprechen, aber da sind die Leute nicht einfach im Sudkessel ausgekocht worden wie gestern der Biersieder beim Sternbräu in der Landsberger Straße.

Das hat dem Durchschnittsmünchner dann doch eher zugesetzt, dass solche Rituale in den geheiligten Bierhallen der Weltstadt mit Herz zelebriert wurden. Es hat eindeutig des Bajuwaren Bierehre angegriffen und die ist riesig, zumindest rein theoretisch! Praktisch, eher verkümmert, wenn du den rückläufigen Bierabsatz anschaust, weil Methode »Vornehm und Feudal« – also Gläschen Prosecco – »Prösterchen und cin cin!« oder der gemeine Wein-Totschmatzer, also Wein-Totschwätzer beziehungsweise Bouquet-Heraufbeschwörer ganz vorn. Also auch furchtbar IN – sogar auf der Wiesn. Insgesamt Bier eher für den Pöbel, also rückläufig.

Keiner der renommierten Bayern in Stadt und Land und auch -tag möchte das gerne hören, geschweige denn zugeben, und daher hat man sich in diesen Volksfesttagen auf das traditionelle Münchner Bier und das größte Volksfest der Welt konzentriert, also Reinkultur für zwei Wochen in Trachtenanzug und Landhausverkleidung. Anschließend wieder »cin cin« und »bla, bla«.

Wiesn sowieso Droge pur. Kannst du mit Rauchen und hartem Zeugs vergleichen. Jedes Jahr sagst du wieder, heuer bleibst du daheim – sprich guter Vorsatz an Silvester – weil Trubel zu groß, Massenansturm zu beengend, Kommerz zu erdrückend, Alkoholkonsum zu dominant, Individuen zu kaputt, inzwischen sogar Terrorgefahr! Aber kaum ist's so weit, schaust du boykottierenderweise das Anzapfen im Fernsehen an, glaubst du schon, der Geruch von gebrannten Mandeln, Hendln und so weiter kommt direkt aus dem Lautsprecher zu dir ins Wohnzimmer reingeschwirrt. Klassische Konditionierung Anfänger – also raus auf die Wiesn! Kannst du noch so krank oder sonst wie verhindert sein. Für den Münchner selbstverständlich Pflicht und Tradition.

Heute Familien-Wiesn »gemütlich wie vor fünfzig Jahren« großes Schlagwort, Wiesn live krasses Gegenteil, aber Gaudi trotzdem inbegriffen. Dabeisein ist alles.

Heuer war's wegen dem Mord auch fast ein bisserl komisch und nicht ganz geheuer. Eher ungeheuer.

Ungeheuer! Ungeheuer? Ungeheure Sauerei! Das Blut des Münchners war auf jeden Fall in Wallung, musst du wissen, und der Schuldige für diese Mordsfreveltat hat definitiv gefunden werden müssen. Soviel war klar! Weil mir san »mir«, schreiben uns »uns« und so was hat's noch nie ned geben in dieser unseren bayerischen Landeshauptstadt mit Herz, GELL! Herrschaftszeiten! Ist doch wahr! Oder? Wo kammad ma denn da hin? Zefix, zefix und no a moi zefix!

MITTWOCH (IRGENDWANN IM SEPTEMBER 2008)

N: Prost, Herr Gschwendtner! Heut a bisserl spät dran.

G: Prost, Herr Nussrainer. Ja, ist doch wahr! Wenn man sich in der Früh beim Zeitunglesen schon wieder grün und blau ärgern muss, ned wahr. Weit ist's gekommen mit unserem Bayernland und unserem weltbekannten Bier – und unserem München. Ich weiß ja nicht, ob's stimmt, was sie schreiben. Wenn's stimmt ... schämen muss man sich ... aber scheinbar hat einer heute Nacht beim Sternbräu einen Bierbrauer im Sud mitgekocht. Das ist doch keine Art und Manier.

N: Gehen S', wer schreibt denn so was? Das gibt's ja gar ned. So eine Brauerei ist doch bei uns fast was Heiliges, quasi sakrosankt. Das ist ja unerhört. Naa, naa, das kann ich mir beim besten Willen nicht vorstellen. Wer soll denn so was machen? Ist das überhaupt reinheitsgebotskonform? Hopfen, Malz, Wasser und Hefe. Das ist alles, was ins Bier rein darf. Da kommen keine Leute als Zutat vor, gell. Wer weiß, was man sich von so einem Bier holen kann. Pfui Teufel! Wahnsinn!

G: Also, Herr Nussrainer! Sie haben aber einen schwarzen Humor. Da ist einem ja gleich unheimlich zumute. Aber ein bodenloser Frevel wär das schon. Was meinen Sie?

N: Zumindest wär's einmal was anderes, ned wahr. Der herkömmliche Mord und Totschlag ist zuweilen wirklich ein bisserl ermüdend. Hat man ja heute alle Tage. Na, ja. Schaun wir mal, was morgen in der Zeitung steht. Vielleicht entpuppt es sich ja doch noch als Ente. Also, ich kann's mir beim besten Willen nicht vorstellen, dass jemand das gute bayerische Bier so versauen tät. Nicht einmal ein Norddeutscher …

G: Ihr Wort in Gottes Ohr! Hoffen wir das Beste. Wahrscheinlich ist's wirklich nur ein Schmarrn. Prost, Herr Nussrainer!

N: Prost, also die Halbe hier ist noch in Ordnung. Prost, Herr Gschwendtner!

G: Meinen Sie, dass das eine Maß von dem Bier ist, wo sie den drin gekocht haben?

N: Keine Ahnung. Schmecken Sie einen Unterschied?

G: Mir kommt's heut a bisserl würziger vor!

N: Möchte gar ned wissen, woher die Würze kommt. Also runter damit, Herr Gschwendtner!

G: Prost, Herr Nussrainer.

*

Wunderbar! Super! Von wegen goldener Herbst. Kalte Polarluft aus dem Norden und Regen von weiß Gott woher, weil sonst wär's ja langweilig. Ein Traum in Grau. Bei dieser Witterung war die Stimmung des Sanktjohansers praktisch wieder einmal ganz unten. Und um dessen Stimmung runterzuziehen, hat's sowieso nicht allzu viel gebraucht, Grantler halt.

Kennst du das Gefühl: Du wachst in der Früh auf und es ist dunkler als sonst und dir kommt schon das pure

Grausen? Kaum bist du ein bisserl klar im Kopf, hörst du schon die Tropfen auf die Dächer prasseln und dein einziger Gedanke: Ein Scheißtag wird's! Bloß nicht raus, weil Weltuntergangsstimmung angesagt. Du verfluchst deinen Job und träumst von einem Privatiersdasein in der Toskana, auf Mallorca oder in Malibu, wo du in solch einem Fall auf das Wetter pfeifen und dich erst einmal umdrehen und ausschlafen würdest. Dienstbeflissen schleppst du dich ins Bad und kümmerst dich um die heruntergekommene Person im Spiegel. Kaum stehst du vor der Tür, ist kompletter Wolkenbruch auf dem Programm und du kurz vor dem Amoklauf. Da braucht nur noch ein unliebsamer Mitbürger auf den Plan zu treten und die Katastrophe ist perfekt.

Und das ist dem Sanktjohanser in letzter Zeit auffallend oft passiert.

Und so war es nur zu logisch, dass ihn um sieben Uhr auf seinem Weg zu seinem x-ten Nebenjob bei Tempo achtzig in der Stadt ein neuer grün-silberner Polizeiwagen mit der Aufschrift »BITTE ANHALTEN« überholt hat.

Den Sanktjohanser hat das natürlich nicht mehr erschüttern können, weil er ja gewusst hat, dass mit dem heutigen Tag kein Blumentopf zu gewinnen war. Er ist also rechts rangefahren und hat der Dinge geharrt, die da kamen. Der Polizeiwagen hat mit quietschenden Reifen vor ihm gestoppt, dass du geglaubt hast, die wollen die Straße mit dem Reifengummi panieren. Martinshorn am Plärren und Blaulicht jetzt furchtbar am Rotieren, weil »Obacht!« – wichtige Amtshandlung. Die zwei Polizisten, ein bärtiger, untersetzter in die Jahre gekommener und ein käsiger, aufgequollener, haben den Wagenschlag geöffnet und sind praktisch aus ihrem Gefährt geschwebt. Zeitlupe jetzt nix dagegen. Spiegelbrillen Marke neunzehnhundertachtzig, dazu das unvermeidbare langsame Aufziehen und Zurechtrücken der Polizistenmütze. Der Sanktjohanser hat ein leises »Spiel mir das Lied vom Tod« in seinem Kopf hören können und so wie es ausgeschaut hat, die Herren in Grün auch. Aber natürlich nur, weil Martinshorn inzwischen aus.

Die Beamten haben sich jetzt langsamen Schrittes, auf und ab wippend – immer noch in Zeitlupentempo – genähert. Der Erste der beiden hat dezent ans Autofenster geklopft und den Sanktjohanser einige Zeit mit einem breiten Grinsen beobachtet. Plötzlich abruptes Ende der Musik.

»Servus, Sanktus.« Grinsen. Spiegelbrille mit gekonnter Lässigkeit aus dem Gesicht.

»Lang nicht mehr gsehn. Pressiert's? Hast vielleicht einen Spezialeinsatz?«

Der Sanktjohanser wäre am liebsten im Boden versunken. Kaum in München zurück, und schon den Burgmaier Charlie am Hals. Der Charlie und er waren nämlich alte Exkollegen, musst du wissen.

Eigentlich war der Sanktjohanser Bierbrauer. Jetzt wirst du sagen: Bierbrauer? Ist das ein Beruf? Braumeister, das kennt man in München: Ja, aber das muss man doch studieren? Wie du siehst, ist der Münchner in Bezug auf seinen Gerstensaft schon ziemlich pingelig, besonders wenn er auf einer abendlichen Party ein norddeutsches Bier oder gar ein ausländisches Biermixgetränk in der Hand hat. Den Beruf des Brauers und Mälzers, mit »Ä« vom Malz, kann man tatsächlich erlernen. Und das hat der Sanktjohanser als Liebhaber des flüssigen Brotes selbstredend verwirklicht. Nach der Lehre beim Münchner Sternbräu Studium in Weihenstephan. Man sagt zwar, Gegensätze ziehen sich an, doch beim Sanktus war das anders. Die Uni und er waren ständig weit auseinander, was ja allein schon zeitlich bedingt war. Uni unter Tags. Sanktus nachts in der Wohnheimbar. Und so hat's nicht lange gedauert, bis er das Handtuch geworfen hat und zu neuen Ufern aufgebrochen ist.

Der Sanktus war seit seiner Kindheit ständig auf der Suche nach neuen Ufern. Er ist nie der Typ gewesen, der sich lange auf eine spezielle Sache hat konzentrieren können. Jetzt darfst du aber nicht glauben, dass er hinter dem ewig Neuen her war. Nein, ganz im Gegenteil. Der Sanktus war auf der Suche nach dem Geist der Siebziger- und frühen Achtzigerjahre in München. Die Zeit seiner Kindheit, in der das Leben noch unkompliziert war. Die Zeit, in der die Münchner Brauereien ihren Höhepunkt erlebt haben. Die Zeit, in der die Autos noch richtige Farben und Formen gehabt haben. Die Zeit der Käfer, die Geburtsstunde des Golfs. Skifahren hatte vier Farben: weiß, rot, blau und schwarz – aus! Mehr hat's nicht gegeben. Die Zeit der Kultmusik, seien 's deutsche Schlager, ABBA, Elvis, Beatles, Stones, neue deutsche Welle, Fredl Fesl et cetera, et cetera. Und schließlich die Zeit, die du in den bayerischen Kultserien erlebst. »Ois Chicago!«, verstehst? Nicht, dass du meinst, der Sanktus hat in dieser Zeit gelebt, sprich schizophren. Nein! Er war einfach der Meinung, dass das Leben ruhiger und gemütlicher ablaufen würde, wenn noch ein wenig Bewusstsein dieser Tage im Münchner wäre. Das Ganze hat beim Sanktus zu einem ständigen inneren Konflikt geführt, da seine Suche bisher ergebnislos geblieben ist und die Moderne und die heutige »Münchner Mentalität« oft schwer an ihm gezehrt haben. Trotz all seiner Verehrung der bayerischen Landeshauptstadt.

Nach dem abgebrochenen Studium hat's den Sanktus zur Münchner Polizei gezogen, wo er geglaubt hatte, als Münchner in München unter Münchnern seine Erfüllung zu finden. Studium der Bevölkerung. Streife auf dem Viktualienmarkt, Gespräche mit den Marktfrauen, Einsatz in Schwabing und Haidhausen. »Polizeiinspektion 1, Sanktjohanser – Apparat Moosgruber. Was? Ein Nackerter auf der Isarbrücke? Logisch, wir kommen!« Die Realität dann eher Drogenrazzia im Kunstpark Ost, verprügelte Nutten und Frauen in Neuperlach, Schlägereien auf dem Oktoberfest und Aufnahmen von Verkehrsunfällen, bei denen sich früher niemand getraut hätte, die Polizei zu rufen auch nur in Erwägung zu ziehen.

Nach einiger Zeit verblasst das Negative der Vergangenheit und das Positive steht klar und deutlich im Vordergrund. Also zurück in die Rolle des Brauers, aber wohin? In München bleiben? Vielleicht auswandern? Auswandern! Freilich, aber wohin? Der Bayer hat ein Problem. Er glaubt, dass es bei ihm daheim am schönsten ist, was der nicht abreißende Zuwandererstrom belegen würde. Und woanders will er daher nicht so richtig hin. Guter Rat jetzt teuer. Weit weg, aber sein muss es wie daheim. Also, was tun?

Da gibt's nur eins – Namibia! Kaum fliegst du zehn Stunden nach Windhuk runter, fühlst du dich wie im schönen Heimatland trotz Hitze und Wüste. Du gehst ins Kaufhaus, bestellst hundert Gramm feine Kalbsleberstreichwurst, fragt dich die Dame hinter der Theke auf Deutsch: »Darf's ein bisschen mehr sein?« Das war der Moment, in dem es dem Sanktus wohlig warm ums Herz geworden ist und er gewusst hat, dass er hier richtig war. Weit weg und doch ein bisserl wie daheim.

So hat der Sanktus einige Jahre als Brauer in der »Namibian Brewery« in Windhuk verweilt – Iscorstraße, für den, der sich auskennt.

Vom Geist her gesehen war der Sanktus in Windhuk richtig aufgehoben. Das war ihm klar. Das Leben war durch eine Ausgeglichenheit und Ruhe geprägt, die du in Deutschland so vermisst. Die Leute waren freundlich, familiär, haben zusammengehalten und bei jeder Gelegenheit mit viel Bier gefeiert.

Die Landschaft ein Traum. Der Sanktus hat viel Zeit in der Wüste des Sossusvlei und im Dickicht der Etosha-Pfanne verbracht, wegen dem Spirituellen, weißt du. Unendliche Freiheit – aber halt nur Freiheit, nicht Heimat. Der Geist war da, aber die Münchner waren rar. Einen Schritt näher am Ziel, hat der Sanktus seine Zelte abgebrochen und ist zurück ins Isar-Athen.

Jetzt war er wieder in München und dass einer der Ersten, dem er über den Weg gelaufen ist, der Burgmaier Charlie war, hat ihm immens gestunken.

»Servus, Karl.« Grinsen. Der Charlie hat es gar nicht mögen, wenn man ihn mit Karl oder gar Karlheinz angeredet hat, wie er eigentlich hieß, wegen international und furchtbar amerikanisch, musst du wissen. München – Manhattan, Kolbermoor – Memphis und so weiter. »Immer noch dabei?«

»Logisch, und du?« Sofort Gegenfrage, quasi aus dem Schneider.

»Bin grad aus Afrika retour. Akklimatisieren, verstehst?«

»Fahrt man da auch so wie eine gesengte Sau, da in Afrika?« Frage vom Charlie. Dem Sanktus war klar, dass der Charlie rein auf Provokation aus war. Leider hat er aber auch gemerkt, dass es bei ihm bereits innerlich zum Brodeln angefangen hat.

»Weißt, Charlie, in Namibia interessiert das niemand. Da gibt's keine solchen kleinkarierten Heubodenwichser, wie dich.«

»So? Warum bist denn dann eigentlich ned dort geblieben, ha? Und Beamtenbeleidigung haben wir auch schon, gell. Lenz, bitte notieren.«

»Logisch«, ist es den Sanktus durchfahren, der Hofer Lenz, der persönliche Depp vom Burgmaier. Natürlich auch mit von der Partie.

»Sanktus, jetzt sag ich dir einmal was. Das kann ja sein, dass du mit uns nix mehr am Hut hast, Herr Weltenbummler, aber München is ned Win-Duk oder wie des Kaff da drunten heißen mag, aber hier schaffen immer noch ich und der Lenz an und du bist jetzt der Zuagroaste. Also führ dich dementsprechend auf und gib Ruhe! Sonst kracht's wieder wie seinerzeit. Ich würd sagen, wir haben dich jetzt ned gsehn und du darfst ausnahmsweis weiterfahren, weil heut haben wir unseren Großzügigen, gell Lenz. Wir verstehen uns, oder?« Sprach's, hat seine Spiegelbrille wieder aufgesetzt, mit dem Finger die Mütze hochgeschoben und dann den Gürtel hochgezogen – Wyatt Earp in Tombstone praktisch Depp dagegen. Dann wollte er sich gerade zum Gehen umdrehen, da ist dem Sanktus ein »Volldepp, leck mich doch!« entfahren. U-turn Charlie.

»Mei, Sanktus! Immer noch so vorlaut wie früher, gell. Du könntest mal ein bisserl mehr Achtung vor der arbeitenden Bevölkerung zeigen. Ich kann mir kaum vorstellen, dass du zur Zeit einer geregelten Arbeit nachgehst, stimmt's oder hab ich recht, Freunderl? Wohnst bei deiner Schwester, oder? Is auch ihr Auto?«

»Charlie. Du bist und bleibst ein reinrassiges Arschloch, hast mich? Und deine dummen Sprüche kannst dir sonst wo hinstecken. Und dein Freunderl bin ich schon gleich gar ned. Da werd ich eher Eremit und jetzt geh mir aus dem Licht und lass mich weiterfahren.«

»Was hast gsagt? Willst mich ärgern. Jetzt hör mal genau zu, Mister seven-clever, siebengescheit, falls du Englisch verstehst.«

»Again what learned. Danke«, ist es dem Sanktus entfahren.

»Ich sag dir jetzt amal was, apropos Freunderl«, hat der Charlie weitergemacht. »Du hast doch beim Sternbräu deine Lehr gmacht. Und da kennst du doch bestimmt noch deinen Gesellen, den Kellerer Hias, den alten Biersieder. Kennst'n scho no, oder? Deinen besten Brauereispezl? Meiner Meinung nach ein verkommenes Subjekt. Stell dir einmal vor, was passiert ist: Den ham s' gestern Nacht in einem Sud dunklem Weißbier ausgekocht. Wahnsinn, ha? Jetzt hat's dir die Sprache verschlagen, gell. Immer noch so vorlaut?« – Pause – »Servus Sanktus! Und einen recht schönen Gruß an deine Schwester.«

Ende Szene. Abgang Polizei. Sanktus eher begossener Pudel.

Alle Flüche und Schimpfwörter, die er jetzt auf der Zunge gehabt hätte, hat er jetzt nicht mehr rausgebracht.

Normalerweise ist ihm der fruchtig frische Bananengeruch des Weißbierschaums von der Nase durchs Gehirn und von dort aus in alle Glieder gefahren, wo er sich als allumfassendes Wohlbefinden breitgemacht hat, praktisch Wellness-Explosion. Kein Wunder wenn du nach langer Zeit wieder nach Bayern heimkommst. Gerade aus Afrika, wo das Weißbier bis heute noch keinen Einzug gefunden hat. Das hat einen ganz einfachen Grund. Bier wird auf diesem Kontinent oft lange durch die Hitze der Wüste gefahren und dadurch schlecht, also Trübung, sprich Weißbier leider Pech gehabt, weil undurchsichtig. Übrigens fast gleiches Phänomen in den alten Bundesländern, obwohl nicht so warm. Über solche Themen hat der Sanktus stundenlang fachsimpeln und philosophieren können, und das vor versammelter Mannschaft. Prediger in der Kaufinger Straße vor dem Hettlage Anfänger. Speakers' Corner in London eher adäquat. Zuhörerschaft natürlich stets totales Desinteresse. Sanktus anschließend beleidigt.

Doch all diese Eindrücke waren bei ihm heute nicht vorhanden, was mit seiner psychischen Konstitution und vor allem mit seinem Rausch, den er wie der Münchner zu sagen pflegt, im Gsicht gehabt hat, zusammengehangen hat. Es war wieder einmal so weit. Innerer Konflikt jetzt Schlagwort. Die Worte des Burgmaier Charlie haben noch immer wie das Zwölf-Uhr-Läuten des Alten Peters in seinen Ohren geklungen. Also so, wie wenn du beim Läuten direkt auf dem Glockenturm stehst. Der Kellerer tot? Eigentlich war er nach München zurückgekehrt, um Ruhe zu finden. Er wollte sehen, ob er seine Erfahrungen und Erlebnisse aus Namibia nicht doch noch auf München transferieren könnte oder gar irgendwo Parallelen finden würde.

Der Hias war für ihn so etwas wie ein Onkel, Vaterfigur und Vorbild gewesen, nachdem der Sanktus seinen eigenen Erzeuger niemals zu Gesicht bekommen hatte. Während seiner Lehrzeit hatte sich der Kellerer besonders um ihn angenommen, also Spezialverhältnis, eher nicht so leicht zu beschreiben. Ihre Freundschaft hat auch noch weiterbestanden, als der Sanktus seinen Ausflug ins Studenten-

und Polizistendasein praktiziert hatte. Sogar Besuch vom Hias in Namibia. Anschließend noch mehrere Visiten, da der Kellerer schnell erkannt hat, dass es sich bei Namibia um das gelobte Land des Brauers handelt. Es gibt in Namibia keine Feier ohne ein Fass Bier. Bier ist im Gegensatz zu Wein das Getränk Nummer eins, was du natürlich keinem Deutschen sagen brauchst, weil er dir eh nicht glaubt. Die Geschichte geht so weit, dass der Sanktus und der Kellerer in Südafrika einmal einen schwarzen Winzer kennengelernt haben, der zugegeben hat, dass seine Familie eher brüskiert sei, dass er etwas mit Wein zu tun habe. Das Getränk der Afrikaner sei weiterhin das Bier, musst du wissen, auch wenn alle den Wein weiter hochloben würden. Eins zu null, Brauer gegen Winzer. Nationalgetränk Rotwein praktisch direkt verloren.

»Fredl, musst du saufen wie ein Wasserbüffel?«, hat die Ramona, ihres Zeichens hübsche Blondine und Bedienung in Sanktus' Stammkneipe in der Haidhausener Kirchenstraße zum dritten Mal gefragt. »Bist wieder mit dir selber am Hadern. Was ist denn los mit dir?«

»Lass mir meine Ruh! Zieh ab und nerv mich ned«, hat der Sanktus geschimpft. »Erstens nennst mich ned immer Fredl, sonst wird's mir schlecht …«

Hadern hoch zwei. Der Sanktus hieß mit wirklichem Namen Alfred Sanktjohanser, musst du wissen. Seine Mutter, seinerzeit Fan von Schnulzenmatrose Freddie Quinn, wollte partout einen kleinen Freddie ihr Eigen nennen und so wurde es ein Alfred. Der Sanktus hat diesen Namen schon immer gehasst und war daher über seinen Spitznamen mehr als dankbar.

»… und zweitens muss ich so saufen, weil's sein muss.«

Sprach's, hat das Weißbier in einem Zug runtergekippt und das nächste bestellt. Ab und zu musst du einen vernebelten Kopf haben, um klar denken zu können. Der Rausch lässt dich die unwichtigen Sachen vergessen und nur das Essentielle stellt sich klar in den Vordergrund, quasi heiliger Gral über König Artus. Pech, wenn du so besoffen bist, dass du deine Erkenntnisse am nächsten Tag vergessen hast und gleich wieder zum Saufen anfangen musst.

Als er nun wortlos und etwas schief in den Schaum des nächsten Weißbierglases vor sich gestarrt hat, praktisch nur *ein* Gedanke. Was hatte der Burgmaier mit seiner Aussage gemeint und war dem Kellerer wirklich was passiert? Und wenn ja – was? Immer wieder WAS!

Warum hatten sie ihn im Weißbiersud gekocht – im dunklen? Dem Kellerer war nichts mehr verhasst als dunkles Weißbier.

Sanktus jetzt das Sudhaus des Sternbräus vor Augen – daher Schlussfolgerung: Unfall mit einer Person in der kochenden Bierwürze nahezu unmöglich.

Telefonisch hat er weder den Hias noch einige seiner früheren Kollegen erreichen können und das hat ihn fast in den Wahnsinn getrieben.

Der Schaum im Glas war jetzt fast verschwunden. Also ansetzen und leer trinken. Ein Zug, Ehrensache. Bier zum Mund rein, Kohlensäure zur Nase raus, anschließend inbrünstig aufgestoßen, gezahlt und begleitet von einem Unverständnis demonstrierenden Kopfschütteln der Kellnerin hinaus aus der Kneipe, hinein in die Mittagssonne, weil jetzt Regenwetter Gott sei Dank vorbei.

Explosion der Reize im vernebelten Gehirn – grelle Blitze schlagen in das Nervensystem ein – Schmerz durchfährt die Augen – die heiße Luft brennt in den vom Kneipenmief konservierten Lungen. Bitte lassts mich einfach sterben. Nichts Wilderes, als mit Suff und angehendem Kater in die Mittagshitze und blendende Sonne. Hell, heller, viel zu hell. Und alle Leute so gut gelaunt. Viel zu gut gelaunt. Plan A: Schnell heim in die dunkle Kühle und den Rausch ausschlafen. Glücklicherweise nicht weit. Jetzt nur noch zehn Minuten.

Der Sanktus hat nun geschaut, dass er so schnell wie es ging mit möglichst wenig Energieaufwand in die Altbauwohnung seiner Schwester am Johannisplatz gelangt ist. Beim Aufsperren der Haustür hat er die vorbeiirrenden Leute beobachtet. Ein Banker-Pärchen, beide in rosa Hemden mit rosa Krawatten, hat sich gerade über die Performance von Anlagen, über den Return of Investment und andere für den Sanktus unklare Konstrukte unterhalten. Der Sanktus hat überlegt, ob seine Performance heute noch für etwas zu gebrauchen war und wollte sich den Return of Investment über der Kloschüssel lieber nicht bildhaft vorstellen. Auf einmal hat er so furchtbar zum Lachen anfangen müssen, dass er einen Schluckauf bekommen hat. Der Sanktus jetzt froh, dass er das Lachen noch nicht verlernt gehabt hat.

»Fredi, wie schaust denn du aus?«, hat seine Schwester, die Anna, eine schlanke Brünette, angefangen als sie den Sanktus in der Tür stehen hat sehen. »Wie kann man denn am Mittag schon so einen Nikolaus im Gsicht haben? Das kann doch wohl ned sein. Schämst dich denn gar ned? Jetzt mach ich dir erst einmal ein Supperl und dann krieg ich dich schon wieder auf Vordermann.«

»Bitte lass … meine Ruh. Muss schlafen. Erzähl dir alles

später...«, hat der Sanktus gelallt und sich an seiner strafend blickenden Schwester vorbeigedrängelt.

In seinem Zimmer waren die Rollos vorsorglich unten, quasi Oase der Dunkelheit und Ruhe. Kaum drin, hat er sich aufs Kanapee fallen lassen und ist sofort mit lautem Schnarchen eingeschlafen

Ein Hoch auf den Weißbier-Suff, musst du zugeben, oder?

Wenn du jetzt so auf München schaust, kommt's jetzt ganz darauf an wie oder von wo du schaust. Schaust du direkt drauf, also landkartentechnisch, siehst du, dass München gar nicht so groß ist, wie man meint oder es sich selbst gibt. Schaust du eher so herunter, also vom Norden her oder von oben herab, solltest du lieber auf der Hut sein, denn der Münchner ist nicht zu unterschätzen, auch wenn man das gerne tut und ihn, da Bajuware, belächelt. Schaust du eher herüber, so mit Anerkennung und leichtem Neid, tät das dem bayerischen Hauptstädtler am besten gefallen, weil er sich dann in seinem ihm eigenen Stolz bestätigt fühlen würde. Geschichtlich draufschaun tust du lieber nicht so genau. München ist zu jung für eine Weltstadt. Seine Gründung führt auf einen Schurkenstreich, nämlich das Anzünden der Salzbrücke des Bischofs von Freising zurück. Der zündelnde Herzog hat seine eigene gebaut und siehe da: An der neuen Brücke an der Isar entstand eine blühende Stadt und reger Handel. Hund waren s' schon immer, die Münchner. Aber funktionieren tut's halt und das macht andere Städte und Regionen rasend.

München hat inzwischen weit über eins Komma drei Millionen Einwohner, wobei es ein bisserl mehr Frauen sind. Der Ausländeranteil liegt bei zirka einem Viertel und die

Konfessionen sind so mannigfaltig wie in anderen Großstädten. Auf jeden zweiten Münchner kommt ein Auto
und die Einkommen und Wohnungsmieten sind so hoch
wie fast nirgends anders in Deutschland.

Wer ist er also, der Münchner? Der, der schon seit Generationen in der Weltstadt mit Herz lebt? Oder der Zugereiste, der sich aber schon perfekt akklimatisiert hat und
München als seine Heimat betrachtet? Der Besitzer des
türkischen Geschäfts oder des italienischen Restaurants,
der seit fast vierzig Jahren in München wohnt und besser
bayerisch spricht als der Zugereiste? Oder derjenige, der
in München geboren ist und aufgrund der Schnelllebigkeit
und des nicht enden wollenden Bevölkerungszustroms
das Handtuch geschmissen hat und aufs Land rausgezogen ist? Der Schwabinger, der Haidhausener, der Bogen-
hausener, der Laimer ...? Übrigens ganz früher alle nicht
zu München gehörend.

Der Sanktus hat sich immer als waschechter Münchner
und Original betrachtet. Logisch, da seine Vorfahren seit
Generationen aus der Isarmetropole stammten. Giesing,
falls dir das was sagt, also Glasscherbenviertel, aber München. Auch Heimat vom Fußballkaiser Franz. Sanktus aber
aufgewachsen in Haidhausen.

Er war sehr gern Bürger der bayerischen Landeshauptstadt, weil in München ist's halt doch am schönsten. Du
hast das Flair Oberbayerns, wohnst in der nördlichsten
Stadt Italiens, sprich Sommer ein Traum mit Isar, Seen und
Biergärten, und du bist in null Komma nix in den Alpen,
also Wandern und im Winter Skifahren. Tut ein Münchner sowieso nichts anderes am Wochenende, wenn man der
landläufigen Meinung Glauben schenken darf.

In München wohnen kann natürlich ein jeder und das mit den Vorfahren ist wahrscheinlich so wie mit der Einbürgerung und dem deutschen Schäferhund.

Der Sanktus hat sich als eines der letzten Individuen seiner Art betrachtet. Aber Original will ja heutzutage leider ein jeder sein, der mehr als zwei Monate in München wohnt und einmal mit siebzehn Promille auf der Wiesn »Hey Baby« im Möchtegern-Bayern-Outfit gebrüllt hat. Leichter Stoiber mit kurzer Lederhose und Lackschühchen, hast du bestimmt schon einmal gesehen.

Also hör zu, ist ganz einfach. Als echter Münchner bist du eine Rarität, weil echter Münchner eher selten. Alles ganz logisch, weil heute bist du als Eingeborener sowieso der Depp. In München giltst du als kurios, weil du den bayerischen Dialekt sprichst und zwischen Schickimicki BWLlern und Norddeutschen als Weißwurst-Seppl in der Lederhose angesehen wirst. Kommst du etwas aus München heraus, bist du der Großstädter und nicht als echter Bayer anerkannt, weil zu viel Schickimickis und Nordlichter in München – also eigentlich gespaltene Persönlichkeit.

Der echte Münchner trägt diese Bürde mit einer angeborenen Leichtigkeit, die er schon im Kindergarten praktiziert hat, weil er dort allein durch seinen bayerischen Dickschädel seine Muttersprache behalten hat können. In der Grundschule und den weiterführenden Schulen haben sie es auch nicht geschafft, ihm seine Identität zu rauben. Meist ist er in den Aufsätzen besser als seine hochdeutsch sprechenden Mitschüler.

Was die meisten Leute nicht verstehen, ist, dass es nicht allein der bayerische Dialekt ist, der den echten Münchner ausmacht, sondern seine Lebenseinstellung, sprich Mentalität. Ruhe, Laissez-faire und doch alles im Griff. Mal die

Schule schwänzen und bei schönem Wetter in den Biergarten gehen. Schadet nichts, da sozusagen notwendige Regeneration.

Der Münchner ist kein Großstädter wie ein Frankfurter oder Berliner. Ob er Weltbürger sein will, ist dem Münchner bis heute wahrscheinlich eher unklar. Und ob ihn andere Großstädte deswegen auslachen, ist im ziemlich »wurscht« Er will seine Ruhe und Atmosphäre. Hightech-Standort verbunden mit Gemütlichkeit und Tradition, ein Wolpertinger also.

Danach kommt nur noch der Traum, wie ein Mythos Monaco Franze oder Tscharlie aus den Münchner Gschichten zu sein. Aber die gibt's in Wirklichkeit natürlich nicht, oder vielleicht fast nicht. Doch ein bisserl was von ihnen ist drin im echten Münchner.

Das waren also die Motive, die den Sanktus so fest im Griff gehabt haben bei der Suche nach dem originalen München aus der Vergangenheit. Ganz verdenken kannst du es ihm ja wirklich nicht.

Wenn du aber in die Geschichte schaust und bedenkst, wie München von fremden Kulturen wie zum Beispiel den Franzosen und den Amerikanern geprägt wurde, merkst du schnell, dass es mit dem Originalmünchner schwierig werden könnte. Überspitzt könntest du sagen, die Münchner Mentalität lebt sogar vom kulturellen Austausch der Regionen und Nationalitäten. Man munkelt ja neuerdings, sogar die Weißwurst sei aus Frankreich. Wahnsinn, oder? Aber sag's bitte nicht dem Sanktus, falls du ihn triffst.

»Fredi, aufwachen!«, hat die Stimme seiner Schwester in Sanktus Ohren getönt. »Auf geht's. Steh auf! Der Harald hat schon vor zwei Stunden angerufen. Er möcht sich heut Abend mit dir treffen. Es sei furchtbar wichtig, hat er gesagt.«

»Woher weiß der eigentlich, dass ich wieder im Land bin? Wie gibt's denn so was?«, hat der Sanktus verschlafen und verkatert gemurmelt.

»Ich hab mir denkt, in Brauerkreisen sprechen sich Neuigkeiten sofort rum und jeder weiß alles von jedem. Hast du mir zumindest immer gsagt, oder war des auch nur *früher*, Fredi?«, hat ihn die Anna angespitzt.

»Naa, naa. Hast schon recht. Außerdem hab ich versucht, ihn anzurufen. Da hat er meine Mobilnummer ja auch gsehn. Ich brauch ein Aspirin. Annerl, hilf mir bitte. Hast eins?«

»Was ist eigentlich passiert? Wenn du mittags schon so ausschaust, kann das doch ned normal sein. Ich mach Dir jetzt das Supperl und dann erzählst mir alles, gell«, hat die Anna gemeint und war schon zur Tür hinaus. Alles erzählen? Der Sanktus hat noch nicht einmal selber gewusst, was los war. Außerdem war er jetzt gewiss nicht in der Stimmung, Rede und Antwort zu stehen.

»Wo soll ich mich mit ihm denn treffen?«, hat ihr der Sanktus heiser nachgerufen.

»Um halb acht im Bräustüberl!«, ist's aus der Küche zurückgekommen. Das Bräustüberl ist am entgegengesetzten Stadtende gelegen, im Westend, wo die meisten Brauereien ansässig sind. Die Einrichtung dürfte sich seit Jahrzehnten nicht geändert haben und das Publikum auch nicht. Altersgruppen von achtzehn bis achtzig, Originale bis Schickis, also Schmelztiegel der multikulturellen Gesellschaft mit Verbrüderungsfunktion, je nach Promillepegel. Bier von der Stern-Brauerei – quasi »gmahte Wiesn«! Beim Essen Preis-Leistung in Ordnung und vor allem normal –

nicht leichte Consommé vom Rind an Palatschinkenstreifen, sondern Pfannkuchensuppe oder Schweinebraten mit Knödel und Blaukraut statt glasierte Schulter vom Schwein an Bio-Gemüse und frischen Marktsalaten.

Als der Sanktus seine Suppe mit zugekniffenen Augen auf der Terrasse mit Blick in den Haidhausener Sonnenuntergang geschlurft hat, hat er seiner Schwester von seinem Treffen mit dem Burgmaier erzählt. Die Anna hat ihm mit erschrockenem Gesichtsausdruck gelauscht.

»… und jetzt weiß ich halt ned, was wirklich los ist!«, hat der Sanktus geendet.

»Und so was macht dich ja bekanntlich wahnsinnig. Weiß schon. Aber ein Polizist darf doch nicht einfach behaupten, jemand sei tot. Da muss schon was dran sein. Des gibt's ja gar ned anders«, hat die Anna gemeint.

»Eben. Drum bin ich ja so durcheinander. Da kommst nach Jahren heim, da bringen s' dir gleich deine besten Spezln um. Das kann doch ned sein.«

»Und genau das sollt dir wieder einmal beweisen, dass München und Bayern nicht das gelobte Land sind«, hat die Anna gesagt. »Gib deine Suche nach der besseren Welt endlich auf, Fredi. Die gibt's nirgends. Ned in Afrika, ned in Amerika und ned in München. Ned bei der Polizei und schon gleich gar ned bei den Brauern. Da ist's genauso wirr wie in anderen Berufen. Lies halt die Zeitung. Die eine Brauerei fusioniert mit der anderen. Der Pro-Kopf-Verbrauch an Bier sinkt jedes Jahr und meiner Meinung nach schmecken alle Biere immer ähnlicher. Auch dein geheiligtes Sternbier. Und die Leute in München sind auch ned anders wie die Leut im Rest von Deutschland. Es passieren die gleichen Verbrechen, es gibt die gleichen Vorurteile und die gleiche Unzufriedenheit. Bei uns, würd ich sagen, ist's eher noch schlimmer. Schau dich selber an, Fredi. Du bist ständig auf der Suche nach irgendwas. Immer unruhig. Nicht besonders vorbildlich. Sei selber mal so münchnerisch wie du's von andern erwartest. Sei mal ausgeglichen, traditionell und ortsgebunden. Also pack dich zuerst einmal am eigenen Schopf.«

»Bist jetzt fertig mit deinem Monolog, Anna?«

»Ja, schon!«

»Gut, dann schau ich nämlich, dass ich dir das Gegenteil beweisen kann.«

»Des machst, Fredi. Gutes Gelingen.«

Die Anna war eigentlich das, was der Sanktus gesucht hat an der Spezies weiblicher Münchner. Pferde stehlen, verstehst? Wie er sie beschreiben würde, tät ihm so ad hoc gar nicht einfallen. Einfach ein Traum. Ein bisserl unkompliziert, leger, gwandt, aber weiter …? Nicht, dass du jetzt meinst: der Sanktus und seine Schwester. Auf gar keinen Fall! Kirche im Dorf lassen! Aber so ähnlich hätt sie halt sein sollen. Schwer zu finden in der bayerischen Landeshauptstadt. Wirst du mir recht geben.

Nachdem die beiden ohne Vater und als Kinder einer alleinerziehenden Mutter aufgewachsen waren, hat sich die Anna schon immer um den Sanktus gekümmert, sprich kümmern müssen, und sicherlich an seiner Erziehung sozusagen partizipiert.

Als er sich einmal nach der Schule mit dem Schüssleder Maxl in den Haaren gehabt und sich später mit ihm auf dem Trottoir gewalkelt hatte, war es die Anna, die eingegriffen und den Maxl mit voller Wucht mit dem Gesicht voraus gegen einen Laternenpfahl gedrückt hatte. Der Schüssleder hat heute noch eine deformierte Nase, aber gesagt hat er nie was, wegen der Ehre. Die Watschn, von denen der Sanktus verschont geblieben war, hat er anschließend von der Anna kassiert, als erzieherische Maßnahme.

Er wurde also jahrelang geprägt, würde man psychologisch sagen, sprich Konrad Lorenz und die Graugänse. Sanktus halt, statt Graugans Martina. Der Sanktus hätte das jedoch nie zugegeben!

»Sacre-bleu! Théo, sie schissönn. Merde! Viens, viens! Gomm hör. Sie bringönn jemondön um. Isch abö solsche Ongst!«

»Geh zu, Jacqueline. Lass'n doch! Der tut doch bloß a weng Goaßlschnoizn. Komm wieder rei.« Jacqueline verwundert und noch zitternd vom Balkon wieder ins Schlafzimmer.

Der Sanktus ist im Hinterhof der Wohnung seiner Schwester gestanden und hat versucht, an gar nichts zu denken, sein Hirn leer zu fegen. Der Strick seiner Goaßl, also seiner Geißel, sprich Peitsche, hat eine permanente achterförmige Flugbahn beschrieben. Im Schnittpunkt der Kurve hat das Ende des Stricks die Schallmauer durchbrochen und das Schnalzen, sprich den Schuss, den die Jacqueline vermeintlich gehört hatte, erzeugt. Der Sanktus hat ganz leise die Sternpolka gesummt und die Goaßl im Rhythmus knallen lassen. Das Gerät hat den Sanktus schon seit Längerem begleitet. Selbst in Afrika hatte er diese Art der bayerischen Kultur praktiziert und auch verbreitet. Gelernt hat er das Ganze bei Bekannten in einem kleinen Dorf am Rande der Holledau. Beim Goaßlschnalzen brauchst du höchste Konzentration, Kraft und Körperbeherrschung. Es ist ein Zusammenspiel zwischen

Geist, Musik und Motorik. Kein Raum für Gedanken! Heut genau richtig für ihn.

Für den Sanktus hat's nur eine Möglichkeit gegeben, um vom Osten Münchens in den Westen zu gelangen, und das war die »Elektrische«, wie er die Münchner Straßenbahn aus Nostalgie und frei nach Ludwig Thoma genannt hat. Diese Art sich fortzubewegen war für ihn die gemütlichste aber auch interessanteste und einzig wahre, weil »auf der Elektrischen« immer was zu erkunden war, sprich draußen das Stadtleben oder drinnen die Passagiere, also Neugierde und Voyeurismus am Werk. In der Früh die gestressten Berufstätigen, die auf ihre Vorgesetzten und auf den vermutlich jetzt schon misslungenen Arbeitstag schimpfen, vormittags die Hausfrauen, die die Ziele ihrer Shopping-Tour in der Innenstadt miteinander besprechen, mittags die Schüler, die über die Hausaufgaben maulen und die neuesten musikalischen und modischen Trends verkünden, nachmittags Mütter, Omas und Kinder, die über den kleinen Ausflug, den sie gerade machen, ratschen, und abends wieder die Berufstätigen, jetzt weniger gestresst, resümierend, dass der Tag doch nicht so wild gewesen war, und sich auf den gemütlichen Abend im Biergarten freuend. Wie du siehst, ist immer etwas geboten in der Trambahn. Dabei war meistens ein netter Ratsch angesagt, was, wie man dem Sanktus gesagt hat, in anderen deutschen Großstädten in den öffentlichen Verkehrsmitteln nicht Usus sei. Wenn du den Falschen erwischst, kann so ein kleiner Small Talk natürlich voll nach hinten losgehen und du erfährst vom Hauptbahnhof bis zum Stachus die komplette Lebensgeschichte deines Gesprächspartners, sprich Blutblase am Ohr. Kann dich fertigmachen, aber wenn's woanders so was nicht gibt, muss man für seinen Stolz schon auch einmal ein Opfer bringen können.

Apropos Opfer. Was dem Sanktus richtig zugesetzt hat, war die Plastikstimme in den neuen Straßenbahnen, soll heißen monotones Geplänkel vom Tonband mit Hang zum Nasalen und Unemotionalen. Was für eine Wohltat waren da die einstigen Trambahnchauffeure, die ihre Stationen noch selber haben ansagen müssen. Nicht immer verständlich wirst du sagen. »'ster-alt-Weerplatz«, ist natürlich nicht ganz einfach gewesen, den nächsten Halt Max-Weber-Platz herauszuhören. Interessant auch der sächsische Fahrer, der den Max-Wäbo-Plotz ausgerufen hat, also Multitasking als Fahrgast. Schwierig, aber an sich ein Erlebnis!

Gegen halb sieben ist der Sanktus dann auf dem besagten Max-Weber-Platz in die Linie neunzehn gestiegen und hat sich auf seine kleine Stadtdurchquerung begeben. Vorbei am bayerischen Landtag ging's über die Maximiliansbrücke Richtung Maxmonument. Blick kurz zur Pallas Athene in der Mitte. Bis zu seinem siebten Lebensjahr hatte er geglaubt, es handle sich bei dieser Statue um den König Drosselbart. Heute hat der Sanktus immer noch nicht gewusst, wen die Figur darstellt, war ihm aber auch ehrlich gesagt wurscht, weil einmal Drosselbart, immer Drosselbart, und was gibt's Stärkeres als Kindheitserinnerungen? Gegen die kommt nichts an. Positiv oder negativ, also großer Anteil an der sanktjohanser'schen rosa München-Brille.

Jetzt entlang der Maximilianstraße vorbei am ehemaligen »Carneval de Venice«, dem Geschäft von Rudolph Moshammer. Auch ein Münchner Original. Der Moosi jedoch inzwischen nicht mehr ganz so hochgehalten wie kurz nach seinem Tod, weil schwul und Stricher und so weiter! Homo in Ordnung, aber Mann mit zwei Gesichtern, wirklich nicht. Unter Tags der freundliche Held der Obdachlosen und in der Nacht allein auf Freiersuche. Schlechte Wertung seitens der Münchner Jury. Na, ja. Verlassen von der Schickeria. Dem Moosi tut's Gott sei Dank nicht mehr weh.

»Ja, sag amal. War des eine Sau, ha … was, der Moosi, ja so ein netter Mensch, gell, und so großzügig und herzlich, gell … schämen muss man sich als Münchner, gell, mit dene, wer weiß ob's ihm nicht ganz recht geschehen ist, oder?«

Ja, wer den Schaden hat, spottet jeder Beschreibung. Da kennt der Münchner nix. Schnell kann's aus sein mit dem Herz der Weltstadt und der Toleranz des Süddeutschen. Hat dem Sanktus gar nicht gefallen, so ein Verhalten.

»'ster Hoit Nationaltheater« wär's früher gewesen. Das nächste Highlight für alle vom Kunstsinn der Ehefrau geplagten Männer. Großes Vorbild: der Monaco Franze alias Helmut Fischer in seiner Paraderolle, weil immer wenn der Fischer im Fernsehen war, sei's als Tatortkommissar oder Bürgermeister bei Peter und Paul etc., einfach immer Monaco Franze, auch wenn eine andere Persönlichkeit noch so angestrebt wurde. Nach Sanktus' Meinung war der eigentliche Star der Sendung der Obermeier Karl, weil versierterer Schauspieler, wobei man dem Helmut als Franze nichts absprechen sollte. Er war halt der Monaco, gell!

Der Monaco als Münchner Stenz will mit seiner künstlerisch versierten, reichen Ehefrau Annette nicht in die Münchner Oper, weil sie ihm schlicht und ergreifend sonst wo vorbei geht. Er erfindet daher mit seinem Freund und Kollegen bei der Polizei, Manni Kopfeck alias Obermeier, immer neue Ausflüchte, um dem Kulturspektakel zu entgehen und in Schwabing der Jagd auf die Damenwelt zu frönen. Am Ende kommt er nicht mehr aus und muss sich den Wagner antun und es kommt zum Showdown, wobei die Münchner Schickeria gegen den Stenz von der Au eindeutig das Nachsehen hat. Sagt jetzt nicht jedem was, aber Symbolcharakter für den Sanktus, weil Urhaidhausener, also Nachbar, und Unmut bezüglich der Schickis immens. Normalerweise müsste man dem Franze ein Denkmal auf dem Platz vor der Oper setzen. Für den Sanktus war Schwabing, wo die Statue vom Helmut Fischer steht, eindeutig der falsche Platz. Auf den Opernplatz müsste sie hin, allein wegen der Aura, verstehst?

Jetzt ab durch die Fußgängerzone. Dann hat den Sanktus kurz zweimal der Schlag getroffen, weil die frühere Haltestelle »Maffeistraße« jetzt »Theatinerstraße« geheißen hat und der »Stachus« mit »Karlsplatz Nord« von der blechernen Stimme angesagt worden ist.

Trotzdem ist's weiter auf die Schwanthaler Höh gegangen.

Dort hat der Sanktus jedes Mal einen Stich ins Herz bekommen, weil auf der rechten Seite, wo die Straße von der Hackerbrücke daherkommt, ist früher einmal die Hacker Brauerei gestanden, das heißt, zuerst die Brauerei, dann nur noch das Sudhaus und jetzt ein Bürogebäude. Vor diesem Aufstieg ziehst du den Hut, oder? Wenn du früher von der S-Bahn auf die Wiesn spaziert bist, hast du den Brauereigeruch schon in der Nase gehabt. Für manche ein Horror erster Klasse, weil Geruch für sie grausam, aber die Brauerei mit ihren kupferfarben glänzenden Sudkesseln für jeden ein Augenschmaus. Na, ja für manchen ist das Bürogebäude vielleicht auch schön. Sanktus jedenfalls Herzschmerz.

Hundert Meter weiter hat das Leiden sein Ende gehabt, als der Sanktus die Augustiner Brauerei erreicht hat. Münchner Vorzeigebrauerei aber Konkurrenz zum »Stern«. Jetzt noch bis zur Donnersberger Brücke und schon ist er auf der rechten Seite vor ihm gelegen – der Sternbräu – eine der Münchner Großbrauereien, wenn auch eine der kleineren.

Der aus karminrotem Backstein erbaute Brauereibau erhob sich majestätisch entlang der Landsberger Straße. Der Sanktus brauchte nur auf die beleuchteten Kupferpfannen in den bogenförmigen Fenstern zu sehen und schon konnte er den typischen Brauereigeruch in seinem nicht allzu klein geratenen Näschen wahrnehmen. Er hat sich am Duft süßer Malzmaische und vom Hopfen bitter getünchter Bierwürze gar nicht satt riechen können. Dazu das wohlig warm wirkende Sudhaus, da fühlst du dich gleich wie daheim. Dass es da drin wirklich extrem warm ist, weißt du natürlich nur, wenn du schon mal dort gearbeitet hast.

Zwischen dem Sudhausbau und einem linken Nebengebäude lag die überbrückte Einfahrt, auf deren Mauern das Logo des Sternbräus thronte. Früher hättest du Zeichen oder Emblem gesagt, heute Logo, logo, oder? Logo also grüner Stern aus Buchs à la Schäffler auf weiß-blauem Hintergrund mit Initialen des Gründers. Alles, was der Münchner Biertrinker braucht.

Wenn du genau in die ebenfalls gebogenen Fenster des linken Gebäudes reinschaust, siehst du eigentlich nur viele Edelstahlrohrleitungen und aus der Decke wachsen silberfarbene Trichter. Denkst du natürlich sofort Ufolandung, sind aber die unteren Teile der Gärtanks der Brauerei, die über dem Raum stehen, von außen aber nicht zu sehen sind. Krasses modernes Gegenteil zum Traditionskupfer.

Aber innerhalb der alten Fassade war sowieso alles vom Feinsten und Neuesten und Computer, dass es dir ganz schwindlig wird. Das hat aber in München keiner gewusst und wenn du es beim Hineinschauen nicht drauf angelegt hast, hast du auch nicht viel Modernes gesehen. Die vom Sternbräu haben sich eher als Hüter der Biertradition verstanden. Drum ist auch nur im Bügelverschluss und viel dunkles Bier abgefüllt worden.

Wichtig ist eigentlich die rechte Seite des Gebäudes, neben dem Sudhaus, weil da das Bräustüberl drin ist und da ist der Sanktus durch ein großes Eichenportal jetzt rein.

Es war so weit. Er hat mit einem flauen Gefühl im Magen die geheiligten Hallen betreten. Sofort ist ihm ein Duft von warmem, fettem, bayerischem Essen entgegengeschlagen. Es hat nach Braten und Sauerkraut gerochen und das Ganze ist von einem Dunst aus Gerstensaft und biergetränkten Bodenplanken untermalt worden. Der typische olfaktorische Eindruck einer gut gehenden Bierwirtschaft. Das flaue Gefühl im Magen ist eher von einer unguten Ahnung, dass doch etwas Schreckliches passiert sein könnte, und weniger vom mittäglichen Weißbier gekommen. Ein weitläufiger Blick durch die Reihen und den Stammtisch schon geortet, alle bereits anwesend.

Das große Hallo, das sich der Sanktus anlässlich seiner jahrelangen Abstinenz erwartet hatte, ist leider ausgeblieben.

Es hat ihn einfach gar keiner beachtet, da hitzige Diskussion, geführt vom Hirschberger Harald, genannt Bummerl, seines Zeichens Biersieder. Als sie den Sanktus dann doch irgendwann gesehen haben, ist der Meierhofer Gernot aus dem Gärkeller sofort aufgesprungen und hat den Sanktus mit den Worten: »Hast es schon vom Kellerer ghört, Sanktus?« begrüßt.

Dem Sanktus hat es jetzt die Kehle zusammengeschnürt. Es war also doch was an der Sache dran. Ihm ist jetzt das Bild: »Kellerer Hias in der dunklen Weißbierwürze«, das der Charlie am Vormittag heraufbeschworen hatte, blitzartig vor Augen erschienen. Ihm wurde schlagartig schlecht, so dass er hätte speiben können.

»Nein! Ned wirklich. Wieso? Was is denn mit dem Hias?«, hat der Sanktus mit äußerster Beherrschung schwindeln können.

»Umbracht ham s' ihn, die Saubagage, gar gekocht!«

Erneute hitzige Diskussion. Dem Sanktus endgültig speiübel.

Der Brauertisch bestand aus dem Bummerl, dem Meierhofer, genannt Schlauch-Gernot, ein dicker, gemütlich wirkender Brauer, dem Malte Rosen, der »Piefke« vom Bierfilter mit korrektem Kinnbart und Brille, dem Giovanni, ein kleiner, beleibter Italiener, der die Tanks im alten Lagerkeller gewaschen hat, und dem Ehrensberger Helmut, ein großer, älterer Brauer mit Silberblick, aus der Flaschenfüllerei.

Als der Sanktus dieses Quintett an einem Tisch sitzen gesehen hat, ist ihm nur ein leises »Um Gottes Willen, immer noch das ganze Chaos-Kabinett« entfahren. Vor lauter Geschnatter hat der Sanktus kein einziges Wort verstehen können. Das Einzige, das sich aus der erhitzten Diskussion herauskristallisiert hat, war, dass jeder der Delinquenten eine andere Theorie zum Tod des Kellerers vorzuweisen gehabt hat.

Jetzt erst einmal eine Stern-Weiße für den Sanktus. Nach heutiger, bewährter Methode auf einmal rein, weil ja keine Zeit verschenken und schnell auf den Pegel des Quintetts kommen. Zwecks der gleichen Diskussionsebene, verstehst? Diskussion immer noch am Brodeln. Der Sanktus noch keine Chance zu folgen.

»Herrschaftszeiten! Jetzt sagts mir doch erst einmal in Ruhe, was eigentlich los is. Und bitte einer nach dem anderen. Sonst kapier ich gar nix und so weit bin ich schon seit heut in der Früh. Und des pack ich nimmer lang!«, hat der Sanktus auf einmal völlig entnervt in die Runde geplärrt.

Der Helmut hat seine Augen noch stärker als sonst verdreht. Der hat nämlich durch seinen Schielwinkel an der Flaschenetikettiermaschine gleichzeitig Bauch und Rückenetikett kontrollieren können, ohne den Kopf drehen zu müssen.

»Der Bummerl soll's dir erzählen, erzählen, der hat ihn gfunden, gfunden«, hat der Helmut, die letzten Silben stets wiederholend, gefordert.

Der Hirschberger hat also angefangen. Der Harald war einer der jungen Brauer, sogar mit Abitur. Er war nach seiner Ausbildung bei der Stern-Brauerei im Unternehmen hängen geblieben und hatte das Braumeisterstudium auf unbestimmte Zeit vertagt. Der Bummerl wurde von allen Bummerl genannt, weil er der einzige gut durchtrainierte Brauer war, will sagen rank und schlank. »Ich will doch nicht wie ein Bummerl enden«, hatte er gedankenverloren einmal geäußert und den Spitznamen sofort weggehabt. Dem Sanktus war es ganz recht, dass er den Tathergang geschildert hat, in der Hoffnung, eine einigermaßen verständliche Geschichte käme dabei heraus.

Einwurf Giovanni: »Ike glaube, es ware einer von der Gewerksafte, weil Hias war immer gegene rote Socke, makene nur alles kaputte, immer sage. Große Verschwörunge, verstehs?«

»Halt die Pappn, Giovanni«, hat der Schlauch-Gernot bierselig geplärrt. »Verschwörung, ihn schau an. Ich glaub eher, das war einer von der Konkurrenz. Könnts euch noch erinnern, wie der Hias dem Bärenbräu nach langem Hin und Her das falsche Rezept für den Stellator verraten hat. Die haben ihn nachgemacht und sich furchtbar blamiert, oder? Da könnt's schon sein, dass ...«

»He Schlauch, dat is doch alles kalter Kaffe, nich!«, hat da der Malte von sich gegeben. »Ihr habt überhaupt kein kriminologisches Feingespür. Da könnte doch jemand Rache geübt haben, zum Beispiel eine eifersüchtige Geliebte...«

Jetzt ist es dem Sanktus zu bunt geworden. Er hatte vorgehabt, sich zu beherrschen, da doch alle sehr emotional unterwegs waren, aber jetzt hat er sich doch nicht mehr halten können. Ihm war klar, dass er wieder einmal als altklug und cholerisch dastehen würde, aber es hat raus müssen:

»Kreuzkruzifix noch amal, jetzt is einmal eine Ruh. Da wirst ja total bescheuert, bei so viel Schmarrn, den ihr da erzählts. Gewerkschaft, Konkurrenz, Geliebte, wie soll sich die denn überhaupt in der Brauerei auskennen. Ihr redts ja nur, dass gredet ist, heiße Luft, sonst gar nix. Bummerl, jetzt erklär mal, was wirklich passiert ist und wehe einer macht den Mund auf, dann ersäuf ich ihn in seinem Bier, Herrgott noch mal. Mit euch kann man ja keinen Blumentopf gewinnen.«

Betretene Stille. Dem Helmut hat es die Augen verrissen, dass du gemeint hast, er hängt an einer Starkstromleitung und steht mit den Füßen im Wasser.

»Blumentopf, Topf ...«, hat er gemurmelt.

»Nu ma langsam mit den jungen Hunden, Herr Sanktjohanser«, hat der Malte gekontert. »Du bist hier nich die Großinquisition, nöch. Wir stehen alle noch 'n wenig unter

Schock, falls du als Weltenbummler uns Kleinbürgertum verstehst!«

»Tschuldigung! Mir geht's auch ned anders. Bin schon wieder herunten«, hat der Sanktus beschämt gemurmelt.

Der Bummerl hat also, nachdem die ganze Korona ruhig war, angefangen: »Der Hias hat Nachtschicht ghabt und war daher allein in der Brauerei.«

Du musst wissen, dass ein Sudhaus im Dreischichtbetrieb läuft, weil ein Sud dauert zirka zehn Stunden, egal ob Weißbier oder Helles. Zirka alle zwei bis drei Stunden ist ein Sud fertig. Das heißt dann, er wird ausgeschlagen. Es laufen um die fünf Sude gleichzeitig. Da rentiert es sich nicht, das Sudhaus am Abend auszufahren, wegen der Energie, verstehst du? Die Nachtschicht ist sehr angenehm. Es ist ruhig, du hörst nur deine Sudgeräte und es ist warm. Die Beleuchtung der kupfernen Sudpfannen macht ein wohliges Gesamtbild. Vor dir flimmert der PC. Alles läuft normalerweise automatisch. Keiner will was von dir, weil der Rest ist ja im Bett und schlummert selig. Manko: Du rechnest auch mit niemand – und das war scheinbar laut Bummerl das Verhängnis.

»Auf jeden Fall bin ich um vier ins Sudhaus rein und denk mir schon: Super! Geht schon der Alarm. Ich hab nachgeschaut und auf dem Bildschirm war ›Schrittzeitüberwachung Spindeln‹ angezeigt.«

Jetzt wirst du sagen: fachchinesisch, unverständlich. Also kleine Bierkunde: Das Wasser wird mit dem geschroteten Malz im Maischbottich zusammengemischt und von ungefähr fünfzig auf achtzig Grad unter Rühren erhitzt. Da bildet sich aus dem Mehl im Malzkorn der Malzzucker, der später im Gärkeller von der Hefe zu Alkohol und Kohlensäure vergoren wird. Die Maische wird im Läuterbot-

tich, der wie ein großer Kaffeefilter wirkt, von ihren festen
Bestandteilen getrennt und heißt dann Würze. Das Feste
heißt Treber. Die Würze wird dann je nachdem zirka eine
Stunde gekocht, mit dem Hopfen. Und hier liegt das Problem, zusätzlich zum Hopfen Biersieder Kellerer. Nach dem
Kochen wird die Stammwürze mit einer Spindel, die ausschaut wie ein großes Fieberthermometer, ermittelt, also
gespindelt. Das hat der Hias natürlich nicht mehr bewerk-
stelligen können, da tot. PC weiß das natürlich nicht und
gibt nach einiger Zeit Störung und die Alarmglocke geht,
aber keiner reagiert.

»Ich hab natürlich sofort den Hias angerufen, aber er
ist nicht an sein tragbares Telefon hingegangen. Da hab
ich gesehen, dass er schon seit eineinhalb Stunden hätte
ausschlagen müssen. Ich bin sofort zur Würzepfanne hin.
Das Mannloch, also die Tür, war offen. Ich hab hineingeschaut und hab ihn mit dem Gesicht nach unten schwimmen sehen.«

Der Bummerl ist käseweiß da gesessen und hat mit den
Tränen gekämpft. Dann hat er sein Helles wie der Sank-
tus zuvor sein Weißbier auf einmal runtergekippt. Dem
Sanktus schon wieder speiübel beim Gedanken an den
Gekochten.

»Auf den Hias«, hat der Bummerl dann gesagt und der
Schlauch-Gernot, der Giovanni, der Malte und der Helmut
und natürlich auch der Sanktus haben es ihm gleichgetan.

»Wie ist es dann weitergangen?«, wollte der Sanktus
wissen.

»Ich hab natürlich sofort den Haimerl angerufen und
gesagt: ›Herr Haimerl, Sie müssen sofort kommen. Der
Kellerer schwimmt im Sud.‹«

Der Herr Haimerl, musst du wissen, ist der Sudhausmeister, also der Chef der Biersieder. Und wenn nachts ein Problem auftaucht, wird der angerufen. Er »freut« sich dann immer riesig, kommt aber trotzdem, weil stehendes Sudhaus eher dumm und kostet.

»Der Haimerl hat's erst gar nicht kapiert und hat recht geplärrt.«

Besagter Meister war ein großer, rotgesichtiger Choleriker.

»*Ihr Deppen. Seids es z'bläd zum Ausschlogn. Habts es wieder des gleiche Ventil wia letzts Moi aufghobt und jetzt stäht de ganze Briah wieder im Keller?*« Hat wohl das »Schwimmen im Sud« nicht bildlich genug verstanden. Als ich ihm alles genau erklärt hab, war Schluss mit dem Geschrei und er ist ganz stad geworden. Ich hab nur noch gehört ... *glei do. Nix oglanga. Vor allem koa Telefon.* Dann war die Leitung tot. Eine Viertelstunde drauf ist er im Sudhaus gestanden und hat in die Würzepfanne hineingeschaut. Da hast du richtig gesehen, dass der starke Meister mal das Flattern gekriegt hat. Käseweiß ist er geworden und hat sich am Mannloch festhalten müssen und ist dann schwankend zum Kotzen gegangen. Anschließend hat er den Produktionsleiter Niedermeier und den technischen Leiter, den Dr. Müller, antelefoniert. Der hat sich nicht einmal getraut, dass er die Polizei anruft, ohne seine Chefs zu fragen.«

Großes Gemurre in der Runde: »... so ein Schlappschwanz ... Lusche ... schon immer so gewesen ... na, aber wennst einmal die Polizei im Haus hast« et cetera.

»Die Polizei ist dann so gegen sechs angerückt. Ein Kommissar Bichlmaier.«

»Der Hans«, hat der Sanktus gerufen, »den kenn ich noch von seinerzeit. Das ist einer der wenigen, der was kann in der Ettstraß. Da wart ihr wenigstens in guten Händen, wenn man das so sagen kann.«

»Der hat dann alles unter die Lupe genommen«, hat der Bummerl weitergemacht, »und hat die Spusi angerufen …«

»Wieso Gschpusi, Freundinne«, hat der Giovanni eingeworfen, »solle make seine Arbeite. Nix Ragazza denke.«

»Spurensicherung, Depp! Und jetzt Ruhe! Die haben später alles untersucht. Derweil waren der Niedermeier und der Dr. Müller auch anwesend und haben den Kommissar in allen Fragen tatkräftig unterstützt, als ob sie seit dreißig Jahren selber Biersieden würden. Schlecht hat's dir werden können. Die sind umhergeschlichen, als wenn sie den Kellerer eigenhändig versenkt hätten – Personalabbau, verstehst? Scherz beiseite. Der Kommissar Bichlmaier ist am Schluss zu mir gekommen und hat gesagt, dass nichts auf ein Gewaltverbrechen hindeuten würde, aber ob ich mir vorstellen könnte, dass der Kellerer von selbst in die Würzepfanne gefallen ist. Ich hab ihm gesagt, dass bis jetzt kein Brauer noch nie nicht in sein eigenes Haferl hineingefallen ist und ich das für unmöglich halt, selbst wenn es ihm irgendwie schlecht werden sollte. Die alten Brauer haben früher oft rauschig gearbeitet und da ist auch nie was passiert. Warum soll gerade der Kellerer nüchtern hineinfallen? Meiner Meinung nach hat ihn da jemand hineingestoßen. Ob der Kellerer nüchtern war, werde noch geprüft, hat es dann geheißen. Trotzdem Danke.«

Der Bummerl hat in die Runde geschaut und fünf verblüffte Gesichter zur Ansicht gehabt.

»Das hast du ihm so direkt ins Gesicht gsagt, dass sie den Kellerer definitiv umbracht haben?«, hat der Sanktus gesagt. »Respekt, Bummerl. *Mord im Sternbräu. Biersie-*

der Hirschberger klagt an ... O mei, Bummerl. Bist du von allen guten Geistern verlassen. Die haben dich doch jetzt voll auf dem Kieker. Was meinst, was das für Schlagzeilen sind. Des muss man doch a bisserl dezenter machen.«

»Genau ... Dezenter ... o mei, o mei ... lernt's nicht mehr ... armer Bummerl«, sprach's die Runde.

»Ja, aber den könnens doch nur umbracht haben. Gibst du mir denn da nicht recht?«

»Genau ... abgeschlachtet ... hingerichtet ... aufgebrüht ...«, der Chor abermals einig.

»Ja, Herrschaftszeiten. Könnts ihr nichts anderes machen als nachmaulen, was wir zwei sagen. Wie a Allgäuer Kuh auf der Weide. Alles wiederkäuen, was vorgekaut wird. Ist ja nicht zu fassen. Bildets euch doch mal eure eigene Meinung.«

Blicke nun mehr als betreten.

»Tschuldigung, aber irgendwie bin ich auch total durch den Wind«, hat der Sanktus gestammelt.

»Aber Bummerl unde du immer slaue. Wir nix so geseite. Also euch glaube!«, hat der Giovanni zum Besten gegeben.

»Ja genau, ihr Bayern behauptet doch immerzu, dass ihr die Weisesten der Republik seid. Pisa und die Geschichte mit den Wildschweinen und der römischen Hochkultur, die euer früherer Stammeshäuptling Franz Josef gern angebracht hat«, hat der Malte in seinem bierseligen Tran gesäuselt. Es war eindeutig zu sehen, dass die dunklen Biere, die er intus gehabt hat, langsam zu wirken begonnen haben. »Jetzt zeigt doch mal, was ihr könnt.«

»Piefke, schöpferische Pause. okay? Es geht jetzt nicht drum, wer hier der Gescheiteste ist, sondern ob jemand den Hias vorsätzlich in das Haferl hineingeschubst hat oder ob er selber reingefallen ist, besoffen oder nüchtern. Und ich sag nüchtern, reingeschubst ist richtig, weil du schon etwas Akrobatik an den Tag legen musst, damit du in so ein Loch einfach so hineinfällst. Außerdem sagt mir mein Gefühl, dass es so war. Ich hab irgendwas noch übersehen. Ich weiß nur noch nicht, was es ist. Aber ich komm schon noch drauf. Gnade Gott demjenigen, der das war.« Monolog Bummerl Ende.

Der Sanktus hat die Stirn gerunzelt. Das war wohl das Ehemalige-Polizisten-Stirnrunzeln, also Überdenken der Beweislage.

»Du bist dir also absolut sicher, Bummerl. Was willst jetzt machen? Noch mal zur Polizei gehen und dem Bichlmaier erzählen, dass du so ein Gefühl hast und dass du noch drauf kommst, was es ist? Die versiegeln dir das Sudhaus und stellen euch während der Wiesn den Betrieb ein. Und wenn sich herausstellt, dass es doch ein Unfall war, gehst du zum Dr. Müller und sagst: *Sorry für die Super-Presse zur Wiesn! Machen wir einfach weiter als wäre nichts gewesen.* Bummerl, ich weiß ned, ob das so gut ist.«

»Hast ja recht, Sanktus, aber was sollen wir denn machen?«

»Ganz nebenbei – was habts eigentlich mit dem Sud gmacht?«, wollte der Sanktus wissen.

»Weggelassen, ist doch logisch, oder?«, hat der Bummerl, ohne mit der Wimper zu zucken, geantwortet.

»Wird auch gut sein, auch wenn ich's mir nicht gedacht hätt!«, hat der Sanktus gefrotzelt und weitergemacht. »Wer von euch glaubt denn noch, dass es *kein* Unfall war?«

Wenn du von weiter weg auf den Stammtisch geschaut hättest, hättest du gemeint, die ganze Gesellschaft bestellt eine neue Runde, weil plötzlich alle ihre Hand gehoben haben. Alle außer dem Sanktus, weil der hatte ja gefragt. Der hat jetzt nur noch verwundert geschaut.

»Gut, haben wir ja das geklärt. Prost«, hat der Sanktus gemeint. »Bleibt nur noch die Frage offen: Was wollts ihr jetzt machen?«

»I glaub, i hab da a Idee«, hat sich der Schlauch-Gernot zu Wort gemeldet. »Wenn der Kellerer nimmer im Sudhaus is, brauchen s' da droben einen Neuen und des is der Piefke, oder? Weil der das Sudhaus noch fahren kann, hab i recht?«

Zustimmendes Kopfnicken, alle gespannt, was noch kommt.

»Und der Sanktus war mal bei den Grünen, oder?«

Wieder Nicken.

»Dann passt's doch, gell?«

Nicken vorbei, wirre Blicke auf den Schlauch-Gernot.

»Kannst du das vielleicht a bisserl eindeutiger formulieren, so dass wir einfache Deppen auch mitkommen, was du meinst, du meinst«, hat sich der Ehrensberger zu Wort gemeldet und den Gernot ganz fest ins Visier genommen, sprich rechts und links an ihm vorbeigeschaut. Also Gernot zwischendrin im Epizentrum.

»Passts auf. Der Piefke ist im Sudhaus und wer ist am Filter?«

Zuerst nicht verstehende Blicke, dann kurzes Aufleuchten.

»Richtig, der Sanktus!«

Dem Sanktus war jetzt, als ob ihn der Blitz getroffen hätte. Wollte der Schlauch-Gernot ernsthaft behaupten, dass er das Brauerhandwerk wieder aufnehmen sollte? Hat das sein Ernst sein können? Ausgesehen hat es auf jeden Fall so.

»Da kann er dann gleich inkognito ermitteln und keiner erfährt was. Perfekt, oder?«

Einstimmiges Nicken und Zustimmung in der Gruppe und Schulternklopfen. Nur dem Sanktus ist langsam der Hut hochgegangen.

»Und mich? Mich fragt überhaupt keiner. Oder wie seh ich das?«, hat der Sanktus geschimpft.

»Geh, Sanktus«, hat der Bummerl gemeint. »Sei halt ned so. Das ist doch eine super Idee vom Schlauch. Wir sind doch jetzt eh so was wie Verbündete, so eine eingeschworene Gemeinschaft. Wie seinerzeit auf der Berufsschule. Kannst dich noch erinnern? Einer für alle und alle für einen.«

»Jetzt hör doch mit dem alten Musketier-Schmarrn auf. Das ist doch längst verjährt. Ich weiß überhaupt nicht, ob ich mich nach den Jahren in Afrika noch irgendwie … äh … in ein deutsches Arbeitssystem einfügen kann. Da drunten ist alles viel ruhiger und gelassener. Da herrscht nicht den ganzen Tag Stress und nicht jeder versucht, dem anderen eins auszuwischen. Und wer weiß, ob sie mich überhaupt nehmen, oder?«

»Also, Sanktus«, hat der Bummerl angefangen, »erstens: Nehmen tun sie dich allemal, weil sie dich von früher kennen und jetzt sicherlich keinen Außenstehenden brauchen können; zweitens ist das kein alter Schmarrn, weil wir uns gegenseitig versprochen haben, uns immer aus der Patsche zu helfen, komme was wolle, und drittens schadet unserem Betrieb deine afrikanische Mentalität bestimmt nicht. Das heißt, selbst wenn wir im Fall Kellerer ohne Ergebnis bleiben, wird der Betrieb vielleicht ein bisserl umgekrempelt und dann haben wir auch was bewirkt.«

Sanktus kurz sprachlos.

Der Bummerl hat daraufhin sofort gemeint: »Also dann wäre ja alles klar. Wann fangst an?«

Wenn dir die Reaktion des Sanktus jetzt unlogisch vorkommt, hast du vollkommen recht. Eigentlich hätte er als weit gereister und erfahrener Mann über der so einfach erkennbaren List seiner Freunde stehen müssen. Er war einfach zu eingeschnappt, dass alles im Voraus geplant war und wollte seinen Freunden den Erfolg nicht gönnen und wie schon erwähnt, wenn du erst einmal durch den Wind bist ...

»Ihr spinnts doch alle miteinander«, hat er geplärrt, »machts euren Scheißdreck doch selber, ihr Hobbydetektive. Mich lassts da ganz schön aus dem Spiel. Das ist eure Brauerei in eurer Stadt. Also servus.«

Der Sanktus hat zehn Euro auf den Tisch gelegt und sich zum Gehen gewandt.

»Sanktus!«, hat ihm der Bummerl nachgerufen, »München wär vor allem deine Stadt und der Kellerer war dein spezieller Spezi. Laufen wir wieder mal vor unseren Problemen weg wie immer, Fredl? Und Sanktus, ein Geld tätst auch verdienen, weil ich weiß nicht, von was du zurzeit lebst? Servus, Sanktus!«

»Leckts mich doch alle am Arsch, ihr Deppen«, sprach's, knallte die Ausgangstür hinter sich zu und verschwand in der Dunkelheit.

»Er macht's«, hat der Bummerl ganz cool gesagt. »Sonst wäre er jetzt nicht aufgegangen wie ein Hefezopf. Abwarten und Biertrinken. Prost! Wo waren wir jetzt eigentlich vorher stehen geblieben...?«

Nach so einem Schock erst einmal ein weiteres Weißbier. Den Sanktus hat's natürlich postwendend zurück in seine Stammwirtschaft in der Kirchenstraße, Haidhausen, sozusagen gebeamt. Trambahnfahrt praktisch wie ausgelöscht.

Kaum gesessen, war er schon bei der dritten Halbe, weil jetzt nachlassen praktisch unmöglich. Einen Saugrant hatte er, sprich eine Stinkwut, hochdeutsch gesprochen. Blick stur geradeaus Richtung Middle of Nowhere.

Natürlich war die Geschichte mit Afrika eine reine Ausflucht. Das war ihm und wahrscheinlich auch seinen früheren Kollegen klar. Ihn hat es auch nicht gestört, dass das Brauer-Quintett ihn für seine Zwecke ausnutzen wollte, sondern dass es von vornherein geplant war, ihn an den Filter zum Observieren zu stecken. Und er, der große Ex-Polizist war ihnen vollends auf den Leim gegangen. Das war eigentlich das Schlimmste an der Sache.

»I glaub, i hab da a Idee …!« Arschbeißen und vor Wut an die Decke gehen jetzt angesagt. Und das Schlimmste war, er hätte es genauso gemacht und ihm war klar, dass er seinen Freunden helfen würde, allein dem Kellerer wegen. Außerdem war ein bisschen geregeltes Einkommen auch nicht zu verachten. Der Bummerl hatte wie immer ins Schwarze getroffen. Er hatte Geld bitter nötig, da er gerade lediglich von Nebenjobs und Erspartem gelebt hat. Aber kampflos würde er sich ihnen nicht ergeben und eine Entscheidung hat her müssen, denn sein jetziger Zustand ist ihm zu sehr an die Nieren gegangen und vor allem an die Leber. Seinen Bierkonsum würde er nicht mehr lange durchhalten können.

Wehmütig hat er an Afrika zurückgedacht. Obwohl Namibia komplett deutsch geprägt war, war es für ihn im Nachhinein gesehen für heutzutage eher wieder undeutsch. Die ausgewanderten Deutschen haben sich ihren ursprünglichen Charme erhalten und haben noch eine Lebenseinstellung, die der unsrigen, modernen völlig fremd ist. Klingt zwar komisch, ist aber so. Wenn du dort eine Party, sprich Feier, machst, gibt es keine Snobs. Es gibt keine Mode-Cocktails oder gar antialkoholische Getränke. Es gibt keine belanglose Konversation oder irgendwelche In-Gruppen. Es gibt einfach gutes Essen, ehrliche und offene Menschen, und vor allem Bier und das in rauen Mengen. Eine Festivität ohne ein Fass Bier wäre, um es *noch* einmal zu verdeutlichen, für die Leute, die der Sanktus dort kennengelernt hat, gänzlich undenkbar. Der Vorteil des namibischen Biers ist der geringere Alkoholgehalt so um die vier Prozent. Der ist ideal für das heiße und trockene Klima und vor allem ideal zum Autofahren. Auch das wird mit einem adäquaten Pegel noch toleriert, weil einfach nichts los ist auf den Straßen und sei doch mal ganz ehrlich, wenn du stundenlang auf der staubigen Sandstraße unterwegs bist, verspürst du auch Lust auf eine Halbe.

Aber auch all diese Argumente haben den Sanktus nicht in diesem Land halten können.

Und jetzt nach ein paar Wochen in seiner Traumstadt München hat es ihn schon wieder einmal gründlich von oben bis unten angekotzt.

Er war schon wieder an einem Scheidepunkt angekommen. Konflikte, Konflikte, Konflikte.

Was jetzt? Weg oder dableiben? Problem stellen oder kneifen? Wer hat den Hias umgebracht? Gesicht verlieren oder mit anpacken? Weg oder dableiben? Wer hat den Hias umgebracht? Vielleicht zuerst noch ein Bier? Warum muss alles so kompliziert sein? Kann's im Leben nicht einmal wie am Schnürchen laufen? In Namibia wär's jetzt Frühling! Wer hat den Hias umgebracht? Was sagt bloß das Annerl?

München ade! Ich muss weg! Raus in die weite Welt, wo Ruhe herrscht! Vielleicht Südamerika? Cuba? Libre? Cuba Libre bei dreißig Grad am Strand! In München wird's jetzt Herbst! Wer hat den Hias umgebracht? Der Hias würde bleiben! Wer hat ihn umgebracht? Schaffen's die andern? Wer hat verdammt noch einmal den Hias umgebracht …?

»Brauchst noch eins?«, hat ihn die Ramona aus seinen Gedanken gerissen.

»Was? Keine Ahnung!«, hat der Sanktus erwidert und mit dem Kopf geschüttelt.

»Wie bist du heut eigentlich drauf?«, wollte die Ramona wissen. »Jetzt weißt nicht einmal mehr, ob du einen Durst hast oder nicht. Abgefahren.«

»Tschuldigung«, hat der Sanktus gemurmelt, »Heut war einfach ned mein Tag. Hast kurz Zeit, dann setz dich her. Ich glaub, ich brauch jemand, der mir eine halbe Stunde zuhört.«

»Kein Problem. Ist eh nicht mehr viel los«, hat die Ramona gemeint und hat sich zum Sanktus gesetzt. Der Sanktus hat dann angefangen, ihr zu erzählen, wie ihn der Burgmaier Charlie aufgehalten hat, wie er vom Hias seinem Tod erfahren hat, von seinem Stammtisch im Stern-Bräustüberl und was seine Spezln mit ihm vorhatten.

Die Ramona hat sehr interessiert zugehört und ihm währenddessen tief in die Augen geblickt, was den Sanktus ein wenig nervös gemacht hat, weil er inzwischen Probleme gehabt hat, geradeaus zu schauen. Ehrensberger-Syndrom. Schaust jetzt in die rechten oder linken zwei Augen von der Ramona, Ramona? Schwierige Frage mit diesem Pegel. Als er fertig war, ist die Ramona wortlos aufgestanden und hat ihm noch ein Weißbier hingestellt.

»Sanktus«, hat sie gesagt »so viel wie jetzt hast in deinem ganzen Leben noch nicht mit mir geredet. Und wir kennen uns jetzt ja doch schon ein paar Jahre. Das muss ich jetzt erst einmal verdauen.«

»Halt, halt! Nix, nix verdauen. Was soll ich denn jetzt machen«, hat da der Sanktus von ihr wissen wollen. »Ich weiß ned wie ich ... Ich weiß ned ... Ich weiß irgendwie gar nix! Soll ich beim Stern wieder anfangen? Soll ich mich von denen einspannen lassen? Sag halt was. Sonst hast ja auch den ganzen Tag deinen Schnabel auf, Herrschaft!«

»Sanktus!«, hat die Ramona angefangen. »Jetzt pass einmal auf: Du bist gelernter Brauer, oder? Und ein Brauer bleibt ein Brauer für immer. Das hast du selbst seinerzeit gsagt. Zum Meister hat's nicht gereicht. Das hat aber nicht an deiner Intelligenz gelegen, sondern an deiner Faulheit, deiner Arroganz und deinem verfluchten Drang zu neuen Welten. Dann ist dein Gerechtigkeitssinn, oder was auch immer, mit dir durchgegangen und du bist zur Polizei. War auch nix, weil du das nicht bist, Fredl. In Namibia bist du wieder als Brauer gegangen und jetzt willst du auf einmal nicht mehr Brauer sein und deine Kollegen im Stich lassen? Wie oft hast du mir erzählt, wie gut du dich mit dem Hias verstanden hast, dass er für dich den Kopf hingehalten hat, wie du als Lehrling wieder einmal Mist gebaut hast. Und jetzt ist er tot. Wahrscheinlich haben s' ihn sogar umbracht. Und wer könnte das wohl besser rausfinden als du? Die Polizei scheinbar nicht und deine Kollegen auch nicht, sonst hätten sie sich ja wohl nicht in ihrer Not an dich gewandt. Also, sei *einmal* ein Mann und lauf nicht wieder vor einer Aufgabe davon, fang beim Sternbräu an und bring Licht in das Ganze.«

Die Ramona hat ihm ein Bussi auf die Backe gedrückt, ist aufgestanden, hat ihn eindringlich angeschaut und weg war sie.

Sanktus nach fünf Minuten Einkehr: »Gut.« Geste mit beiden Händen, so als ob alles sowieso wurscht ist.

»Gut – in Ordnung.« Nicken. Middle of Nowhere. »Okay.« Erneutes Nicken. »So, dann muss ich aber jetzt schlafen. Zahlen bittschön!«

DONNERSTAG

N: Prost, Herr Gschwendtner! Was sagen S'? Hätten wir ned gedacht! Wahnsinn, oder?

G: Prost, Herr Nussrainer! Ja, ja, es is wahr, gell! Anarchie, Revolution! Und das in unserem Freistaate Bayern. Schämen muss man sich. Vor der ganzen Welt. Den Leuten heutzutage ist nichts mehr heilig. Das hätt's doch früher bei uns nicht gegeben, oder, Herr Nussrainer?

N: Sie haben ganz recht, Herr Gschwendtner, ganz recht. Diese Terroristen und Fanatiker nehmen derart überhand, man weiß gar nicht mehr, wem man trauen kann. Bald nur noch den engsten Familienmitgliedern und Freunden. Und selbst da wird's schon haarig, ned wahr. Sieht man doch in jedem Fernsehfilm. Der nette Nachbar von nebenan, Terrorist von der IRA, ETA und weiß Gott noch woher! Brad Pitt und Harrison Ford, gell. Ich kenn mich aus, ja, ja.

G: Sind des Nachbarn von Ihnen, Herr Nussrainer? Meinen S', es waren Terroristen, die den Bierbrauer in den Sudkessel gestürzt haben?

N: Weiß man's? Weiß man's, Herr Gschwendtner? Das organisierte Verbrechen oder vielleicht eine Geheimorganisation. Man hört ja da so manches. Mein Sohn liest ständig Romane über solche Bünde. Assassini, Illuminochwas und so weiter. Das hat man jetzt, gell, sagt er. Das sei jetzt eher IN, meint er.

G: IN? Dass man unschuldige Menschen im Sud kocht? Ich mein, jetzt geht's aber dann ein bisserl weit mit der Moderne.

N: Ja, ja, Herr Gschwendtner. Die jungen Leute werden ja mit diesen Computerspielen groß. Da wird geschossen, gemordet und so weiter. Die scheißen sich nichts mehr. Da ist so was ja normal. Das zieht Kreise.

G: O mei, o mei, Herr Nussrainer. Wo soll das mal enden? Scheinbar im Sudkessel bei einhundert Grad? Wo sind die schönen Zeiten hin?

N: Die waren früher auch ned schöner. Alles ein Schmarrn! Nicht so extrem vielleicht, aber auch ned schöner. Reden wir lieber von was Angenehmeren, sonst werden wir ja vor lauter Mitgefühl noch trübsinnig, oder? Genau, also vom guten bayerischen Bier. Es geht doch nichts über eine frische Halbe. Was sagen Sie?«

N: Bin ich wie immer ganz Ihrer Meinung, Herr Gschwendtner. Wie immer ganz Ihrer Meinung. Prost!

*

Am nächsten Morgen ist der Sanktus dann im Büro von einem dürren, bebrillten Herrn der Personalabteilung der Stern-Brauerei gesessen. Der hat ihn eindringlich angeschaut und ihn mit Fragen gelöchert, die so wie der Sanktus geglaubt hat, überhaupt nichts mit einem Einstellungsgespräch zu tun gehabt haben. Unwohl gar kein Ausdruck. Drang zur Flucht immens. Das Ganze hat noch der extreme Zungenschlag des Angestellten verschlimmert.

»Herr Fanktjohanfer hin, Herr Fanktjohanfer her.«

Dem Sanktus ist nichts anderes übrig geblieben, als dem Zungenschlagherrn die ganze Zeit auf den Mund zu schauen, nur um sich zu konzentrieren und nicht zu grinsen. Wie der Herr geheißen hat, war dem Sanktus gleich nach dem Eintreten wieder entfallen. Er hat ihn dann einfach »Herr Wichtig« getauft, aus dem einfachen Grund, weil dieser ständig geschäftig auf und ab ging und im Namen schlicht und ergreifend kein S vorgekommen ist.

Der Herr Wichtig hat ihm zuerst eröffnet, dass dies ein ganz anderes Vorstellungsgespräch werden würde, da ja sowieso schon klar sei, dass der Sanktus »eingeftellt« werde. Er müsse ihn nur noch auf seine Eignung »teften«. »Wie viel Ftammwürze hat ein Weiffbier etc.?«

Dem Sanktus war klar, dass der Zungenschlag-Personaler hinten und vorne keine Ahnung vom Bierbrauen gehabt hat.

»Wie viel Waffer benötigen Fie pro Hektoliter Bier?«

Der Sanktus beantwortete ihm bereitwillig alle Fragen, nicht ohne den Blick jetzt von der Uhr und der Ausgangstür zu wenden.

»Waf find Ihre Hobbyf und Neigungen?«

Das Wort Neigungen hat er besonders betont und mit dem rechten Auge allwissend gezwinkert.

»Du linke Sau«, entfuhr es dem Sanktus da ganz leise. Er war sich jedoch nicht sicher, ob der Lispler es gehört hatte. Der hat nur kokett gelächelt, seine Nickelbrille zurechtgeschoben und leise hinter vorgehaltener Hand gehüstelt. Der Sanktus hat einfach die Geschichte vom toten Hund bezüglich lesen und Rad fahren erzählt, weil Bier trinken und faulenzen eher schlecht.

»Find Fie liiert? Ja, ja. Die Finglef. Keinerlei Verantwortung für die nächften Generationen. Schwul? Nein? Nicht mal daf!«

Dem Sanktus hat es jetzt vor lauter Wut schon aus dem

Genick geraucht und das Wasser aus den Augen gedrückt. Dann hat der Personaler weitergemacht:

»Können Fie tanzen? Walzer, Foxtrott. Natürlich nicht. Keine fozialen Kontakte, wie? Lieber in der Kneipe um die Ecke? Ja, ja, schon eingeftellt, ja, ja. Fo kannf gehen. Gut, gehen wir anf Eingemachte. Wie heifft die Hauptstadt von Burkina Fafo?«

Sollte wohl Faso heißen. Jetzt gleich zwei Schwierigkeiten. Zum einen verstehen und zum anderen die Hauptftadt wissen.

»Hä? Geht's noch?«, war das Einzige, das dem Sanktus bei dieser Frage noch eingefallen ist. »Was soll denn das jetzt?«

»Ja, ja, die Allgemeinbildung, ja, ja. Waf wiffen Fie überhaupt?«, bellte der Herr Wichtig den Sanktus an. »Nicht einmal fo waf wichtigef wie die Hauptftadt von *Burkina Fafo*, Fie verfoffener Kretin.« Wobei er das Wort wie »Kretäng« aussprach, das heißt »auffprach«.

»Ouagadougou!«, hat er herausgewürgt. »Ouagadougouuuuu! Die Hauptftadt! Na, ja, waf foll man denn mit fo einem wie Fie einer find nur anfangen. Eingeftellt find Fie ja schon. Wie wärf mit *freier Affoziation*.«

»Malen Fie mir einen Elefanten. Hä! Können Fie daf auch nicht?« Die Stimme des Herrn Wichtig hat sich förmlich überschlagen, was in einem Fiepen resultiert ist und der Sanktus war sich sicher, wäre jetzt Nacht, würden sich die Fledermäuse verfliegen.

»Wie wärf mit einem Telefon«, kreischte er, »hä, ring, ring, ring, hä? Malen Fie! Ring, ring, ring …«

Auf einmal ist es dunkel um den Sanktus geworden. Das Herz raste ihm bei so viel Unverschämtheit und das Telefon hat immer noch geklingelt, bis der Sanktus endlich zu sich gekommen ist. Ganz verdattert ist er dann aus seinem Bett in seine Hausschuhe gestiegen und in den Gang hinausgeschlurft.

»Sanktjohanser hier. Es ist mitten in der Nacht.«

»Hirschberger hier. Es ist halb acht. Reimt sich, oder? Du kannst heut noch bei uns anfangen. Der Filter ghört ab nächster Woche dir. Du musst nur noch zum Niedermeier und der geht mit dir dann noch in die Personalabteilung ...«

Lauter Entsetzensbrüller seitens Sanktus.

»Bummerl, ich mach alles, was du willst, aber bitte erspar mir die Personalabteilung. Von der hab ich heute schon genug. Mir reicht's.«

»Wieso *heut* schon genug? Spinnen tust fei schon, Sanktus, aber ich schau mal, was ich machen kann. Kommst nachher zu mir ins Sudhaus? Bis dann.«

»Ja genau. Bis dann.«

Soviel zum Thema auf keinen Fall kampflos ergeben.

Der Sanktus hat dann aufgelegt und erst einmal tief eingeschnauft. Dann hat er fünf Tassen Kaffee in sich hineingekippt, bis er endlich wach war.

So ist also der Sanktus um kurz vor zehn in der Landsberger Straße vor der Einfahrt der Stern-Brauerei gestanden. Ein komisches Gefühl ist das schon für ihn gewesen, wegen nach Jahren der Abstinenz Rückkehr an die Stätte seines früheren Wirkens.

Freie Assoziation! Sofort sind ihm einige Geschichten aus seiner Lehr- und Gesellenzeit in den Sinn gekommen. Es war eine schöne Zeit. Als junger Brauer hast du dir keine Gedanken über die Weltwirtschaft, die Unruhen im Nahen Osten, Taliban, Epidemien, Unwetter, Klimakatastrophe und so weiter machen müssen. Einziges Problem: Wie lange kann ich am Abend fortgehen und wie viel Halbe pack ich, ohne dass ich am nächsten Tag das Gesicht oder Diverses aus dem Gesicht verlier? Ist mein Meister mit mir zufrieden und ist unser Bier das Beste von ganz München? Ja, ja, Probleme, die die Welt bewegen.

Du hast überlegt, wie du dem Praktikanten, der ohne Lehre zum Studieren wollte und dem du grundsätzlich Unfähigkeit und Hochnäsigkeit unterstellt hast, eins reinwürgen hast können. Eine gängige Methode waren sinnlose Arbeiten, wie das Besorgen der Gewichte der Wasserwaage oder des Ausschlagschlüssels für die Würzepfanne bzw. eines Eimers Kohlensäure. Da ist so ein Praktikant schon einmal einen halben Tag in der Brauerei umhergelaufen zwecks »Running Gag« und alle haben mitgemacht vom Brauer über den Schlosser bis zur Putzfrau. Es geht doch nichts über ein gesundes Kastendenken. Ein Hoch auf Indien.

Sobald dir ein Meister draufgekommen ist, war's natürlich aus mit der Hausse und die kastenlosen und unantastbaren »Parias« ganz schnell wieder auf dem Spielplan.

Oder wie sie dem Riemensberger Michi in seinen Maßkrug ein saures Rückbier eingeschenkt hatten, als der nach dem Reinigen des heißen Läuterbottichs schweißgebadet war und einen Saudurscht gehabt hat. Der Riemensberger hat ohne mit der Wimper zu zucken den Krug geleert, in aller Ruhe einen Wasserschlauch genommen, die Kameraden von oben bis unten runtergewaschen, ist anschließend laut lachend in den Lagerkeller und hat sich eine richtige Maß geholt.

Einmal hatte sie der Baier Sepp, seines Zeichens früherer Gärführer, beim Zwickeln, sprich unerlaubtem Zapfen einer Maß im Lagerkeller, erwischt und wollte sie verpfeifen. Da haben der Kellerer und der Schlauch den Baier gehalten und der Sanktus hat ihm den laufenden Wasser-schlauch in den Kragen gesteckt, sodass ihm das Wasser aus den Gummistiefeln rausgelaufen ist.

Oder wie der Wamsler Horst im Lagerkeller, als sein Vorarbeiter ihn gefragt hatte, ob er hier der »Meister« oder ein Hanswurscht sei, besagtem Delinquenten den Hakenschlüssel auf den Fuß geschmissen und geschrien hatte »… ein Arschloch bist, sonst nix«, sich postwendend umgedreht hatte und heimgegangen war.

Ja – das waren wilde Zeiten … Aber eines ist klar: Schöne Zeiten waren s'!

Zuerst einmal hat er ganz tief eingeschnauft und den Geruch der Bierwürze, der aus dem Sudhauskamin aufgestiegen ist, auf seine Rezeptoren wirken lassen. Endlich Befreiung vom Zweifel. Gott sei Dank. Geruch sagt: Du gehörst da her, quasi Heimat; Sanktus also rein. Eigentlich nicht ganz, aber zumindest bis zur Pförtnerloge links in der Einfahrt.

»Ja, i werd narrisch, der Fredl, tschuldige, der Sanktus! Ja, was tust denn du da nach all de Jahr?«, hat der Hüter des Eingangs aus seinem Pförtnerhäuschen rausgebrüllt. Aus dem Häuschen hast du leise volkstümliche Musik heraustönen hören können. »… *schenk ich dir: eine wei-i-ße Ro-o-se …*«

Den Sanktus hat's geschüttelt, weil Volksmusik »top«, da original und in der Genetik des Bajuwaren tief verwurzelt, aber volkstümliche Musik grausam. Trotzdem Kurve gekriegt …

»Ja, leck mich doch am Abend, der Quasi. Bist du allerweil noch beim Stern? Ja, das ist eine Überraschung. Alles klar bei dir?«

»Ich gehör ja quasi schon zum Inventar. Mich lassen s' ja gar nicht mehr in die Rente gehen. Quasi lebenslänglich!«

Jetzt weißt du auch, warum der Quasi »Quasi« gerufen worden ist, quasi logisch, oder? Der Dammböck Hans, wie der Quasi wirklich geheißen hat, war die gute Seele der Brauerei. Der Hausl. Er war für alles mögliche zuständig, aber vor allem Pförtner. Der Quasi war bei allen Kunden und Vertretern seit Jahren bekannt und sehr beliebt. Wenn du irgendetwas über die Brauerei oder deren Umfeld wissen willst, musst du den Quasi fragen, weil wenn einer alles weiß, dann er. Der Hans hat ungefähr das gleiche Alter wie der Kellerer gehabt und ständig einen blauen Kittel und eine unvermeidbare Schieberkappe getragen.

»Ja, Sakrament der Sanktus ist wieder da. Ja, du Schlawuzi, du miserabliger. Hättest dich auch amal öfters blicken lassen können. Wo warst denn die ganze Zeit?«

»Mei Hans, des is a lange Gschicht. Die erzähl ich dir ein anderes Mal. Aber jetzt soll ich zuerst einmal zum Bummerl ins Sudhaus, weil ich ab heute wieder als Brauer hier anfang. Für den Hias, weißt!«

»Du fangst für den Kellerer an. Des ist gut. Da bin ich ja direkt beruhigt. Wenigstens einer, den man kennt und weiß, dass er was taugt. Das ist heut nicht mehr so einfach, gell. Dieses Jahr haben alle Lehrlinge das Handtuch geschmissen. Der ganze Jahrgang. Aber wennst die schon angschaut hast, na, na, des waren schon gar keine Brauer. Weißt, so Krischperl, so zaundürre Büberl.« Mit den Händen gezeigt nur fünf Zentimeter Durchmesser pro Stift. »Bier ham s' gsagt, sagen s' quasi, sie vertragen s', wenn überhaupt, dann erst am Abend, weil sonst werden sie so wuschig im Kopf. Wuschig, weißt.« Der Dammböck hat als eindeutige Geste mit der Hand vor seinem Gesicht herumgewedelt. »Quasi für die Katz. Alle futsch.«

»O mei, o mei.« Mehr ist dem Sanktus dazu nicht eingefallen und außerdem musst du ihm zugestehen, interessiert dich, kurz bevor du einen neuen Job antrittst, nicht, ob der heutige Azubi schon imstande ist, um neun Uhr eine Maß Bier zu leeren.

»Das mit dem Hias, was sagst denn dazu?«, hat der Quasi gesagt und noch bevor der Sanktus den Mund hat aufmachen können, hat der Quasi schon weitergeredet.

»Das war kein Unfall. Der fällt doch ned mitten in der Nacht so mir nichts, dir nichts in sein Haferl rein und verkocht drin schön gemütlich. Den hat schon einer reingeschmissen und wenn du mich fragst, mir ist's quasi klar wie des gegangen ist …«

»So, klar ist dir das. Dann schieß mal los, Quasi, und anschließend würd ich's gleich der Polizei melden.«

»Ja bist du von allen guten Geistern verlassen, Sanktus?«, hat der Dammböck gezischt und wie wild mit seinen Augen gerollt, quasi Tollwut und dann hin- und hergeschaut, als ob ihn einer beobachten würde. »Dann bin ich doch der Nächste, den sie wer weiß wo versenken. Du wärst mir schön. Das ist doch alles ein Komplott, verstehst?«

»Komplott? Aha?«, hat der Sanktus da gefragt. »Das musst du mir jetzt schon genauer ausdeutschen. Weil, möchst bitte schon entschuldigen, wenn ich jetzt mit deinem Gefasel nicht ganz so mitkomm.«

Der Quasi hat ganz tief Luft geholt und dann ganz leise dem Sanktus ins Ohr geflüstert.

»Die wollten den Kellerer mundtot machen. Weil er so vehement fürs Münchner Bier war – die von der anderen Großbrauerei, verstehst? Die wollten ihn weg haben. So eine ausländische Bierliga. Der war schlecht für ihr Geschäft. Hat bei jeder Gelegenheit dumm dahergeredet. Kennst ihn ja beziehungsweise hast ihn ja kennt. Bis zur

Zeitung ist er gegangen und hat da angeprangert, dass das kein Münchner Bier mehr ist und dass die Leute halt unseres trinken sollen, weil wir halt noch im Privatbesitz sind. Bier braucht Heimat und so weiter.«

In dem Moment hat in der Loge das Telefon geklingelt und der Dammböck hat hinein müssen. »Denk mal drüber nach«, hat er zuletzt noch gerufen, »dann kömma uns a anders Mal weiter unterhalten« und war dahin.

Der Sanktus hat jetzt nicht gewusst, ob der Quasi senil, betrunken oder sonst was war. Auf jeden Fall ist er zuerst einmal rechts durch den Hof zum Sudhauseingang hin.

Drinnen ist der Bummerl auch schon in seiner gläsernen Schaltwarte gesessen und hat einen geschäftigen Eindruck gemacht. Logisch, weil der Biersieder vier bis fünf Sude gleichzeitig überwacht und dabei keine Fehler machen darf, denn wenn das Bier schon von Anfang an verpatzt ist, hilft später die beste Korrektur meistens auch nichts mehr. Hier ist Gott sei Dank keine volkstümliche Musik gelaufen. Dem Stereotyp des bayerischen Sudhauses eins ausgewischt und das bewusst im Genitiv! Da sagst nix mehr, gell!

»He, Sanktus, jetzt warst aber schnell!«, hat der Bummerl freudig gerufen.

»Machen wir's kurz und schmerzlos. Wann muss ich beim Niedermeier sein?«

»Du musst gleich ganz hinauf zum Dr. Müller. Um elf. Wir haben also noch a bisserl Zeit«, hat ihm der Bummerl erklärt.

»Dann schauen wir jetzt gleich zur Würzepfanne.« Im Sudraum ruhten die glänzenden Kupferpfannen majestätisch inmitten des schwarzen Granitfußbodens. Wenn du genau hingeschaut hast, hast du erkennen können, dass das

Innenleben aus modernem Edelstahl gefertigt war. Einfach zu reinigen, einfach zu bearbeiten und haltbar über Jahrzehnte. Das Mannloch war geschlossen und wurde mit acht Feststellschrauben am Aufgehen gehindert.

Wie sie vor der Pfanne gestanden sind, hat der Sanktus bloß den Kopf geschüttelt.

»Naa, naa. Genauso wie ich's mir gedacht hab. Da fällst du nicht so einfach rein. Der Einstieg ist viel zu hoch. Das kann nicht mit rechten Dingen zugegangen sein. Bummerl, ich glaub, du hast wirklich recht. Weißt du, was interessant ist? Schau mal. Das Mannloch ist von der Straße aus durch die Fenster nicht zu sehen. Das ganze Eck liegt eigentlich im Verborgenen. Ideal, um jemand ungesehen verschwinden zu lassen, oder? Kann ich mir mal die Aufzeichnung von der Kochung anschauen?«

Die Aufzeichnung beinhaltet alle Parameter im Sudhaus, sprich, du kannst alle Sude nachverfolgen, also Mengen, Temperaturen, Durchflüsse und, was das Wichtigste ist, die Werte werden über die Zeit aufgezeichnet.

»Kannst du mir die Stelle zeigen, wo der Hias in die Pfanne reingefallen sein soll«, hat der Sanktus den Bummerl gebeten. Der hat kurz an seinem PC herumgewerkelt und schon ist eine Grafik erschienen, auf dem bunte Linien gegeneinander gekämpft haben.

»Aha«, hat der Sanktus gemeint, »genau. Zwei Uhr siebenundzwanzig haben die Heizzonen des Kochers ausgeschaltet, also war das Kochen zu Ende und der Hias hat spindeln müssen. Die Heizzonen sind auch danach nicht mehr angegangen. Die Sudmenge ist vorher bis zum Kochende kontinuierlich gesunken. Ist auch klar, weil beim Kochen etwas verdampft. Schau mal da. Um zwei Uhr siebenunddreißig ist die Menge schlagartig angestiegen und gleich wieder gefallen. Da ist der Kellerer eingetaucht. Der Sensor hat auf die Wucht des Eintauchens reagiert und kurz eine höhere Menge angezeigt. Danach war wieder Ruhe. Ist ja auch logisch. Du bist ja erst um kurz vor vier gekommen. Mich wundert nur, dass die Menge zuerst direkt konstant bleibt und nach einiger Zeit ein bisschen zu schwanken anfängt.«

»Liegt wahrscheinlich am Sensor«, hat der Bummerl gemeint, »die spinnen ab und zu. Willst du sonst noch was sehen?«

»Nein, das langt jetzt erst einmal, aber ich bin mir sicher, dass den Kellerer jemand mit Absicht versenkt hat. Ich weiß nur noch nicht, wie wir das dem Kommissar Bichlmaier verständlich machen sollen. Halt mal! Um zwei Uhr siebenundzwanzig ist die Aufforderung zum Spindeln gekommen, oder? Und um zwei Uhr siebenunddreißig ist der Hias reingefallen, also hat er bis dahin nicht gespindelt, weil sonst wär der Sud ja weitergelaufen. Kannst du dich noch erinnern, wie der Hias reagiert hat, wenn du als Lehrling nicht sofort gespindelt hast?«

»Klar kann ich das«, hat der Bummerl gemeint. »Ausgeflippt ist er, von wegen zu langer Heißhaltezeit, die schlecht fürs Bier ist wegen der thermischen Belastung und …«

»Genau. Merkst du was? Der Hias hätte nie zehn Minuten mit dem Spindeln gewartet. Bloß was ist in diesen zehn Minuten passiert? *Das*, wenn wir wissen, sehen wir klar!«

Dem Bummerl haben jetzt vor Freude die Augen geglänzt. »Genau. Jetzt haben wir was für den Bichlmaier!«

»Jawohl! Aber jetzt muss ich zum Dr. Müller. Also, servus, bis nachher.«

Der Sanktus ist jetzt in den Verwaltungstrakt hinüber zum Büro des Dr. Müller, dem technischen Direktor der Stern-

Brauerei. Er ist sozusagen durch die geheiligten Hallen gewandelt. Die Gänge des Verwaltungsgebäudes sind ihm eher wie ein Amt vorgekommen und da kannst du dir vorstellen, was für ein Gefühl der Sanktus im Magen gehabt hat, weil Hand aufs Herz – wer geht schon gerne auf ein Amt und lässt sich von dem zuständigen Beamten als Schwerverbrecher behandeln, bloß weil dein Pass abgelaufen ist und du blöderweise in der nächsten Woche in den Urlaub fliegen willst? *»Ja, da könnt ja ein jeder daherkommen; da kömma gleich aufhören; des hamma ja noch nie gehabt; glauben S' bloß ned, dass des so einfach geht – und kennen Sie die Hauptstadt von Burkina Faso?«* Da wär dem Sanktus fast ein lauter Schrei ausgekommen, aber er hat sich gerade noch zusammenreißen können. Der Sanktus hat nur gehofft, dass es beim Dr. Müller nicht so schlimm werden würde, wenn er Revue passieren hat lassen, was er sich früher so beim Stern geleistet hatte. Was bei dem Gespräch nachher rausgekommen ist, hat ihn dann vollkommen erstaunt, weil eher geheime Verschwörung und »gut Freund« statt Ermahnungen und Belehrungen.

Jetzt aber zuerst am Fräulein Huber – Fräulein ist gut, mit fünfundvierzig – vorbei. Das Fräulein Huber, auch genannt der Schlosshund, hat den Sanktus schon während seiner Lehrzeit nicht leiden können und da hat er oft am Fräulein vorbei müssen, weil wie du ja inzwischen weißt, war er alles andere als vorbildlich.

»Ja, wen haben wir denn da?«, hat das Fräulein, eine zaundürre Übergebliebene, mit seiner schnippischen Art angefangen. »Den Alfred Sanktjohanser. Soll wieder bei uns anfangen, habe ich gehört. Man hat wohl aus früherer

Erfahrung nichts gelernt oder gehen die Bierbrauer aus, wenn man schon auf ihn zurückgreifen muss?«

»Ja, das Fräulein Huber, schön, charmant wie eh und je.« Sanktus jetzt gute Miene zum bösen Spiel, weil schnell wieder raus. »Wie geht's denn? Sie sind ja überhaupt nicht älter geworden in den letzten Jahren. Sie müssen ja inzwischen fünfzig sein. Sieht man Ihnen wirklich nicht an«, hat er sich dann aber doch nicht verkneifen können.

Das Fräulein Huber hat jetzt sehr mit seiner Contenance gerungen und es wäre bestimmt zum Eklat gekommen, wäre nicht eine gut aussehende, junge, schlanke Frau mit rotbraunen gelockten Haaren und grünlichen Augen aus dem Büro des Dr. Müller gekommen.

»Wiederschauen, Fräulein Huber.«

»Auf Wiedersehen, Katharina.«

Der Sanktus jetzt Mund offen und Herzschlag kurz vor Kollaps. Verstohlen hat der Sanktus mit einem Auge auf die Sandalen der Schlanken gelugt, was seinen Herzschlag zusätzlich beschleunigt hat. Schön langsam ist ihm fast der Schnauferer ausgegangen.

»Griaß di, Sanktus. Kennst mich noch?«

Herzrasen jetzt kein Ausdruck!

»Ka… Kathi! Freilich. Also – kenn ich dich – noch! Servus!«

»Bist wieder da? Erzählst mir mal, wie's war in Afrika? Würd mich recht freuen. Pfiat di derweil!«

Abgang Kathi. Sanktus völlig baff, aber Herzschlag jetzt ruhiger.

Blick nach links. Fräulein Huber völlig perplex. Große Genugtuung und Grinsen seitens Sanktus. Biorhythmus wieder hergestellt. Herzschlag in Ordnung.

Kurz darauf ist der Dr. Müller aus seinem Büro gekommen und hat den Sanktus hineingebeten. Das Fräulein Huber hat immer noch keinen Ton herausgebracht.

Der Dr. Müller war ein gemütlicher, im Rentenalter angelangter Münchner, der schon seit über fünfundzwanzig Jahren dem Sternbräu treu gedient hat.

»Sanktjohanser«, hat er angefangen, »haben Sie sich wieder mal mit dem Fräulein Huber in den Haaren ghabt? Also, machen wir's kurz, weil ich noch einen Termin mit einem Malzlieferanten hab. Ich freu mich sehr, Sie wieder in unserem Unternehmen zu haben und noch mehr, dass Sie so kurzfristig für den verstorbenen Herrn Kellerer einspringen konnten. Sie dürfen es mir glauben. Es war ein großer Verlust für uns alle …«

Spätestens jetzt ist dem Sanktus schwindlig geworden, weil zu viel Gesülze hat er noch nie vertragen können. Und Gemeinplätze waren daher das Schlimmste, was du ihm hast antun können. Horror überhaupt. Er hat also dem verschwommenen, monoton säuselnden Bild des Dr. Müller mit halbem Ohr gelauscht und versucht, dabei nicht vor Müdigkeit und Schwindel umzukippen. Auf einmal hat der technische Direktor aber wieder Konturen angenommen und ganz klar gesprochen.

»… hab ich mir überlegt, dass Sie als früherer Mitarbeiter der Münchner Polizei sicherlich über die Erfahrung verfügen, ein wenig Licht in das Dunkel bezüglich des Todes Ihres Exkollegen zu bringen. Dies ist natürlich hoch inoffiziell und ich wäre Ihnen dankbar, wenn Sie niemandem darüber berichten und ausschließlich mir Rede und Antwort stehen würden.«

Der Sanktus hat gedacht, ihn streift ein Bus. Da will der Müller einen Brauer plus Detektiv im Doppelpack einkaufen, aber warte, Bürscherl.

»Kein Thema, Herr Doktor, mit der geeigneten Lohn-gruppe könnte ich hier über meinen Schatten springen.«

»Selbstverständlich, selbstverständlich«, hat der Müller da abgewunken, als ob Geld überhaupt keine Rolle spielen würde. »Dann sind wir uns also einig. Freut mich. Könn-ten Sie morgen einen Tag beim Bierfahren aushelfen und dann nächste Woche am Filter anfangen?«

»Bierfahren?«, dem Sanktus ist das Wort in der Kehle stecken geblieben. »Na, ja. Wenn's sein muss.«

Beim Bierfahren, musst du wissen, bist du oft, je nach Tour, zu zweit und da kannst du schon mal einen Kollegen erwischen, der dich von früh bis nachmittags zulabert und das wäre der Tod für den Sanktus, weil ständiger Schwin-del. Aber was tut man nicht für seine Freunde, die einen schon so weit gebracht haben, als Brauer zurückzukeh-ren? Da ist doch das Bierfahren auch kein Problem mehr, oder was meinst du?

»Dann melden Sie sich doch gleich einmal in der Expe-dition. Die Personalangelegenheiten erledige ich und lass Ihnen nur noch die Papiere zum Unterschreiben in den Filterkeller bringen. Also, dann Wiedersehen.« Sprach's und komplimentierte den Sanktus in Richtung Fräulein Huber hinaus.

Der Sanktus natürlich jetzt völlig erleichtert zwecks Einsparung der leidigen Personalabteilung, auf Deutsch gesagt, super drauf. Vorsichtshalber würdigte der Sanktus das Fräulein Huber keines Blickes, aber ein »Ciao, Bella!« hat er sich nicht verkneifen können, als er vorbeistolziert ist.

Jetzt war's so weit. Der Sanktus war wieder Brauer. Und das in seiner Lehrbrauerei. Ob ihm das wirklich recht war, hätte er im Moment eigentlich nicht so genau sagen können.

Ein komisches Gefühl war's auf jeden Fall. Nach so langer Zeit wieder in Arbeitshose und Gummistiefel bei Hitze und Kälte, staubtrockener Luft oder Nässe. Am meisten hat er sich gefreut, einmal wieder in einen Gär- oder Lagertank einzusteigen und die übrige Hefe mit Hilfe einer Hefekrücke rauszuschieben, weil Geruch nach frischem Bier und Ruhe im Tank. Nicht gerade der anspruchsvollste Job in der Brauerei, aber wunderbar, wenn du vom Vortag noch etwas angestochen bist und klarer Gedanke Utopie. Nach einem Tank geht's dir besser, nach zwei Tanks bist du schon wieder fit – und vor allem pitschnass, weil nach dem Aushefen braucht so ein Tank Ausspritzen. Und wenn du nicht so ganz bei der Sache bist, bist *du* nass und nicht der Tank. Belebendes Gefühl. Wenn's ganz schlimm kommt, hast du das Wasser in den Gummistiefeln und du weißt genau, dass du das so schnell nicht wieder rauskriegst, also Tag gelaufen und lauter gute Vorsätze, zwecks nie wieder Suff, aber am nächsten Tag? Also Plan A funktioniert ja bekanntlich nie.

Brauer sein – ein Traum? Gute Frage! Den Sanktus hat auf jeden Fall ein wohlig warmes Gefühl beschlichen, wegen aufgeräumt und wieder Sinn im Leben. Arbeiten mit Freunden, weil eins musst du wissen: Die Brauer sind eine eingeschworene Gemeinschaft. Und zusammenhalten tun sie alle, vor allem, wenn sie mit einer Zwickelmaß irgendwo stehen, wo sie der Braumeister nicht finden soll. Solidarität dann sehr groß geschrieben. Die erste Zwickelmaß gibt's um acht Uhr. Sozusagen »offizielle Brauerbesprechung« und jeder, der was anderes behauptet, der lügt, ist doch klar. Nicht dass du jetzt umfällst, die Maß trinken natürlich alle miteinander, weil du hast ja nicht nur eine Besprechung am Tag, sondern mehrere. Und irgendwann fällt's auf, oder? Um neun ist Brotzeit. Da trinkt jeder sein eigenes Bier. Gegessen wird da richtig, so als wäre es Mittag.

Jetzt wirst du meinen, die Brauer trinken den ganzen Tag nichts anderes als Bier, und das in rauen Mengen, aber weit gefehlt. Früher, ja! Heute nicht mehr, weil alles hochtechnisch. Da kannst du dir nichts mehr leisten. Alles computergesteuert und probier mal, was Sinnvolles an diesen Maschinen zu machen, wenn du einen sitzen hast, dass es kracht. Also Brauer heute sehr brav! Trinken eher Untermalung und Nostalgie.

Das ist dem Sanktus alles durch den Kopf gegangen, als er zu Fuß heimgegangen ist. Als er am Friedensengel inmitten der Isarauen angekommen war, hat er sich auf das obere Plateau gesetzt, die Füße baumeln lassen und in Richtung Haus der Kunst auf die Prinzregentenstraße geschaut. Die vielen Autos sind in den Tunnel abgetaucht und aus dem Tunnel wieder aufgetaucht. Auf und ab, genau wie das Leben, hat sich der Sanktus gedacht, Philosoph jetzt definitiv Anfänger, oder?

Der Sanktus hat überlegt, wie oft er schon diese Straße gefahren war, sei es, um in die Schule, in die Innenstadt, nach Schwabing oder um direkt zum Friedensengel zu kommen.

Am Fuß dieses Denkmals hatte er mit seinen Spezln so manches Fest gefeiert. Andere haben lieber an der Isar gegrillt, weil Grillen hast du hier wirklich nicht dürfen, mitten in der Stadt. Der Sanktus hat jedoch das Sitzen im Grünen und den gleichzeitig weitschweifenden Blick auf München bevorzugt. Seine Stadt praktisch fest im Blick.

Gerne ist er hier in seinen Jugenderinnerungen geschwelgt. Er hat überlegt, was er früher alles vorgehabt hatte. Zum

Arzt oder Architekt wollte er es bringen. Warum er Bierbrauer geworden war, hat er eigentlich nicht genau sagen können. Eigentlich komisch, findst nicht? Nachdem er ein bisschen länger gedankenlos auf die Straße gestarrt hat, ist er seine verflossenen Liebschaften durchgegangen und hat bemerkt, dass er eigentlich mit allen mindestens einmal eine Nacht am Friedensengel verbracht hatte. Da hat er direkt lachen müssen. Vor allem, weil er sich immer so blöd angestellt hatte, dass er eigentlich sehr selten eine erwischt hatte. Vielleicht war der Friedensengel auch nicht gerade der Ort, den die holde Damenwelt für ein trautes Stelldichein bevorzugt hat. Keinen Sinn für die wahren Werte ...

Der Sanktus hat nicht gewusst, wie lange er auf die Prinzregentenstraße gestarrt hat, aber auf einmal ist ihm aufgefallen, dass es schon am Dunkelwerden und sauber kühl geworden war. Die Autos waren nur noch rote und weiße Punkte und das Palais weit in der Ferne beleuchtet.

»Na, pack ma's halt!«, hat der Sanktus zu sich selbst geflüstert und ist aufgebrochen.

Daheim hat die Anna schon auf den Sanktus gewartet.

»Hast an Hunger, Fredi?«

»Schon! Was gibt's denn, Annerl?«

»Böfflamott!« (Boeuf à la mode auf Deutsch)

»Sauber, Annerl, sauber!«

»Lass dir's schmecken! Und was war heut los? Was ist mit dem Hias?«

»Eine neue Arbeit hab ich ab morgen und der Hias is wirklich hin.«

»Schande«, war alles, was die Anna rausgebracht hat. »Tut mir leid, Fredi. Aber jetzt erzähl von deiner neuen Arbeit. Was machst denn?«

»Depp vom Dienst! Was sonst?«

»A geh? Wo denn?«

»Beim großen S!«

»Beim Stern?«

»Scho, scho.«

»Flaschenausklauber in der Füllerei oder warum Depp vom Dienst?«

»Ned Flaschen, Annerl. Die Wahrheit. Die Wahrheit, wie der Kellerer gestorben ist, die soll ich ausklauben.«

»Jetzt kenn ich mich überhaupt nimmer aus, Fredi!«

»Ich bin froh, dass ich mich jetzt wieder auskenn. Im Filterkeller bin ich! Aber dem Kellerer seinen Tod soll ich nebenbei auch noch – na ja – man würd vielleicht sagen – aufklären. Also schon Depp vom Dienst. Aber des kriegn wir schon.«

»So, so. Haben s' denn da wirklich keinen Dümmeren gfunden? Pass ja auf. Wenn's den Hias wirklich umgebracht haben, dann läuft da ein Mörder frei herum. Damit ist ned zu spaßen, Fredi. Ich möchte dich ned unbedingt verlieren, gell.«

»Hmh!«

»Ned hmh! Aufpassen, sag ich. Du bist ned die Weltpolizei. Du bist Bayer, ned Amerikaner. Vergiss des ned!«

»Hmh!«, hat der Sanktus wieder gemurmelt und an seinem Fleisch gekaut.

»Dein ›hmh‹ macht mich jetzt gleich wahnsinnig. Warum fragen s' denn ned die Polizei? Die is doch für so was zuständig, ned ein überambitionierter München-Fanatiker …«

»Die können's ned!«

»Wer?«, hat das Annerl gefragt, »die Brauer oder die Polizei?«

»Keiner.«

»Wie? Keiner?«

»Weder die einen noch die andern.«

»Aber du?«

»Hmh …«

»Ich glaub, heut kommen wir auf keinen grünen Zweig, wir zwei. Jetzt isst lieber noch a bisserl was, weil morgen musst schließlich früh aufstehen und Bier filtrieren.«

»Morgen noch ned. Morgen muss ich als Beifahrer Bierfahren. Des gibt a Gaudi. Da weiß ich ned, wie ich heimkomm, gell!«

»So schlimm wird's ja doch ned werden, oder?«

»Dein Wort in Gottes Ohr, Annerl!«

»Versau's ned gleich wieder am ersten Tag. Versprichst mir das?«

»Versprochen. Ich tu mein Bestes, wirklich. Brauchst dir nix denken.«

Nach der etwas längeren Erklärung ist der Sanktus noch in seine Stammwirtschaft hinüber, um ein Weißbier zu trinken – wieder einmal sehr zum Leidwesen seiner Schwester. Aber zuvor noch etwas Kultur.

Die Jacqueline hat sich an diesem Tag nicht auf dem Balkon sehen lassen, als der Sanktus die Goaßl im Hinterhof hat kreisen lassen. Anscheinend hatte sie mit ihrem Theo was Besseres vor … Vorhand, Rückhand, Triangel und von vorn. Der Sanktus hat die Leere in seinem Kopf genossen. Fast-Leere, weil er ständig das Bild von der Müller Kathi vor sich gehabt hat.

Die Ramona hat alles genau wissen wollen und ständig in den Sanktus hineingeredet, Wasserfall Anfänger. Der Sanktus hat wieder einmal nur in seinen Weißbierschaum hineingeschaut und fast gar nichts von sich gegeben. Sagen hat er eigentlich auch nichts brauchen, weil den Part hat ja schließlich die Ramona übernommen, aber der Sanktus hat sie fast nicht gehört. Er hat immer wieder abgewogen, ob er den richtigen Schritt gemacht hatte. Hin und her, pro und kontra, Ruhe oder Gerechtigkeit, Treue zum Kellerer oder leck mich am Arsch, null oder eins, *ein* Weißbier oder *zwei* Weißbier?

»*Ein* Weißbier!«, hat der Sanktus auf einmal für die Ramona zusammenhanglos in die Wirtschaft hineingerufen.

»Noch eins?«, wollte die Ramona wissen.

»Schmarrn! Nur eins! Zahlen. Ich muss morgen fit sein. Auf geht's! Pack ma's. Jetzt ghört er der Katz!«

»Wer, Sanktus?«

»Der, der den Hias auf dem Gewissen hat. Den mein ich!«, hat der Sanktus versichert.

»Brav, Fredl, brav. So gfallst mir wieder besser«, hat die Ramona dem Sanktus nachgerufen und gelächelt.

FREITAG

N: Prost, Herr Gschwendtner.

G: Prost, Herr Nussrainer. Hört man schon was Neues über den Mordfall?

N: Ach woher. Da geht halt der Peter Ustinov ab, gell!

G: Was für ein Ustinov, Herr Nussrainer?

N: Na der Poirot, Herr Gschwendtner.

G: Poro? Porree kenn ich!

N: Na, ham Sie noch nie die Krimis im Fernsehen gsehn? Hercules Poirot, der von der Agatha Christie!

G: Ergül? Hört sich an wie ein Türke.

N: Nein, ein Belgier, sagt er, ist er. Da fehlt halt ein Sherlock Holmes, eine Miss Marple, ein Columbo, ein Batic, ein Leitmayr oder sogar ein Kommissar Veigl.

G: Kommissar Veigl. Wer ist denn das?

N: Na, der Gustl Bayrhammer. Im Tatort. Also zu Ihrer Frage. Ich weiß nur, dass die Polizei im Dunkeln tappt und der Sprecher im Radio hat gesagt, sie gehen von einem selbstverschuldeten Unfall aus! Also, wenn Sie mich fragen, da steckt eine Verschwörung dahinter.

G: Genau. Aber uns fragt ja keiner! Selbstverschulden! Den Brauer möcht ich sehen, der in die heiße Bierwürze springt, wo doch so ein Ersaufen im Gärbottich mit fertigem Bier ein viel gnadenvollerer Tod wäre. Kennen Sie den Witz, wo der Braumeister stirbt und der Lehrling zu seiner Frau geht …

N: Ja, ja, den kenn ich. Wo's heißt, grausam kann er nicht

gewesen sein, der Tod, weil er noch dreimal zum Pieseln gegangen ist. Der ist doch dreimal so alt wie der
Böhmerwald, Herr Gschwendtner! Klar kenn ich den.

G: So, so. Dann kennen Sie den Witz also schon. Ist der
einzige Brauerwitz, den ich weiß.

N: Wahrscheinlich haben die Brauer ja auch schon nix
mehr zu lachen. Die Brauereien werden weniger, die
Leute trinken nicht mehr so viel Bier, die Energie und
Rohstoffe werden teurer und teurer. *Da*, wenn dir das
Lachen nicht vergeht.

G: Das ist schon richtig. Eine Brauerei kauft die andere
auf. Das macht selbst vor dem Münchner Bier nicht
halt, gell. Den Bärenbräu haben ja jetzt scheinbar die
Russen.

N: Ja, ja. Das ist schon ein bisserl komisch für den Münchner. Aber solangs kein russisches Bier auf der Wiesn
gibt …

G: Malen S' den Teufel ned an die Wand, Herr Nussrainer.

N: Beim Stern geht's scheinbar doch noch ein bisserl
münchnerischer und legerer zu, sagt man. Genaues
weiß man ja nicht. Da lässt ja keiner was raus. So ein
Bierbrauer kann dermaßen stur sein, das glauben Sie
gar ned, gell. *Der*, wenn nicht mag, gell, dann, ja, dann
mag der nicht, verstehen S'?

G: Schon. Ich mein, das Bier ist auf jeden Fall hervorra-
gend und der Bügelverschluss ist mir auch der Liebste.
Ganz wie in alten Zeiten.

N: Genau, Herr Gschwendtner. Bier braucht eben Heimat. Bleiben wir dem Stern treu, auch wenn s' ihre Leut
mitkochen, gell. Schmeckt man schon was? Prost, Herr
Gschwendtner.

G: Sie allerweil mit Ihrem schwarzen Humor. Da läuft's mir ja kalt den Rücken runter. Aber Prost, Herr Nussrainer.

N: Na, geht doch, Herr Gschwendtner!

*

An diesem Tag ist der Sanktus fit gewesen wie schon lange nicht mehr. Ganz einfacher Grund. *Ein* Weißbier. Daheim hat er sich am Vorabend noch vor den Fernseher gepackt und den Günther Jauch vom Montag auf Video angeschaut. Wehmütig hat der Sanktus an Fernsehsendungen wie »Dalli Dalli« mit Hans Rosenthal, »Was bin ich« mit Robert Lembke oder an Wim Thoelke gedacht. Ja, das war noch was. Aber der Jauch hat da seiner Meinung nach auch mithalten können.

Millionär wäre er nicht geworden, aber ein bisschen mehr als der eingebildete Student, der schon bei hundert Euro einen Joker gebraucht hatte, hätte er schon gewusst. Dafür war der Unterhaltungswert perfekt und der Sanktus hat in sich hineingelacht. O Deutschland, deine Bildung, Pisa lässt grüßen. Früher war alles besser, oder nicht? Laut Karl Valentin sogar die Zukunft. Der Sanktus hat sich aber zu der Generation gezählt, die noch fähig war, kopfzurechnen und siebenundzwanzig Prozent von irgendwas zu kalkulieren. Und das war für das Bierfahren am nächsten Tag sicherlich nicht von Nachteil.

Er ist also pünktlich um sechs in der Früh in der Expedition, das ist die Auslieferung, angetreten. Der Leiter, der Hintermeier Richie, ein kleiner, grauhaariger Mittfünfziger, hat ihn auch gleich lächelnd empfangen.

»Morgen Sanktus. Alles klar? Schön dass d' wieder da bist. Such dir den schönsten Bierfahrer aus. Heut hast Herrenwahl.«

In dem Moment ist die Tür aufgegangen und der schwule Berti, blond gelockt, ist in seinem ganzen Glanz in der Expedition erschienen. Dem Sanktus ist das Herz in die Hosentasche gefallen – bloß nicht mit dem Berti. Das gäbe einen weiteren Mord. Schwul kein Problem, aber dessen Mitteilungsbedürfnis.

»Oh, was erblicken meine trüben Äuglein fein. Einen Neuankömmling. Na, da geht mir doch gleich einer ab, vom Feinsten. Holder Jüngling, komm mit in meine Gondel der Liebe. Ich versprech dir eine Reise durch das Abenteuerland.«

Der Sanktus war nur noch imstande, einen flehenden Blick zum Richie hinüberzuwerfen, der sich vor Lachen schon gekrümmt hat. Der Berti hat natürlich genau gewusst, wie er daherreden muss, dass es dem Sanktus ganz anders wird.

»Naa, Berti, du kriegst heut die neue vollschlanke Praktikantin mit. Da kann nix passieren. Weder dir noch ihr. Und ich möcht den Sanktus ned schon am ersten Tag verschrecken. Es ist ja schließlich nicht Sinn des Trainings, dass man jeden Tag auf Höchstleistung geht, gell.«

Der Berti ist schmollend abgezogen und zu seinem LKW gedackelt, jedoch nicht, ohne dem Sanktus vorher noch anzüglich zuzuzwinkern und sich mit der Zunge über die Lippe zu fahren. Der Sanktus hat jetzt doch ein bisserl Gänsehaut gekriegt und sich verflucht, dass er seinen Kollegen nachgegeben und diesen irren Job angenommen hatte. Aber mitgefangen, mitgehangen. Da musst du durch.

»Sanktus, dich kriegt der Maisberger Toni heut mit. Ihr

fahrts zuerst auf d'Wiesn und dann eine kleine Tour. Das ist nicht wild, aber er braucht einen Zweiten. Na schau, da kommt er ja schon.«

Den Maisberger hat der Sanktus auch schon gekannt, mit ihm aber noch nie ein Wort gewechselt, weil der Toni war ein kerniger, wortkarger Mensch aus Niederbayern, musst du wissen. Das war dem Sanktus gerade recht, also genau nach seinem Geschmack. Einfach Ruhe. Hat ein angenehmer Tag werden können.

»Morgen, Toni!«, Sanktus eher zaghaft.

»Mmh, Moing, pack mas«, hat der Toni gemurmelt.

»Scho!«

»Guat! Oiso dann!«

Wunderbar. Jeweils zwei Sätze. Das Wichtige geklärt. Mehr gesagt als in zehn Minuten oberflächlicher Unterhaltung.

Der Sanktus ist mit dem Toni zu seinem LKW, einem kleinen Bierlaster, gegangen – ideal für die Stadt und das Oktoberfest. Schnell und wendig.

»Lodn miass ma no«, hat der Toni in seinen nichtvorhandenen Bart gebrummt und ist eingestiegen.

Selbst der Sanktus als echter Bayer hat Probleme gehabt, den Toni zu verstehen. Zur Laderampe haben sie noch fahren müssen, um das kommissionierte Vollgut aufzulegen. Wieder mal fachchinesisch, aber keine Panik. Also, die Staplerfahrer mussten die zusammengestellten, sprich kommissionierten Paletten mit den diversen Getränken auf die Ladefläche befördern, also aufladen. Vollgut sowieso klar, weil, wer kauft schon leere Flaschen?

Als die beiden in die Halle hineingefahren sind, waren noch zwei Lastwagen vor ihnen. Der Sanktus war verwundert, dass sich die Bierfahrer ihre Paletten selbst kommissionieren mussten und teilweise selber mit dem Stapler rangiert haben. Das Personal der Vollguthalle schien nicht anwesend zu sein.

»Seit wann geht denn des so?«, wollte der Sanktus wissen.

»Versteckt, de faule Bagage. Des hom ma glei. Mit mir ned.«

Der Toni hat sein Fenster heruntergekurbelt, zwei seiner Finger in den Mund gesteckt und einen lauten Pfiff losgelassen.

»Schauts, dass kommts, sonst schepperts!«, hat er noch gerufen und wie aus dem Nichts sind zwei rote Gabelstapler dahergeschossen und so schnell hast du gar nicht schauen können, war der LKW geladen, Zeitlupe praktisch Gegenteil. Der Toni ist dann an den zwei vorderen Bierfahrern, die wie die Schwalberl geschaut haben, vorbeigefahren und aus dem Brauereihof raus.

»Wie hast jetzt des gmacht?«, hat der Sanktus gefragt.

»Host des blaue Aug von dem oana gseng? Na woaßt es!« Dabei hat der Toni gegrinst.

Der Sanktus hat gewusst, dass er jetzt erst mal nichts mehr sagen braucht und hat die Fahrt genossen. Es ist am Augustiner Bräu vorbeigegangen hinunter zur Theresienwiese. Dem Sanktus ist das Ganze ein wenig gespenstisch vorgekommen, als sie im Morgengrauen durch das grüne, mit Girlanden behangene Eingangstor mit der Aufschrift: *Willkommen zum Oktoberfest* durchgefahren sind. Keine Menschenseele auf der Wiesn. Ein Anblick, den du nicht so oft hast.

»Sche stad, ha?« (Schön still, nicht wahr?), war alles, was dem Toni dazu eingefallen ist.

»Scho!«, hat der Sanktus erwidert und gehofft, dass er nicht zu viel gesagt hatte.

Jetzt ist das Bierauto langsam durch die Bierbudenstraße gerollt, vorbei am Hippodrom, an der Fischervroni, am Ambrustschützenzelt, an der Ochsenbraterei, am Hofbräuhaus, am Augustinerzelt und so weiter und so weiter.

Der Sanktus hat sich erinnert, wie er seinerzeit, bei seinem ersten Anlauf als Bierbrauer, schon einmal in aller Herrgottsfrüh auf der Wiesn hat liefern müssen. Er war sich vorgekommen, wie der Django in einer verlassenen Wildweststadt. Keine Seele zwischen Sacramento und Siegestor! Der Wind pfeift still Ennio Morricone. Eine zwielichtige Gestalt schleicht gebückt am Saloon vorbei auf die Straße und übergibt sich – der letzte Verbindungsstudent mit Mütze und Band in Lederhosen-Outfit vom Schottenhamelzelt auf dem Weg heim. Wunderbar zum Anschauen. Den Anblick hat nur gestört, dass der Student von oben bis unten vollgekotzt war. So viel zu Sacramento!

»Bin gespannt, ob d'Studenten wieder hinter den Zelten übernachten«, hat der Sanktus gemeint, der gerade aus seinem Cowboytraum erwacht war.

»Mmh. Gebn oiwei ois. Guat fürn Umsatz! Vivat academia, gell«, hat der Toni in sich hineingelacht.

»Respekt, ein Lateinschüler«, ist es dem Sanktus entwichen und dann hat's die beiden zerrissen vor Lachen.

Das letzte Zelt auf der rechten Seite neben dem Winzerer Fähndl war das Sternbräuzelt. Als sie in die hintere Straße zum Abladen eingebogen sind, hat der Sanktus schon den Tanklastzug gesehen, der die Biercontainer im Zelt aufgetankt hat. Der Sternbräu war eine der ersten Brauereien, die das Bier auf dem Oktoberfest mit Edelstahlcontainern ausgeschenkt hatte. Es war ein riesiger Aufschrei in der Münchner Bevölkerung. Bier aus dem Tankzug ohne Fässer. Blasphemie und Schlimmeres. Kann kein Mensch trinken! Sauf ma gleich Dosenbier! Viel zu neumodisch. Mir Münchner sind doch so traditionell! Die Exkommunizierung hat gedroht. Der schlaue Münchner hatte aber dann doch ein Einsehen. Ist doch klar! In der Brauerei ist das Bier in Tanks. Da ist es logischerweise noch frisch. Ein Brauer tankt das Bier in der Brauerei in einen anderen Tank. Die Ausnahme ist nur, dass er jetzt auf einem LKW steht. Dann tankt der nächste Brauer das Bier in kleinere Tanks im Zelt ab. Bier immer noch frisch. Temperatur und Kohlensäure passen, weil so ein Tank bleibt kühl, wird nicht so schnell lack – also schal. Vom Tank gehts in den Maßkrug, also frischeste Maß vom Profi umgetankt und gezapft. Was willst du mehr?

»So, grad recht. Frühschoppen!«, hat der Toni gemeint und aus dem Fenster zu der dunklen Gestalt hinausgeplärrt: »Hä, Klausää, loß an Pfiff owe. Sanktus kimm.«

Der Sanktus ist dem Maisberger ins Zelt nach. Am Zapfhahn ist der Stadler Klaus, ein gestandener, schnauzbärtiger Bierbrauer, gestanden, der den Gerstensaft aus dem Tank gerade in die Container an den Schänken abgetankt hat. Vor ihm waren schon drei zu zwei Dritteln gefüllte Maßkrüge gestanden.

»Bist du jetzt fürn Hias do?«, wollte der Klaus wissen und hat während der Frage am Sanktus vorbeigeschaut in Richtung Zeltboden.

»Eigentlich fürn Piefke, weil der is ja jetzt fürn Hias im Sudhaus.«

»Na oiso. doch fürn Hias.«

»Weng meiner!«, Sanktus immer noch kurz angebunden.

»Komischer Fall is des!«, hat der Klaus gemurmelt.

»Scho! Was meinst du dazu?«, wollte der Sanktus wissen.

»Unfall oder Selbstmord war des keiner. Den ham s' scho ums Eck bracht, den Hias.«

»Warum bist dir da so sicher?«

»Der hat so viel Gschichterl am Laufen ghabt. Da hat so was ja irgendwann kommen müssen.«

»Erzähl. Jetzt wird's interessant«, hat der Sanktus gestichelt.

»Oamoi war er von der Nachtschicht recht bsoffen. Da hat er was rauslassen …«

»Klausä. Stad bist«, ist der Toni, der gerade aus dem Hintergrund aufgetaucht war, dazwischen gefahren. »Mit eierm bluats Brauer-Gschwätz. Verzählts es der Polizei oder bhoits es für eich. Da kimmt nix Gscheits dabei raus!«

Dem Sanktus ist nur ein leises Zefix entfahren, aber hier war scheinbar nichts mehr auszurichten, da sich der Klaus jetzt abgewandt und weiter mit dem Abtanken beschäftigt hat.

»Oiso Prost!«, hat der Maisberger gerufen und dann hat er den Pfiff praktisch in zwei Zügen in sich hineingesogen. Der Klaus hat langsamer getan. Wahrscheinlich hat er sich vorher schon gestärkt gehabt. Der Sanktus wollte natürlich nicht nachstehen und hat die Maß auch hinuntergepresst, wenn auch bedeutend langsamer als der Toni. Die Kälte und die Kohlensäure hätten ihn fast umgebracht und die Tränen sind ihm in die Augen geschossen. Magen jetzt in Revolutionsstimmung.

Fürs Protokoll: Es war sieben Uhr in der Früh!

Du musst aber wissen, dass in der Früh in einem leeren Wiesnzelt eine Freimaß umspült vom Geiste des beginnenden Oktoberfests schon was ganz Besonderes ist. Direkt unheimlich. Licht, Luft, Platz, Ruhe und ein frisches Bier umsonst. Augen zu, da hat der Sanktus schon die Blasmusik in seinem Kopf spielen hören können. *Da*, wennst nicht schon Bierbrauer wärst ...

Der Maisberger hat jetzt die alkoholfreien Getränke für den Zeltbetrieb mit einem Gabelstapler abgeladen und der Sanktus hat sie dann in den Kühlräumen verstaut. Frag nicht, wie es dir da den Alkohol in den Kreislauf pumpt. Kandidat jetzt schon fast k. o.!

»So! Jetzt zur Fini!«

Sprich, jetzt ist es weiter zum Weißbierkarussell in der Schaustellerstraße ganz hinten gegangen.

Die Wurzenrainer Fini, die Karussell-Wirtin, ist schon bereitgestanden. Aus dem Rohr die Zillertaler Schürzenjäger, Donikkl und DJ Ötzi.

»Um Gottes Willen!«, war das Einzige, das dem Sanktus zur Fini eingefallen ist. Jetzt stell dir eine sechzigjährige, vom Solarium gebräunte und verrunzelte wasserstoffblonde Puffmutter vor und steck sie in ein Dirndl. Dem Ganzen gibst du eine Zigarette in den Mund und ein Weißbier in die Hand und fertig ist die Fini. Dauerwellen musst du dir halt noch dazudenken.

»Morgen, Hasi!«, hat sie zum Toni gesagt. Der Satz hat sich aber angehört wie »Muang Haasä.« Die Fini war also Österreicherin, Wienerin wahrscheinlich. Wer aufmerkt, hätte das wahrscheinlich schon aus ihrem Namen geschlossen. Ist nämlich die Abkürzung für Josefine und in Wien gängig.

»Mägts an Pfief, Buam? Bevua muang da große Sturm kummt«, hat die Fini sofort gefragt.

Der Sanktus wollte anfangen mit »Nein danke, wir haben ja gerade im Zelt ...«, da ist ihm der Toni zuvorgekommen.

»Logisch, er kriagt a groß's. I fahr.«

Dem Sanktus war immer noch blümerant von der Zwei-drittelmaß aus dem Bierzelt und dann gleich noch eines nachlegen? Wieder einmal mitgehangen, mitgefangen. Weil, wer bremst, verliert ja bekanntlich!

»Bei euch is aaner im Bier dasuffen, hob i ghört«, hat sich die Fini beim Toni erkundigt. Der Sanktus hat jetzt die Ohren gespitzt und gedacht, jetzt wird's interessant. Wie reagiert der Toni wohl bei der Fini?

Typisch für den Maisberger hat der nur »Mmh, ja, ja!« erwidert.

»Wos, ja, ja? Wos woar denn da los? In der Zeitung is nichts Genaueres gstanden. Du musst doch da wos wissen, Toni«, hat die Fini weitergebohrt.

»I woaß goar nix und jetzt gib a Ruah!«

Damit war die Konversation erledigt und die Fini hat den Toni scheinbar so gut gekannt, dass sie gewusst hat, dass jetzt Sendepause war.

»Der Kellerer war mein Spezl und …«, hat der Sanktus angefangen, als sie mit ihren Weißbieren angestoßen haben.

»A Depp war er. Sonst nix«, hat der Maisberger angefangen. »Mit olle oglegt hod er si. Aus – fertig!«

Wo war er jetzt auf einmal hin, der selbstsichere Sanktjohanser Alfred, weltgereist und seiner Meinung nach unfehlbar? Irgendwie keine Chance gegen einen Niederbayern …

»… wie meinst jetzt des, Toni?«, wollte der Sanktus wissen.

»Nix moan i. Hab eh scho zvui gsogt.«

»Geh Toni, sag halt.«

»I hob ma denkt, des war dei Spezi. Do muasst du doch ois wissen.«

»Toni, ich war lang ned in Deutschland und wie ich zurückkommen bin, hab ich ihn vor seinem Tod nimmer gsehn.«

»Guat. Von mir aus ...« Der Toni hat geschnauft und hat jetzt alles, was er gewusst hat, erzählt, jedoch in seinem niederbayerischen Dialekt und der Sanktus hat Probleme gehabt, ihm zu folgen. Gesagt hat er ungefähr Folgendes: Der Kellerer war seiner Meinung nach ein Spinner. Er hat gemeint er sei ein Beschützer des Münchner Biers. An jedem Stammtisch hat er die anderen Brauereien angeschwärzt, die zu ausländischen Konzernen gehört haben. Holländer, Belgier, Südamerikaner. Aber besonders hat er den Bärenbräu im Visier gehabt. Der war ein Teil von einem russischen Konsortium. Das hat er scheinbar gar nicht verputzen können. Da hat der Hias sogar Leserbriefe in die Zeitung gesetzt und zum Bierboykott aufgerufen. Und dann hat er es dem Toni nach übertrieben und das Ganze ins Internet gestellt – auf irgendeine Bierfreak-Seite.

»Des war na scheinbar sei letzte Aktion. Na woar's gor«, hat der Toni geendet.

»Willst du damit sagen, dass ihn ein ausländisches Konsortium auf dem Gewissen hat?«, hat der Sanktus erstaunt ausgerufen.

»I wui goar nix sogn. Überleg da nur amoi, wia vui a Menschenlebn in Russland wert is. Und na denk amoi weida. Und jetzt pack ma's wieder.«

Das war jetzt schon der Zweite, der seinen Monolog über die Beteiligung ausländischer Brauer in München so geschlossen hatte.

Dem Sanktus ist jetzt ganz schwarz vor Augen geworden, quasi Schock. Hatte der Kellerer Hias wirklich so etwas gemacht, und vor allem warum. Ein Gerechtigkeitsfanatiker und Patriot war er schon immer gewesen. Aber so ein Verhalten wäre doch wirklich kindisch und warum hatte der Bummerl ihm nichts davon berichtet, wenn es wirklich wahr sein sollte. Hat der Kellerer überhaupt mit dem Internet umgehen können? Hat's da vielleicht noch Helfer gegeben? Hoffentlich nicht den Bummerl. Um Gottes Willen, um Gottes Willen!

»Alle sieben Nothelfer stehen mir bei! Das wird ja immer schlimmer! Bleib ganz ruhig, Sanktus. Das kriegst du schon alles raus.«

»Sanktus, wo bleibst denn? Weiter geht's«, hat der Toni gedrängt und schon hat der Sanktus die Bügelverschluss-Weißbiere fürs Karussell abgeladen und ist gleich wieder im LKW gesessen.

Der Maisberger hat während der Fahrt gar nichts mehr gesagt und nur noch auf seiner Lippe herumgebissen. Ihm war scheinbar auch nicht wohl bei dem Gedanken an den Toten und noch weniger angesichts der Frage, ob der Mord von einer der anderen Brauereien ausgegangen ist.

Das waren noch Zeiten, als das Bier noch dunkel und die Mädl noch sittsam waren. Da hat's noch keine Ritualmorde gegeben, oder doch? Weiß man's? Gute Frage. Russen dürften aber wohl nicht beteiligt gewesen sein.

Die nächste Station ist das Weißbier-Stüberl auf der Schwanthalerhöhe gewesen. Der Wirt hat Manni geheißen und auch so ausgesehen. Sozusagen unästhetischer, walrossbärtiger Manta-Fahrer. Nachdem der Sanktus mit dem Toni die Getränke abgeladen hatte, ist logischerweise eine kleine Stärkung in flüssiger Form an der Reihe gewesen. Der Sanktus war eigentlich schon bedient, weil neun Uhr und schon mehrere Biere intus eher ungewohnt.

Kennst du das Gefühl, wenn du eigentlich vor lauter Bierkonsum nur noch ins Bett willst, aber es einfach nicht möglich ist? Du kannst bei den anderen nur noch bruchstückhaft zuhören und dein Gesichtsfeld ist eher eine Röhre, am besten mit zwei Bildern, weil man gönnt sich ja sonst nichts.

Der Sanktus hat jetzt in sein Weißbier hineingestarrt, während der Toni und der Manni Fachgespräche über Thailand geführt haben. Der Toni war Stammgast auf Phuket und der Manni hat sich irgendwann mal eine Mai Ling mit nach Hause genommen.

»… fahr ich am liebsten nach Pattaya, weil da bekomm ich im Hofbrauhaus meinen Leberkäse und Frikadellen«, hat der Manni von sich gegeben, »den Thaifraß kannste ja nicht essen. Reis und Gemüse, Gemüse, Gemüse. Wirste ja trübsinnig.«

Der Toni hat irgendetwas in seinem Slang gebellt. Inhalt: Er passt sich dann eher doch den Landessitten an.

Diese Mai Ling sei in München eher unglücklich, hat der Manni gemeint und weine immer ihren Eltern nach, die sie ihm natürlich nur wegen des Wohlstandes und gesicherten Lebens mitgegeben haben. Als er ihr einen Weißwurstkranz im Pub zur Begrüßung umgehängt habe, sei sie weinend hinausgelaufen. Ja, ja, die Weiber! Sogar die gekauften fingen jetzt schon an zu zicken.

Da ist es dem Toni zu blöd geworden, also Weißbier auf ex runter und rein in den LKW und ab zur nächsten Wirtschaft.

Das nächste Lokal hat dem Sanktus schon eher getaugt. Eine stinknormale bayerische Wirtschaft mit normalen durchschnittlichen Gästen. Kaum Nase in den Gastraum gesteckt, großes »Nachschub!« vom Stammtisch!

Planänderung. Bier und Schweinsbraten vor der Arbeit. Anschließend einen Schnaps. Wichtige politische Diskussionen an der Tagesordnung. Der Sanktus hat nicht viel davon mitgekriegt, da er jetzt schon halb geschlafen hat. Mit offenen Augen natürlich, weil quasi sonst zu peinlich. Der tiefere Sinn der Diskussion ist ihm aber eher verwehrt geblieben. Das Einzige, was er mitbekommen hat, war, dass die bayerische SPD nicht gut dabei weggekommen ist. Den Sanktus hat's zu diesem Zeitpunkt eher peripher tangiert.

Und dann hat's so kommen müssen. Thema Nummer eins an der Reihe: Der tote Brauer beim Stern. Stammtisch jetzt kurz vor dem Kollaps. Enthusiasmus kein Ausdruck. Alle waren sich einig, ein Mord hat's sein müssen, weil ja … Ja, warum eigentlich? Egal – ein Mord war's! Soviel war sicher. Der Sanktus hat sich jetzt bemüht, möglichst viel mitzubekommen trotz des Tunnels, der sein Sichtfeld jetzt schon gewaltig eingeschränkt hat.

Ein untersetzter Gast namens Kreuzpaintner Girgl hat mit hochrotem Kopf geplärrt, dass es jetzt endgültig darum ginge, die bayerische Kultur auszumerzen. Zuerst die Sprache, dann die regierende Volkspartei, was Gott sei Dank nicht gelungen war, und jetzt versuche man's mit der Kultur und anfangen täte man beim Kulturgut Nummer eins – dem Bier. Dann ist dem Girgl der Schnaufer ausgegangen und er hat sich zurücklehnen müssen. Der schweinsäugige Grundwirmer Wast hat das Ganze unterstrichen und gemeint, dass hier unbedingt der Kommunist die Hand im Spiel und sich beim Bärenbräu ja schon eingeschlichen habe und dass man solcherne beim Adi aufgehängt oder wer weiß wohin »deponiert« hätte. »Deportiert!«, hat der Muxeneder Kaspar, vom Aussehen her gebildeter als der Rest, geplärrt und den Wast ermahnt, mit dem alten Schmarrn aufzuhören.

Es handle sich hier eindeutig um eine Diffamierungskampagne gegen den Sternbräu. Der arbeite noch traditionell, habe noch viele Arbeitnehmer und sei bei Weitem beliebter und erfolgreicher als andere Münchner Großbrauereien. Und am neidischsten sei der Bärenbräu. Das sei ja allseits bekannt. Andere auch, aber nicht »gar ein so«, hat der Kaspar getönt. »Jawoll!«, hat da der angetrunkene, vollbärtige Wimberger Kare geplärrt. Das sei ganz richtig. Von wegen Kommunisten. Das Ganze komme von der freien Marktwirtschaft. Man neide allen, die sich einen feuchten Kehricht um Benchmarks und so weiter scheren, den Erfolg. Schafft man's nicht, wirtschaftlich gestandene Unternehmen aufzukaufen oder zu ruinieren, dann versucht man's mit illegalen Mitteln. Da sei ihm ja noch der Kommunist lieber. Und von denen gäbe es jetzt ja auch nicht mehr so viele in Russland wie vor fünfzig Jahren. Bestätigendes Kopfnicken am ganzen Tisch. Alle einig. Der Bärenbräu, also der Russ war's.

Am Nebentisch haben zwei unscheinbare Herren, der Nussrainer Hans und der Gschwendtner Franz bestätigt, dass dies gewiss eine Möglichkeit, aber nicht zwingend richtig sei.

Unverständnis seitens des Stammtischs, jetzt wo der Fall gelöst war!

Dann hat einer der Stammtischbrüder auf einmal mahnend den Finger zur Ruhe in die Höhe gehalten und mit geschwellter Brust monoton ein »Üüüüüüüü....« angestimmt. Alle anderen am Tisch haben in das »Üüüüüüüü...« eingestimmt und lautstark mit tiefem Brustton »Üüüüüberall, wo wir sind, scheint die So-o-o-nne ...!« auf die Melodie des Gefangenenchors von Nabucco gesungen. Anschließend ist ein lautes »Prost!« erschallt und der Stammtisch hat an die Krüge gegriffen und angestoßen. Komplette Stille jetzt Anfänger, weil alle am Trinken.

Aus dem uralten Radio Roy Black: »*Das Mädchen Cari-iii-na war schön wie ein Ste-ee-rn am Hi-iii-mmelszelt; das Mädchen Cari-iii-na war meine ee-rste gro-ooo-ße Li-iiie-be, die ich fand auf dieser Welt ...*«

Im seinem Suff sind dem Sanktus gleich die Tränen gekommen, weil ihn das Lied an seine Kindheit erinnert hat. Höchste Zeit zum Heimfahren!

Gefangen in seinem Tunnel hat der Sanktus dann mit dem Toni den LKW ausgeladen. Der Toni hat noch ein Schnelles gezischt und dann ist's zurück in die Brauerei gegangen. Auf der Heimfahrt ist er dann ein bisserl aufgetaut.

»Mei friahra. Do hod's Bierfahrn no Spaß gmacht. Oamoi bin i mit meim Beifahrer nach Rosenheim gfahrn. Do homma a Tragl Stern für uns zwoa dabeighabt, aber auf der Rückfahrt is's uns scho bei Holzkirchen ausganga. Do homma na no an a Tankstoi ohoitn und uns an Sixpack Preißnbier kaufn miassn. Homma ja ned anders kenna, weil's leider nix anders gebn hod biermassig, gell. Wia ma dahoam warn, hob i no aufn Millimeter einparkt und bin dann vor lauter Surä ausm LKW aussegfoin. Do hob i dann glei in der Brauerei übernacht, weil mitm Radl hob i nimma fahrn kenna. Des warn no Zeiten, ha? Geht heit ois nimma. Schad eigentlich.«

Der Sanktus hat nicht mehr viel sagen brauchen, weil nach diesen Anekdoten war's ihm endgültig schlecht.

Im Brauereihof ist der Sanktus dann mit einem Bauchplatscher aus dem Lastwagen herausgefallen, weil er mit dem Schuh am Trittbrett hängen geblieben ist. Lachen seitens aller heimgekehrten Bierfahrer, Blamage seitens Sanktus. Hemd am Ellenbogen kaputt. Bodenversinken gar nix …

»Servus Sanktus, nächste Woch bist ja am Filter. Sauf ned so viel, gell!«, hat ihn der Toni ausgelacht.

»Kannst ja mal runterkommen, falls dir deine sechs Maß während dem Bierfahren nicht langen«, hat der Sanktus geblafft. »Schönes Wochenend!«

Dass Bierfahrer beim Ausliefern gern mal einen trinken, ist dem Sanktus klar gewesen, aber so einer wie der Toni war ihm noch nicht untergekommen. Der war völlig nüchtern und er als standhafter Bräubursche völlig blau.

Jetzt heim und erst einmal auskurieren.

Beim Heimfahren hätte der Sanktus fast den Max-Weber-Platz in der Trambahn verschlafen und daheim an der Wohnungstür hat er dann endgültig gemerkt, dass er durchaus betrunken war. Der Schlüssel hat einfach nicht in das Schloss hineinwollen oder, besser gesagt, das Schloss ist dem Schlüssel immer wieder ausgewichen. Der Sanktus hat sich dann vor die Tür hingekniet und das Schloss mit einer Hand festgehalten. Nach ein paar weiteren Versuchen ist die Wohnungstür irgendwie von selbst aufgegangen und seine Schwester ist vor ihm gestanden. Seufzend hat sie auf ihren kleinen Bruder hinuntergeblickt. Der Sanktus praktisch jetzt ganz klein mit Hut.

»Herrschaftszeiten, Fredi, hast schon wieder einen sitzen. Und des nach der Arbeit. Schämen tät ich mich.«

»Das war nicht nach …, sondern … während der Arbeit, genau! Naa, naa, des *war* Arbeit und zwar Schwerstarbeit, gell, Fräulein Sanktjohanser!«, hat der Sanktus gelallt. Seine Gedanken waren eigentlich klar, aber er hat es nicht geschafft, ein klares Wort herauszubringen, so sehr er sich auch angestrengt hat. Dann hat er einfach abgewunken und den Kopf geschüttelt, als ob sowieso alles egal wäre.

»Sei stad jetzt. d'Nachbarn schaun schon! Wie sieht eigentlich dein Hemd aus. Des is ja völlig zerfetzt. Schau dass d' rauskommst aus dem Fetzen. Den kannst sowieso vergessen. Jetzt gehst erst amal ins Bett und schlafst dich aus. Zum Abendessen weck ich dich spätestens. Und steh *ja* auf, sonst kauf ich ma an Stecken und hau dich raus.«

Und dann hat ihn die Anna am Ohrwaschel gepackt, in sein Zimmer geschleift, ihn entkleidet und auf seine Couch verfrachtet.

Das Rollo war Gott sei Dank immer noch zu und das Zimmer kühl.

Als die Anna wieder draußen war, hat der Sanktus gemeint: »Das Rollo mach ich erst wieder auf, wenn ich weiß, wer den Kellerer umgebracht hat! Jawoll! Das gibt wahrscheinlich noch mehr Räusche.«

Und dann hat er sich gefragt, wo man sich eigentlich einen Stecken kaufen kann und ist lächelnd entschlummert.

Beim Abendessen eher Verhör. Sanktus noch immer etwas unter Strom. Er hat sich gefühlt, als würde ihn eine schwer zu durchdringende, durchsichtige, geleeartige Masse, die die Gedanken extrem verlangsamt, von der Anna und seiner Umwelt trennen.

»Wie viel hast heut eigentlich ghabt?«

»Viel.«

»Wie viel?«

»Sööhr viel!«

»Geht des genauer?«

»Ja.« Nicken seitens Sanktus.

»Also.«

»Was also?« Jetzt eher Kopfschütteln.

»Wie viel?«

»Gute Frage …«

»Fredi, bring mich jetzt ned auf die Palme …«

»Eine Maß im Zelt, eine Halbe bei der Finäää …«

»Wer ist die Finäää?«

»Möchtst du gar ned wissen. »

»Möchte ich schon.«

»Grausam!«

Dann hat's ihn furchtbar geschüttelt.

»Guat, und dann?«

»Zwei Halbe und einen Schnaps beim Manni, zwei Halbe und einen Schnaps im ›Schwanthaler Eck‹, genau. Halt! Und noch eine Halbe während der Fahrt. Puh!«

»Scheiß die Wand an«, ist's da der Anna entfahren.

»Jawoll! Aber der Fahrer hat nicht viel weniger gehabt – ich schwör's«, hat der Sanktus gelallt und ganz kräftig mit dem Kopf genickt und zwei Finger v-förmig in das Zimmer hineingestreckt.

»Und ist's dir jetzt wohler? Bist auf deiner spirituellen Suche weiter, Fredi?«

»Ja!«, hat der Sanktus wieder gelallt und mit dem Kopf ganz kräftig genickt.

»Und?«

»Niederbayern sind Hund …« Kopfschütteln.

»Wie, Fredi?«

»Niederbayern sind Hund, zefix!« Wieder Kopfschütteln.

»Aus dem Mann sollst schlau werden …«

»Die sind viel eher Münchner Originale als die Münchner selber. Niederbayern, verstehst? Wenn die keine Hund sind, na dann weiß ich's a nimmer! Außerdem, glaub ich, fallt heut das Goaßlschnoizn aus …«

»Ein Leichtes, bitte, Ramona!«

»Ein was? Spinnst du?«

»Naa, schön wär's. Du bist schuld. Du hast gsagt, ich soll beim Stern wieder anfangen. Das hast jetzt davon, schau!«, hat der Sanktus mit halb geschlossenen Augen gemurmelt und aufgestoßen.

»Du bist ja blau. Was hast denn heute gmacht?«

»Gearbeitet, Ramona. Hart gearbeitet. Sieht man das ned?«, hat der Sanktus schleppend gelallt und dabei gegrinst.

»Eher nicht, nein. Da hast dein Leichtes!«

»Ah, ein Traum. Naa, eigentlich doch ned. Ich weiß ned. Eigentlich mag ich gar kein Bier mehr heut.«

»War's so schlimm?«

»Mhm.«

»Hast schon was rausgefunden übern Kellerer?«

»Mit den ausländischen Brauereien in München hat er sich angelegt. Die könnten ihn auf dem Gewissen haben. Meint zumindest der Maisberger und der Stammtisch vom Schwanthaler Eck.«

»Wer ist der Maisberger?«

»Der, der fast genauso viel hat trinken müssen.«

»Einer von der Wiesn?«

»Nein, der Fahrer, mit dem ich heut mitgfahren bin. Der ist aber vollkommen nüchtern.«

»Echt?«

»Echt!« Wieder Nicken.

»Aha. Was machst'n jetzt?«

»Ich schau mal, ob ich morgen auf der Wiesn was raus-krieg. Da bin ich mit der ganzen Chaos-Truppe draußen.

Haben wir früher jedes Jahr gemacht. Eröffnung, verstehst? Da musst spätestens um halb acht im Bierzelt sein, sonst kriegst keinen Platz.«

»Schön blöd! Aber du? Morgen auf der Wiesn? Respekt!«

»Die Spiele sind eröffnet. Das geht schon wieder. Wirst es sehen. Pfiat di, und ich hoff, ich schaff's morgen noch vorbeizukommen. Servus, Ramona!«

»Ciao, Sanktus!«

SAMSTAG

N: Prost, Herr Gschwendtner!

G: Zum Wohl, Herr Nussrainer!

N: Was ham S' denn? Is doch schön da heraußen.

G: Ich weiß ned.

N: Was wissen S' denn ned?

G: Ob ich's überhaupt mag.

N: Was mögen S' oder mögen S' ned?

G: D'Wiesn.

N: Ja, aber Sie sind doch jetzt heraußen.

G: Vielleicht ist's ja eine Hassliebe. Mir wird der Rummel einfach viel zu groß.

N: Ja, des is schon wahr, gell. Als Einheimischer kannst ja am Wochenend gar nicht mehr rausgehen. Da wirst ja von Touristen zertreten. Vor allem von den Italienern. Furchtbar ist das. Obwohl, so eine nette Italienerin wär nicht zu verachten. Die dürft mich schon einmal zertreten, ned wahr.

G: Früher, war's schon noch schöner. In unserer Jugend. Da war die Wiesn noch gemütlich. Die ersten Oktoberfeste nach dem Krieg. Da waren noch richtige Attraktionen da. Nicht jedes Jahr ein neues Karussell, nein, Fahrgeschäft heißt's ja jetzt. Und immer wilder muss es sein und einen englischen Namen braucht's vor allem. Da lob ich mir die Sachen von einst. Die Krinoline und so weiter.

N: Genau, Herr Gschwendtner. Außerdem ein Liliputaner-Varieté mit Kindergeschirr und kleinen Brezerln, gell. Angegafft von den Bauern aus der Umgebung. Na, bravo! Und Schlägereien hat's auch schon immer gegeben. Ich glaub nicht, dass das Oktoberfest früher anders war. Es waren halt weniger Leut, weil's noch ned so bekannt war. Heut kennt's ja ein jeder. Meine Frau sagt immer, einer, der noch nicht auf der Wiesn war, kann global gesehen ja überhaupt nicht mitreden. Und ich sag immer: Die Wiesn ist ein Mikrokosmos, gell. Die stärkeren überleben, Darwin, verstehen S'?

G: Ist des ein Wiesnwirt?

N: Nein, Herr Gschwendtner. Evolutionstheorie. Die Originale sind weg. Die sparen sich den ganzen Trubel. Übernommen haben die Jugend, die Schnösel und die Touristen. Aber irgendwann ist's gar. Die Wiesn kann nicht noch größer und noch schneller werden. Die Fahrgeschäfte werden nicht noch wilder. Die Besucherzahlen nehmen nicht noch mehr zu, sondern sogar ab. Sprich, die jetzige Klientel ist am Ende seiner Wiesnherrschaft. Schaun S' die Landhausmode an. Sieht man auch fast nicht mehr. Die Originale kommen wieder zurück, Herr Gschwendtner. Ich hab's im Urin. Eine Wiesn ohne Münchner geht halt doch nicht. Da fehlt die Grundsubstanz, die wichtigsten Zutaten. Der Klügere gibt nach und wartet auf seine Chance. Nach vorn schaun, verstehn S'? Wobei man sagen muss, dass man die Tracht fast schon wieder übertreibt. Na, ja.

G: Haben Sie auch wieder recht, Herr Nussrainer. Man sollte der Vergangenheit nicht immer nachtrauern, gell. Positiv in die Zukunft sehen. Das wär optimaler, gell.

N: Optimal, Herr Gschwendtner, optimaler gibt's nicht! Der Biersieder ist ja seit letzter Woche auch nicht töter, gell!

G: Dass Sie immer recht haben müssen. Das ist ja Wahnsinn. Wann machen wir denn unseren Wiesnstammtisch?

N: Wenn s' den Mord geklärt haben, würd ich sagen. Vorher hätt ich ein ungutes Gefühl im Magen, was meinen Sie, Herr Gschwendtner? Da langt's derweil zu zweit.

G: Wieder einmal richtig. Wissen Sie, wie's mit den Ermittlungen steht?

N: Nein, man erfährt auch nichts mehr. Schweigetaktik. Ich kenn da einen Kriminaler, der …

G: Ja, ja, ist schon recht, aber …

N: Vielleicht verläuft sich alles im Sand. Oder die Polizei will nichts sagen, weil sie auf einer heißen Spur ist. Weiß man's?

G: Was glauben Sie, Herr Nussrainer?

N: Ich glaub, dass sich da jemand rächen oder einen mundtot machen wollte. Sind doch die typischen Motive. Mafia et cetera!

G: Oder Geld, Erpressung und solche Sachen!

N: Ja, ja, Erpressung! Furchtbar ist das. Die Leute sehen sich nicht mehr genug und schrecken vor nichts mehr zurück. Gerade diese Menschen ohne Ideale, die haben praktisch überhaupt keine Werte mehr, gell.

G: Wie die Schläger auf dem Oktoberfest. Das ist erwiesen. Die Verletzungen werden jedes Jahr schlimmer.

N: Dann braucht's einen ja nicht wundern, wenn sogar in Brauereien Morde verübt werden. Und da wären die Ideale doch normalerweise noch vorhanden. Auf die baldige Aufklärung! Prost, Herr Gschwendtner!

G: Prost, Herr Nussrainer! Übrigens, ich hab gehört, in einem dunklen Weißbier haben s' den gekocht. Auf der Wiesn besteht also keine Gefahr.

N: Was für eine Gefahr?

G: Dass's uns schlecht wird.

N: Sehr gut, Herr Gschwendtner. Jetzt haben Sie auch einmal den richtigen Humor. Geht doch! Prost!

*

An diesem Tag war erster Wiesntag, sprich Einzug der Festwirte und wie sich das so für einen Original-Münchner und Wiesn-Fanatiker gehört, muss der natürlich dabei sein. Normale Leute bleiben da eher in Ruhe daheim. Einziges Problem: Zelte um zehn Uhr voll. Bisher nicht der Rede wert, da die Zelte schon um sieben Uhr aufgemacht wurden, wobei wir jetzt wieder bei der Frage, ob das normal ist, wären. Heuer haben die Zelte aber »erst« um neun geöffnet. Jetzt wirst du sagen, super, da sind die Bierhallen ja erst um zwölf voll, aber weit gefehlt, weil eher viertel nach neun, also blöd gelaufen. Der Sanktus wollte eigentlich gar nicht aufs Oktoberfest, aber was willst du machen, wenn du einen Mord zu klären hast? Ihm waren viel zu viele Leute dort, aber er hat trotzdem immer das Gefühl gehabt, was zu verpassen, wenn er nicht der Erste auf dem Festplatz war. Karussell fahren war für ihn seit gut zehn Jahren passé und er hat immer von sich selbst behauptet, er würde nur noch Bierzelt fahren, was er nach der fünften Maß auch wirklich tat. Wie immer hin- und hergerissen, also Konflikt und Wechselbad der Gefühle, auch wenn es nur ums Biertrinken gegangen ist. Der Sanktus, der Bummerl, der Gernot, der Malte, der Helmut und der Giovanni, quasi die ganze »Blosn«, haben sich wie jedes Jahr um halb acht vor der Sternbräu-Festhalle getroffen. Einziger Unterschied, heuer noch geschlossen. Der Kreitmayr

Bartl, ein ihnen bekannter Wachmann im Zelt, hat das Sextett sofort für ein paar Bestechungs-Bierzeichen hineingelassen und sie konnten ihren Stammplatz in der letzten Tischreihe neben der Brauereiboxe, die natürlich nur für hochherrschaftliche Personen zur Verfügung gestanden ist, beziehen. Kaum waren sie gesessen, hat der Helmut Wurst und Käse ausgepackt, erster Brotzeitwart sozusagen. Der Bummerl hat die Brezen und Bierstangerl auf den Biertisch geschüttet und der Malte den Radi und die Radieserl hervorgezogen. Der Giovanni hat die Nachspeise in Form von Gebäck parat gehabt und der Gernot war für die Getränke zuständig. Nicht dass du glaubst, es hat schon eine morgendliche Maß aus der Flasche gegeben. Bier vor zwölf strengstens verboten. Der Sanktus war aufgrund seiner langen Absenz vogelfrei. Er hat aber für nachher die Spielkarten dabeigehabt.

Während der Brotzeit ist nicht viel geredet worden, um die Stille im Bierzelt nicht zu gefährden. Falls du noch nie ein fast leeres Bierzelt auf dem Münchner Oktoberfest gesehen hast, solltest du das nachholen. Ein einschneidendes Erlebnis. Stille und Festzelt, eigentlich Gegenteil und kombiniert ein Oxymoron. Fast philosophisch, gell?

Den Sanktus hat nur eine Frage geplagt: Wer von den Fünfen war in die Machenschaften des Kellerers eingeweiht? Das war noch zu klären. Sonst hatte die ganze Deppenaktion überhaupt keinen Sinn, zwecks Fehlens des notwendigen Vertrauens. Aber wie anstellen? Diese Ungereimtheit hat ihn gleichzeitig schwitzen und frieren lassen. Unwohl kein Ausdruck.

Zum Ende der Brotzeit kam der erste Schwall an Besuchern in die Festhalle, die sich dann in ungefähr zehn Minuten völlig gefüllt hat. Aus und vorbei mit der Gemütlichkeit. Oxymoron herrlich verklungen. Ein Prosit der Ruhe. Kaum wollte der Sanktus mit seiner Ansprache anfangen, ist er von einem Tisch Italiener unterbrochen worden. Aus irgendeinem Grund waren alle zehn Südländer aufgesprungen, was einen dementsprechenden Aufruhr zur Folge gehabt hat. Korrektur! Nur neun Italiener. Der zehnte, ein Mädchen im Alter von ungefähr siebzehn Jahren, hatte sich quer über den Tisch übergeben. Reife Leistung, wenn man bedenkt, dass der Anstich erst in zweieinhalb Stunden sein würde. Aber Italiener bringen so was fertig. Da kennen die nichts. Der Sanktus hatte noch jedes Mal, wenn er mit Italienern am Tisch gesessen ist, eine Maß Bier auf der Hose gehabt. Stell dir einmal folgende Situation vor: Zehn besoffene Italiener stehen auf dem Tisch und prosten sich zu. Ein Mordsgeschrei: »Salutäääää!« Die Maßkrüge prallen mit Getöse aufeinander; die Henkel, nach einigen Tagen Wiesn nicht mehr die Besten, geben nach; etwa sieben Massen kommen gleichzeitig ohne Henkel auf dem sowieso schon völlig verdreckten Biertisch auf. Italiener trocken, weil stehend, die Leute an den angrenzenden Tischen jetzt nass und angesäuert. Die Italiener schauen ratlos auf die ausgestreckten Arme mit den einsamen Henkeln am Ende und weinen. Du hast richtig gehört: weinen! Hoffentlich eher über die eigene Dummheit als über den Bierverlust. Aber um neun Uhr schon so zu zu sein, dass man kotzen muss, war sogar für das Brauer-Sextett neu.

Außerdem, warum kaufen sich die Italiener immer diese abscheulichen Filz-Seppel-Hüte mit weiß-blauer Kordel? Das hätte den Sanktus sehr interessiert. War aber eher eine Frage für die Zeit nach der dritten Maß.

Als sich der Trubel gelegt hatte, hat der Sanktus das Wort ergriffen: »Passts mal alle bitte kurz auf! Ich frag euch jetzt nur einmal! Wer von euch hat gewusst, dass der Kellerer im Internet zum Bierboykott gegenüber Münchner Brauereien, die in ausländischer Hand sind, aufgerufen hat? Und hat da einer von euch die Hand dabei im Spiel ghabt?«

Gesichtsausdrücke wie die Schwalberl, wenn's blitzt. Ganze Runde sprachlos.

»Was hat der gemacht?«, hat der Bummerl förmlich geplärrt. »War der noch ganz bei Trost? Hat das einer von euch gwusst?«

»Nein ... wirklich nicht ... um Gottes Willen ... ganz und gar nicht!«, die Runde unisono. Man habe zwar seine Einstellung gekannt, aber vom Internet in aller Öffentlichkeit sei nichts bekannt gewesen.

»Gut! Ich glaub's euch. Weil sonst brauchen wir gar ned anfangen. Woher ich das Ganze hab, ist meine Sache, aber der Hias hat vor allem den Bärenbräu im Visier gehabt. Der gehört ja bekanntermaßen den Russen und ob die da davon begeistert waren, glaub ich weniger. Jetzt müssen wir nur rauskriegen, ob es da eine Verbindung gibt ...«

»Meinse du de Russe hate Hias aufe Gewisse?«, wollte der Giovanni wissen.

»Nee, er meint, die Russen haben den Matthias noch gelobt dafür, du Knallerbse!«, sprach's der Piefke.

Der Gernot hat nur gemeint: »Na warn's die. So, so.«

Helmuts Augen sind wieder mal rotiert wie ein Spielautomat in Las Vegas beim Hauptgewinn. »Was mach ma denn jetzt, was mach ma denn da jetzt, jetzt?«, hat er wissen wollen.

»Wenn wir jetzt alle auf einmal loslegen, glaub ich, wird's nix. Ihr genießts heut erst einmal d'Wiesn und der Bummerl und ich probieren später, im Bärenbräuzelt was rauszukriegen. Vielleicht hat das Bier am Nachmittag die eine oder andere Zunge gelöst und wir erfahren was. Auf d'Nacht treffen wir uns wieder da und schaun weiter«, hat der Sanktus bestimmt.

Zustimmung seitens der Runde bis auf ein blödes Gesicht seitens des Bummerl, weil der von seinem Glück noch nichts gewusst hatte.

Der Bummerl wollte gerade etwas erwidern, als er durch das Johlen der biersüchtigen Menge unterbrochen worden ist. Der Zug der Wirtsfamilie hatte soeben das prall gefüllte Bierzelt betreten. Voran ist ein kleiner Bub als Taferlträger mit dem Zeichen der Stern-Brauerei gegangen, anschließend ist die Kapelle des Sternzelts gefolgt, die, wie soll's auch anders sein, den bayerischen Defiliermarsch zum Besten gegeben hat. Der Sanktus hat beim Anblick der Wirtsfamilie nur ein Bild im Kopf gehabt: Marianne und Michael. Dahinter ist der Geschäftsführer der Stern-Brauerei mit Gattin und der Dr. Müller als technischer Betriebsleiter mit Familie gefolgt. Dem Sanktus ist sofort die Kathi, die Müller'sche Tochter, ins Auge, gestochen, sprich die Schlanke von vorgestern. Hitzewallungen und literweise Schweiß auf der Stirn als Folge. Sanktus jetzt am Zittern. Magen verkrampft, kurz schnaufen, dann Puls wieder runter.

Auf die Kathi wäre der Sanktus schon während seiner Lehrzeit scharf gewesen, doch leider war seine brennende Leidenschaft unerfüllt geblieben. Die Kathi war genau sein Typ mit ihrem leichten rötlichen Einschlag in den langen lockigen Haaren und ihren fast grünen Augen, die den Sanktus, wenn sie ihn einmal doch angesehen hatten, hatten dahinschmelzen lassen. Ihre Figur war makellos, aber nicht zu dünn. Das betörte den Sanktus ganz besonders, weil zaundürre Heugeigen haben dem Sanktus die Zehennägel aufstehen lassen. Zehen! Da waren sie wieder. Eigentlich hatte der Sanktus sie verdrängt, nicht seine, sondern die der Müller Kathi. Sie hatte für den Sanktus die schönsten Füße der Welt. Gerade Zehen mit wohlgeformten Nägeln. So hatte sie der Sanktus einst mit Sandalen, also Klapperln, über den Brauereihof schweben sehen. Seitdem war es um ihn geschehen. Der Sanktus hat einfach nichts mit einer Frau mit hässlichen Füßen anfangen können. Ob er irgendwie pervers war, hat er nicht gewusst, aber was willst du gegen dein ES machen, selbst wenn dein ÜBER-ICH noch so laut protestiert. Hast du gewusst, dass der König Ludwig I. die Füße von der Lola Montez in Stein hauen hat lassen und sie während ihrer Abwesenheit abgebusselt haben soll? Da schaust du, gell. Hätte der Sanktus wahrscheinlich auch geschaut. Gott sei Dank ist die Geschichte nicht so bekannt …

Bei den Gedanken an die Kathi, beziehungsweise an deren nackte Füße, hat er einen leichten Druck am Hosentürl verspüren können, der ihn schnell auf den Boden der Tatsachen zurückbefördert hat. Er hat sich dann kurzerhand wieder dem Wirtszug zugewandt. Den Schluss hat der unvermeidliche Spielmannszug gebildet, dessen Gebimmel der Sanktus keine drei Minuten hat ertragen können. Erektion nun Gott sei Dank vorbei.

Eingenommen von dem Gedanken an die Kathi, hat er den Blick nicht von der Brauereibox abwenden können. Der Dr. Müller hat sich gerade rührend um sein Enkelkind, ein kleines Mädchen, gekümmert. Enkelkind? – wirst du sagen. Die Kathi war nämlich schon Mutter einer vierjährigen Tochter. Wer genau der Vater war, ist nie herausgekommen oder an die Öffentlichkeit getragen worden. Man hat nur gemunkelt, dass die Kathi während ihres Studiums schwanger und das Kind mithilfe ihrer Eltern aufgezogen wurde, damit sie ihr Studium beenden und später ein unabhängiges Leben führen konnte. Der stolze Opa war dem Dr. Müller ins Gesicht geschrieben.

Der Sanktus, der weder seinen Vater noch einen Großvater kannte, hat einen dezenten Neid nicht verdrängen können: Familienverhältnisse, von denen er nur geträumt hat. Aber nichtsdestotrotz war aus ihm auch was geworden, auf das er hat stolz sein können. Er hat dann seine kompletten Gedanken mit einem festen Schluck aus seiner ersten Maß, die er inzwischen vor sich gehabt hat, hintergespült und fertig.

Nach der zweiten Maß Bier und einem halben, in Fassbutter – wer hat eigentlich Butter im Fass? Sehr noblig! – »gebackenen« Hendl mit Brezn wollte sich der Sanktus schön langsam mit dem Bummerl auf den Weg ins Bärenbräuzelt machen.

Werden Hendl eigentlich nicht mehr gegrillt?

Die Zeit war ideal, denn draußen hat die Sonne geschienen und so hat der Sanktus gehofft, dass sich die Besucher einigermaßen auf die Straßen und Biergärten verteilen und die Zelte unter Umständen noch offen sein würden. Doch die Gärten haben sich brechend gefüllt präsentiert und die trinkfreudigen Festbesucher sind glücklich vor ihrem Bier gesessen und haben ein Sonnenbad genommen, Idyll praktisch nix dagegen.

Dem Sanktus wäre dort ein Platz jetzt auch lieber gewesen, aber erstens hat die Pflicht gerufen und zweitens bekommst du nämlich nachher im Zelt keinen Platz mehr, wenn es dir im Biergarten gemütlich die vereisten Zehen wegfriert. Also, wer am Abend nicht erfrieren will, muss dem Sonnenbade entsagen und einstweilen im Zeltmief ersticken.

Der Bummerl ist ihm kommentarlos gefolgt, weil er genau gewusst hat, dass jede Diskussion sinnlos gewesen wäre. Wenn sich der Sanktus einmal was in den Kopf gesetzt hat, war er nur sehr schwer wieder vom Gegenteil zu überzeugen. Haidhausener Dickschädel halt. Außerdem war dem Bummerl klar, dass *er* den Sanktus in diese Aktion reingeritten hatte.

Sanktus' Hoffnung zum Trotz war auf der Bierbudenstraße auch schon die Hölle los. Logisch, bei einem solchen Wetter wärst du auch draußen, oder? Also ganz München und alles was Füße hat vor Ort.

»Was willst denn jetzt machen, Sanktus?«, hat der Bummerl ganz offenherzig gefragt.

»Jetzt kauf ich mir erst einmal einen Türkischen Honig!«, hat der Sanktus erwidert. Der Bummerl hat die Augen verdreht.

Der Sanktus war süchtig nach dieser rosa-weiß-farbenen kaugummiartigen Zuckermasse. Hundert Gramm praktisch Füllung für einen hohlen Zahn, könntest du meinen. Von wegen! Kalorien pur! Schlecht ist dem Sanktus noch jedes Mal davon geworden, aber beim nächsten Wiesnbesuch war der verdorbene Magen längst wieder vergessen. Wenn du einen Türkischen Honig kaufst, musst du immer den nehmen, der vor deinen Augen von einem großen Block runtergeraspelt wird. Der ist dann noch ganz knusprig und läuft dir nicht über die Hände und verklebt nicht alles, was du anlangst. Es gibt auch eine Art Türkischen Honig im Plastik fertig portioniert, ist aber nicht dieses Erlebnis und da kannst du dein Geld gleich in den Gully schmeißen.

»Und jetzt schaun wir noch zum Vogeljakob!«, hat der Sanktus gerade noch aus seinem verklebten Mund herausgebracht.

»Wie's d' meinst, Sanktus. Mir ist alles wurscht. Sagst mir einfach, was ich machen soll!«, hat der Bummerl resigniert hervorgebracht.

»Bist schon wieder geschafft, oder was? Du hast auch schon mal mehr vertragen.«

»Schmarrn. Ich schlaf fast nicht mehr, weil mir der Kellerer nicht aus dem Kopf geht. Da wird praktisch direkt vor deinen Augen einer umgebracht und du bist einfach machtlos. Am Schluss stehst du da und denkst dir die ganze Zeit, dass es auch dich hätt erwischen können.«

»Also Bummerl, erstens ham s' den Hias nicht vor deinen Augen umgebracht, weil du zu dem Zeitpunkt keine Schicht gehabt hast, und zweitens wird der Mörder schon einen Grund gehabt haben, dass er den Hias ausgesucht hat und ned dich. Und genau *der* Grund tät mich interessieren. Glaubst du, dass ein ausländisches Konsortium einen Killer anheuert, bloß, dass ein Durchschnittsbiersieder seinen Mund hält? Ich weiß ned, aber vielleicht finden wir nachher was Brauchbares raus!«

»Ich könnt's mir schon vorstellen. Du hast als Ausländer sowieso schlechte Karten, wenn du ein bayerisches Traditionsunternehmen übernimmst. Und kaum schaffst du es fast, den Konsumenten von dir zu überzeugen, dann kommt ein Kellerer Matthias daher und versucht, alles zunichte zu machen, indem er die Münchner aufhetzen will. Da fackelt der Russe vielleicht nicht lange und räumt ihn aus dem Weg.«

»Könnt schon sein, Bummerl. Aber sie hätten ihm ja auch irgendwie ein Geld anbieten können. Aber so wie ich den Hias kenn, wär dem das egal gewesen und er hätt's nicht angenommen. Das tät ihm ähnlich sehen, dem verkappten Idealisten. Da vorn is der Vogeljakob!«

Der Vogeljakob ist ein Wiesnoriginal seit zig Jahren. Er steht meistens mit einer kleinen Bude zwischen den Bierzelten. Erkennen tust du ihn an seinem Hut mit Feder, seinem Vogelgezwitscher und einer Traube von Leuten an seinem kleinen Stand. Es handelt sich bei ihm um einen Alleinunterhalter, der im heutigen Jargon Comedian wäre – Comedian, praktisch von Comedy. Ob's überhaupt noch Komiker oder Komödianten gibt? Wer weiß's? Comedians hat's also früher auch schon gegeben. Grundsätzlich verkauft der Vogeljakob Vogelpfeiferl, die aus einer Membran und einem Korpus aus Metall und Papier bestehen. Diese Pfeiferl muss man sich auf die Zunge legen, durchblasen und dann damit tirilieren. Das kann natürlich nur der Vogeljakob und der Zuhörer und Delinquent müht sich einen ab und bekommt freilich fast keinen Ton raus. Der Vogeljakob kann selbstverständlich alle Vögel imitieren, unterhält sich mit seinen Probanden und macht sich über sie lustig. Über diese Dialoge baut er seine »Comedy« auf, die aus Witzen, Derblecken und alten Geschichten über Amerikaner, Japaner, Neuseeländer und frühere Oktoberfestzeiten besteht. Der neumodische Comedy-Quatsch muss da samt der heutigen Stars verschwinden, weil der Vogeljakob ist einfach natürlicher und nicht so aufgesetzt.

Die Leute klatschen und lachen auch nur, wenn sie es wirklich lustig finden und nicht, weil irgendein Vollblutidiot mit einem Applausschild umeinanderläuft.

Für den Sanktus war dieses Münchner Original Balsam auf seiner geschundenen Originalseele und hat in der Liste der Echtheiten auf der Wiesn ganz vorn rangiert. Seine Laune hat noch so schlecht sein können, nach einem Besuch beim Vogeljakob ist es ihm um Lichtjahre besser gegangen. Er hat dann eine Tüte Pfeiferl gekauft; nicht dass du meinst, der Sanktus hat jetzt das Tirilieren angefangen, er wollte den Jakob einfach auch leben lassen und erhalten. Er war für ihn einfach das optimale Gegenprogramm zum Oktoberfest auf den privaten Sendern, wo du nur noch »Macarena« hörst und sinnlos Betrunkene über deinen Bildschirm torkeln siehst. Er war ein Stück gute alte Zeit und die Verkörperung der besseren, gemütlichen und familiären Wiesn. Und wenn der Trend zum Ballermann-Spektakel nicht bald nachlässt, hat sich der Sanktus oft gedacht, *dann ham s' mich gsehn*, was soviel ist wie eine Drohung, dass er dann nicht mehr auf das Oktoberfest nausgeht. Wahrscheinlich wird's dem Oktoberfest wurscht sein.

»So jetzt kann's losgehen. Herr Oberbiersieder, pack ma's!«, hat der Sanktus freudestrahlend gemeint.

»Jawohl, Herr Filtrierer in spe!«, hat der Bummerl erwidert und die flache Hand mit einem militärischen Gruß an die Stirn gehalten. Und auf ist's ins Bärenbräuzelt gegangen.

Ins Zelt ist dann eher doch ein bisschen voreilig gewesen. Vor dem Zelteingang hatte sich eine riesige Masse an Wiesnbesuchern angesammelt, die alle den gleichen Traum verfolgt haben, nämlich in ein Bierzelt reinzukommen. Das ist wieder eine Situation gewesen, in der es dem Sanktus normalerweise alles verdorben hätte, weil wer den Sanktus nicht braucht, den braucht der Sanktus auch nicht, sprich, dann muss er halt an dem Tag nicht ins Bierzelt rein. Heute hat es aber die Sache wollen. Der Sanktus als echter Münchner Stenz hat natürlich alle wichtigen Personen des Alltagslebens genau gekannt. Und zu denen hat auch der Zwiefe-Hans gehört. Geschrieben hat sich der Zwiefe »Feuchtleitner Johann«. Ausgesehen hat er wie du dir einen niederbayerischen Metzger vorstellst. Zwiefe hat er aber eigentlich bei allen geheißen, die ihn gekannt haben. Das hat einen sehr einfachen Grund gehabt. Kulinarisch gesehen war der Feuchtleitner auf einem Zwiebel-Trip. Rohe Zwiebeln, gekochte Zwiebeln, eingelegte Zwiebeln … Es hat ihm einfach nicht zwiebelig genug sein können. Er ist daher natürlich mit einem dementsprechenden Mundgeruch auf der Welt umherspaziert. Daher Johann Zwiebel, auf bayerisch »Zwiefe-Hans«. Jetzt sollte der Durchblick da sein. Der Zwiefe war Türsteher im Bärenbräuzelt und darum jetzt Mann der Stunde.

Der Sanktus und der Bummerl haben sich jetzt ihren Weg durch die missmutige Menge gebahnt, um kurz vor das Eingangstor zu gelangen. Was sie sich auf den zehn Metern anhören haben müssen, sei hier lieber nicht erzählt, weil es sonst gar so ein schlechtes Licht auf den Oktoberfestbesucher werfen würde.

An der Tür ist ein Schild gehangen: »Wegen Überfüllung geschlossen«. Dass die Zelte nicht mehr überfüllt sind, obwohl das Taferl am Eingang hängt, weiß inzwischen jeder und dass normalerweise ein Einlass an den Seitentüren möglich ist, wissen logischerweise auch alle, aber heute ist wirklich zu gewesen, sprich rappelvoll. Und daher war die einzige Möglichkeit, über den Zwiefe-Hans in das Bierzelt zu gelangen. Der Sanktus hat dann ein paar Mal mit einem seltsamen Rhythmus an das Fenster geklopft und die Tür ist einen Spalt aufgegangen. Der Bummerl war jetzt mehr als gespannt, wie sein Kompagnon es hat anstellen wollen, in das geschlossene Zelt zu gelangen.

»He, Sanktus, was tust'n *du* da?«, hat die Stimme im Inneren der Bierhalle wissen wollen.

»Wäre der Herr Türsteher bitte so gnädig, uns einzulassen, bevor uns die Meute lyncht?«, hat der Sanktus süß gesäuselt. »Des is der Bummerl vom Stern, der ghört zu mir und möcht auch gern rein. Und jetzt mach endlich auf, *Depp!*«

Die zwei Bierbrauer sind dann auch tatsächlich durch die Tür durch. Die Kommentare der Menge waren noch wilder als zuvor und der Bummerl hat sogar eine Watschn von einem Mitstreiter einstecken müssen. Das war dem Bummerl aber egal, Hauptsache drin und weg von den Wahnsinnigen. Irrsinn in Reinkultur!

»Bist du aa wieder im Land, Sanktus?«, wollte der Wachmann wissen.

»Logisch Hanse, bei den Afrikanern ist's zwar der Wahnsinn, aber daheim ist halt daheim, weißt es ja eh, oder!«

»Selbstverständlich, Herr Sanktjohanser. Sie haben wieder mal so recht, wie allerweil halt, gell, Bummerl?«

Der Bummerl hat verständnisvoll geseufzt und mit den Achseln gezuckt.

»Rück raus, Sanktus, du läufst doch ned zwengs der Gaudi am Samstag durch die Blöden. Was brauchst denn?«, wollte der Zwiefe wissen.

»Zum Orakel muss ich, weißt!«, hüllte sich der Sanktus in Rätseln, zumindest was den Bummerl angegangen ist.

»Aha, wegen dem Kellerer, oder?«, kam es vom Hanse zurück.

»Hanse, schau!«, hat der Sanktus angefangen, »man muss ned alles wissen, gell. Wo sitzt er denn?«

»Wo er immer sitzt, aber da wirst a bisserl schwer hinkommen bei dem Betrieb.«

»Also gut. Wegen dem Hias sind mir da. Du hast recht. Gibst mir bitte den Seppe mit, dass wir zum Orakel hinkommen.«

»Logisch, Sanktus. Ein Momenterl, wart.« Sprach's, drehte sich um und hat »Seppäää!« mit vollem Organ in die nächste Boxe geplärrt, in der ein asiatischer Wachmann mit Konfuzius-Bart, langen Haaren und der Statur eines Sumoringers gerade einen neuseeländischen Randalierer an der Gurgel gehabt hat.

Der Sanktus hat nur »Weils nix vertragen, die Kiwis. Jeds Jahr desselbe. Wahnsinn, oder?« gemurmelt.

Der Sumo-Wachtl hat den Neuseeländer auf einen Schlag losgelassen und ist zum Zwiefe-Hans rüber.

»Servus Sanktus!«, hat der Asiate begonnen und in tiefem Bayerisch weiter gemacht, »sche dass d' wieder amoi do bist!«

Der Bummerl hat jetzt geschaut wie ein Auto, quasi extreme Verständnislosigkeit. Zuerst heißt der Sumoringer Seppe und dann auch noch Dialekt. Da legst dich nieder!

»Griaß di Seppe, oide Wirtshaushupn. Freut mich, dass wir uns wieder einmal sehn. Immer noch beinand wie ein Stier, Sakrament.«

Der Zwiefe hat den Seppe dann instruiert: »Bringst den Sanktus und den andern zum Orakel. Die haben a paar wichtige Fragen. Passt auf, dass nix passiert.«

»Logisch!«, hat der Seppe gegrinst. »Kemmts mit!«

Der Bummerl hat nur den Kopf geschüttelt und gemeint: »Orakel, Zwiefe-Hans, Asiaten-Seppe? Ihr habt's doch alle einen Schatten!«

Der Berg von einem Mann ist dann vor den beiden hergegangen und hat mit seinen Pratzen die Menge geteilt, wie der Moses einst das Rote Meer. Dieses dürfte aber ein bisschen ruhiger gewesen sein, als die aufgebrachte Menge. Aber sobald die Leute gesehen hatten, mit wem sie es zu tun gehabt haben, ist es sofort mucksmäuschenstill geworden, das heißt, so still wie es in einem tosenden Bierzelt halt geht.

Der Blick der beiden Brauer ist kurz auf einen Amerikaner gefallen. Der ist gegenüber fünf seiner Landsleute gestanden und hat eine Fischsemmel wie eine Monstranz über sich gehalten und geplärrt: »Fishburger!« Die Amerikaner haben schnell ein Foto geschossen und der Plärrende hat in die Semmel hineingebissen – Schweppes-Gesicht nix dagegen. Du hast richtig gesehen, wie es den Ami gewürgt hat. Dann ein befreiender Wurf und die Semmel ist mitten in die tobende Menge auf einen neuseeländischen Kopf geprallt. Ami befreit, Kiwi eher »shocked«, Respekt, meine Herren! Seppe jetzt beim Ami, jetzt der Ami eher »shocked«.

»Bummerl, pass auf!«, hat der Sanktus gezischt. »Reden tu ich. Ich kenn den Kerl besser als du, okay? Wir dürfen's uns mit dem Orakel nicht verscherzen, hast mich. Wenn einer was Wichtiges weiß, dann ist's der alte Linseisen. Der war Kellermeister beim Bärenbräu und ist auf allen Braumeisterstammtischen, sei's der Verein ehemaliger Weihenstephaner, der Stammtisch vom Brau- und Malzmeisterbund und so weiter. Es gibt keinen, den der im Braugewerbe nicht kennt.«

Dem Bummerl ist dann gerade klar geworden, dass er wohl nicht so wichtig war, weil *er* nicht einmal gewusst hat, wer der Linseisen eigentlich war.

»Dass er ein wandelndes Lexikon ist, weiß er, und das lässt er dich sauber spüren. Also Bauchpinseln ist angesagt, klar?«

»Freilich, Sanktus, kannst dich auf mich verlassen«, hat der Bummerl sofort versprochen. »Is ja ned so, als ob wir als normale Brauer oder gar zur Gaudi unterwegs wären, gell. Wir haben ja schließlich eine wahnsinnig geheime Mission.«

Ein Grinsen hat er sich dabei nicht verkneifen können.

Das Orakel, mit richtigem Namen Linseisen, Korbinian, ist in der ersten Reihe, direkt vor der Prominenten-Box gesessen, eher gesagt hat Hof gehalten, da es eindeutig ersichtlich war, dass die wenigen Personen an seinem Tisch rein auf ihren Herrn und Meister fixiert waren. Der Linseisen war ein älterer Herr mit mächtigem, gezwirbeltem Schnauzbart, völlig in Tracht gekleidet, sogar mit Hut. Geraucht hat er, wie soll's auch anders sein, die unvermeidliche Virginia, bei deren Anblick allein es dem Bummerl schon schlecht geworden ist.

Der Sanktus ist ganz dezent zum Orakel an den Tisch getreten und hat zuckersüß gesäuselt.

»Grüß Gott, Herr Linseisen. Dürfen mir uns kurz zu Ihnen setzen?«

»Ah, der Sanktjohanser Alfred. Auch wieder im Land. Ich hab ghört, du fangst wieder beim Sternbräu an. Wohnst zurzeit bei deiner Schwester, gell. Sagst ihr einen schönen Gruß von mir, wennst sie siehst. Und du bist der Hirschberger Harald, gell, Biersieder, hab ich recht?«

Der weiß aber wirklich was, ist es dem Bummerl durch den Kopf geschossen und was den Sanktus gerade bewegt hat, ist dem Bummerl auch klar gewesen. Sein Spezl hat nämlich verzweifelt nachgedacht, woher der Linseisen die Anna kennt.

»Herr Linseisen, wir hätten eine Frage an Sie …«

»Ja, ja!«, hat das Orakel den Sanktus gar nicht zu Wort kommen lassen. »Aber jetzt bestellts euch erst einmal eine Maß und dann schaun mir mal. Elfi!«

Die Bedienung hat dem Sanktus und dem Bummerl eine Maß Festbier gebracht und das Orakel hat sich zu seinen Tischgenossen umgedreht und die zwei, wie bestellt und nicht abgeholt, ignoriert. Sanktus aber noch ruhig.

Die Maß Bärenbräu ist ihm wie Öl runtergegangen, weil kämpf du dich einmal über die Wiesn und dann durch ein volles Bierzelt, besonders, wenn du vorher eine Tüte Türkischen Honig verputzt hast.

Das Festbier vom Bären war ein helles, gut gehopftes Bier mit, wie kann's auf der Wiesn anders sein, mehr als dreizehneinhalb Prozent Stammwürze und hochvergoren, sprich Alkohol durch die Decke. Sechs Prozent plus. Aber dafür süffig, dass du mit den Ohren schlackerst.

Nach der ersten Maß, also nach zirka einer halben Stunde, weil dem Sanktus und dem Bummerl hat's pressiert, etwas zu erfahren und wie gesagt süffig, hat sich der Sanktus ganz dezent wieder dem Orakel zugewandt.

»Herr Linseisen, wir brauchen noch eine. Sollen wir Ihnen auch gleich eine mitbestellen?«

Der Linseisen hat sich kurz umgedreht, »Ja, bittschön!« gemeint und war wieder im Gespräch vertieft; Methode: »Nicht mal ignorieren«.

Dem Bummerl ist vor Wut schön langsam der Rauch aus dem Genick aufgestiegen und er hat angefangen »Also Herr …«, ist aber nicht weit gekommen, weil ihn der Sanktus so gegen das Schienbein getreten hat, dass der Bummerl die Engel hat singen hören. Also Funkstille.

Kurz vor Ende der zweiten Maß hat sich das Orakel den beiden zugewandt.

»Muss was Wichtigs sein, weilts es allerweil noch da seids. Also schießts los, aber ich glaub, ich weiß es sowieso. Es is wegen dem Kellerer Hias, oder?«

»Herr Linseisen, Sie müssen ja Hellseher sein«, hat der Sanktus gemeint. Bummerl Kopfschütteln und Augenverdrehen.

»Na, so weit ist's jetzt auch noch ned. Aber es pfeifen die Spatzen vom Dach, dass die Polizei ned von einem Mord ausgeht und alle einer anderen Meinung sind. Deswegen habts ihr euch am Mittwochabend im Bräustüberl getroffen und Kriegsrat gehalten. Burschen seids vorsichtig. Des habts ihr nicht im Kreuz. Da is was am Laufen, das könnt euch Kopf und Kragen kosten.«

»Herr Linseisen. Wir haben gehört, dass der Kellerer zum Boykott gegen die ausländisch geführten Münchner Brauereien aufgerufen hat. Wir haben einen Tipp bekommen, dass das Ganze besonders dem russischen Konsortium sauer aufgestoßen sei.«

»Buam, das könnts glauben. Die Russen haben es sehr schwer gehabt, in München Fuß zu fassen. Das hat dem Bärenbräu viele Hektoliter gekostet. Die Münchner haben dann natürlich auf die anderen Traditionsmarken umgeschwenkt. Nach einiger Zeit haben sie das wieder aufgefangen. Nun waren die neuen Chefs kurz vor ihrem Ziel und da taucht so ein Kellerer auf und fängt erneut zum Hetzen an. Und dann auch noch im Internet. Was tut so ein alter Dackel eigentlich da, frag ich mich?«

»Also ist es wahr? Haben die Russen den Hias aus dem Weg geschafft?«, ist der Sanktus herausgeschossen.

»Das hab ich ned gsagt. Um Gottes Willen. Und ich werd meine Zunge hüten. Ich sag's euch noch einmal. Da is was am Laufen, das packts ihr ned. Haltets eure Nasen da raus. Das ist gescheiter.«

»Wir möchten lediglich herausfinden, wer den Hias auf dem Gewissen hat und die Polizei überzeugen, dass es ein Mord war. Der Gerechtigkeit willen. Mehr wollen wir nicht. Das sind wir ihm schuldig. Wissen Sie denn gar nichts Genaueres? Haben Sie denn keinen Tipp für uns?«, hat der Sanktus nachgesetzt.

»Eine Ahnung hab ich und ich glaub, ich lieg richtig, aber was z'sagen wär zu früh. Übrigens da drüben, schauts mal. Der im Anzug mit den Bodyguards in der Box, das ist der Zuständige des Konsortiums für Europa. Vasily Romanov heißt er.«

Der Linseisen hat mit seinem Kopf zur Boxe rübergezeigt und die beiden haben natürlich sofort hinterhergeschaut. Just in dem Moment hat der Konsortiumsvertreter, ein grauhaariger, gesetzter Herr mittleren Alters mit schwarzem Schnauzbart und Sonnenbrille auf der Stirn, zu ihnen herübergesehen und den Sanktus samt Bummerl anvisiert. Dem Sanktus war sofort klar, dass diese Aktion eher suboptimal verlaufen war und hat sich sofort weggedreht.

»So und jetzt gehts wieder. Ich hab sowieso schon viel zu viel gsagt. Da schlaf ich immer so schlecht in der Nacht, gell. Auf Wiederschauen, die Herren.« Abkanzlung Dreck dagegen, Sanktus und Bummerl eher begossene Pudel.

»Das war ein Tipp, oder?«, hat der Bummerl dem Sanktus ins Ohr geplärrt. »Ein waschechter Hinweis! Der meint, es waren die Russen. Ist doch ganz klar. Sonst hätt der doch nicht so direkt hingedeutet, Sanktus! Was machen wir denn jetzt?«

»Hast recht. Aber die haben's doch genau gemerkt, dass wir über sie geredet haben. Ich tät sagen erst einmal raus, dann beratschlagen wir mit dem Rest in aller Ruhe im Sternzelt, oder?«

»Gute Idee, raus hier!«

Gut gedacht, aber eher Ding der Unmöglichkeit, weil wenn zwei russische Bodyguards vor dir stehen, möcht ich dich sehen, wie du die auf die Seite drängst. Ein dritter schmächtiger, an ein Skelett erinnernder Russe im Anzug war scheinbar der Chef des Ganzen. Der hat als Einziger keinen Knopf im Ohr gehabt und war ungefähr einen Kopf kleiner als seine Hilfssheriffs.

»Meine Herren!«, hat er angefangen, »Herr Romanov würde Sie gerne einladen, eine Maß Bier mit ihm zu trinken. Wenn Sie mir bitte folgen würden. Meine beiden Kollegen werden Ihnen den Weg geleiten.«

Der Sanktus hat einen Blick zum Bummerl geworfen. Das hätte er lieber nicht machen sollen, weil der Bummerl ist käseweiß gewesen, weiße Wand Anfänger. Der Sanktus hat nur seine Schultern gezuckt und auf zur Polonaise in die Promibox.

Auf dem Weg hat der Sanktus kurz noch einmal zum Orakel in die erste Reihe rübergeschaut, aber vom alten Linseisen nun keine Spur mehr. Kein gutes Zeichen, das ist dem Sanktus gleich klar gewesen.

Da waren sie auch schon am Biertisch vom Herrn Romanov, der die zwei Superdetektive mit einem Lächeln zum Platznehmen aufgefordert hat. Der Sanktus hat fieberhaft überlegt, was jetzt kommen würde, hat es aber gleichzeitig lieber nicht wissen wollen. Sofort ist ihm der Maisberger wieder eingefallen mit seiner Theorie zum Wert eines Menschenlebens in Russland. Magen jetzt Richtung Krampf.

Kaum gesessen, haben auch zwei Maß vor den beiden Brauern gestanden. Der Herr Romanov hat dann brav »Prrosst« gesagt, eher geschrien und seinen Krug mit aller Wucht gegen die beiden anderen gedonnert. Ein großer

Zug und sein Bier ist zur Hälfte leer gewesen. Dann hat er geschnieft, den Schaum unter seiner Nase mit der Hand weggeputzt und »Birr gutt!« geplärrt und sich schiefgelacht. Wahrscheinlich über die dummen Gesichter von Sherlock Holmes und Doktor Watson.

Anschließend hat er dem Kleineren von vorher etwas ins Ohr geflüstert. Der hat dann genickt und gefragt: »Herr Romanov möchte wissen, was Sie mit dem alten Mann vorher am Tisch besprochen haben.«

Der Bummerl hat den Sanktus angeschaut und der den Bummerl. Geantwortet hat der Sanktus.

»Warum möchte der Herr Romanov das denn wissen?«

Der Dolmetscher hat mit dem Oberrussen geredet.

»Herr Romanov möchte klarstellen, dass er hier die Fragen stellt und Sie sich die Antworten gut überlegen möchten, da er weder Lust noch Zeit hat, sich mit Ihnen herumzuärgern.«

»Dann sagen Sie Ihrem Herrn Romanov, dass der ältere Herr ein guter Bekannter von uns ist. Wir haben ihn nach einigen Jahren wieder getroffen und uns über die alten Zeiten unterhalten.«

Der Romanov hat auf den Kommentar des Dolmetschers wieder zum Lachen angefangen und den Bodyguards ein Zeichen gegeben. Einer der beiden hat den Bummerl am Schopf gepackt und mit voller Wucht auf den Biertisch geknallt, dass das Blut nur so aus der Nase gelaufen ist. Der Sanktus hat aufstehen wollen, aber der zweite Wächter hat ihn auf die Bierbank gepresst. Der Bummerl hat nur gestöhnt und seine mit Blut überlaufenen Hände angeschaut.

»Herr Romanov möchte die beiden Herren nun erneut auffordern, ihm zu berichten, was Sie mit Herrn Linseisen besprochen haben.«

»Nun ja«, hat der Sanktus begonnen. »Wenn Sie es unbedingt wissen wollen. Es ist Folgendes. Ich suche einen neuen Job. Ich könnte zwar beim Sternbräu anfangen, aber man soll nie in die Lehrbrauerei zurückgehen, wissen Sie. Und da wollte ich den Herrn Linseisen fragen, ob er nicht noch Beziehungen zum Bärenbräu hat. Vielleicht wäre da ja noch etwas frei. Der Herr Linseisen hat dann gemeint, dass ich mich da am besten an Sie wenden soll, weil Sie ja der neue Chef sind. Deswegen hat er auch zu Ihnen hinübergedeutet.«

Auf die Erklärungen des Dolmetschers hat der Romanov noch lauter lachen müssen, ja gebogen hat er sich und ehe der Sanktus hat reagieren können, ist der Bummerl noch einmal auf dem Biertisch aufgeschlagen.

Die Blasmusik hat gerade Fürstenfeld angestimmt: »*Langsom find da Doog sei End und die Noocht beginnt. Auf der Kärtner Stroßn do singt aaner Blowing in the Wind. Hod a greanes Röckerl oo, sitzt do ganz aloa-und der Steffel, der schaut owe auf den oarmen Steira-Buam.*« Normalerweise geht es weiter mit »*Er hat wolln sei Glück probiern in der großn weidn Stadt, hod gmoant sei Musik bringt eahm aufs Rennbahnexpress-Titelblatt ...*« Das wird aber nie auf der Wiesn gesungen. Wahrscheinlich wird in diesen dreißig Sekunden, während jeder auf den Gitarren-Schrammel-Einsatz wartet, zu wenig Bier konsumiert. Zwei Schluck à hundert Milliliter auf 6000 Besucher, wobei mindestens die Hälfte trinkt, sind ja schließlich auch drei bis fünf Hektoliter Bier und kann sich sehen lassen.

Dem Bummerl war das heut eher wurscht!

»Hörts doch auf!«, hat der Bummerl geschrien. »Ihr wollts uns wohl genauso umbringen wie den Kellerer.«

Bei dem Wort Kellerer hat der Romanov schlagartig zu lachen aufgehört und dem Sanktus ist's so vorgekommen, als wär es auf einmal ganz still im Bierzelt.

Der Dolmetscher und der Oberrusse haben sich angeregt unterhalten. Ewigkeit eher untertrieben.

»Herr Romanov möchte wissen, was Sie damit meinen.«

Der Bummerl hat sofort geantwortet, weil einen dritten Platscher wollte er nicht mehr riskieren.

»Der Kellerer hat überall gegen eure Brauerei gewettert, weil das Bärenbier für ihn kein Münchner Bier mehr war. Und wie er dann im Internet zum Boykott gegen euch aufgerufen hat, habts ihr schwarz gesehen und ihn aus dem Weg geräumt, Saubande!«

Dolmetscher, dann wieder Lachen. Noch schlimmer als vorher. Der Russenchef hat daraufhin den Rest seiner Maß auf ex ausgeleert und weiter und weiter gelacht, ja förmlich gebrüllt hat er. Unter der Lachsalve hat er dem Dolmetscherrussen so manches ins Ohr geplärrt. Der hat dann auf den Sanktus und den Bummerl eingeredet.

»Herr Ronanov möchte Ihnen mitteilen, dass Herr Kellerer kein unbeschriebenes Blatt für uns ist. Wir haben viel Ärger mit Herrn Kellerer gehabt. Weiterhin betont Herr Romanov, dass Herrn Kellerers Hetzkampagne gegen unsere Brauerei lediglich Schaden in München angerichtet hat. Unser Interesse gilt vor allem dem Export unserer Hauptmarke ins Ausland. Sie werden nun verstehen, dass wir das Risiko eines Mordes an Herrn Kellerer keineswegs einzugehen brauchten. Sie mögen sich diese Idee bitte schnellstens wieder aus dem Kopf schlagen, da Herr Romanov sonst sehr ungemütlich werden kann.«

»Sehr witzig«, seitens Sanktus. »Wo er doch sonst so ein gemütlicher Mensch ist.«

»Herr Romanov möchte sich verabschieden und gibt Ihnen noch einen Tipp mit auf den Weg. Es müssen da schon ganz andere Vereinigungen kommen, die uns aus der Ruhe bringen könnten – und Sie ebenfalls – sollten Sie weiterhin Ihre Nasen in Sachen stecken, die Sie so gar nichts angehen. Sie sollten sich das mal überlegen. Wir werden Sie selbstverständlich zum Zeltausgang begleiten.«

Der Russe Romanov hat dann, während er immer noch gelacht hat, dem Sanktus und Bummerl auf die Schulter geklopft und »Serrvuss« gerufen. Der Bummerl hat sich mit einem inzwischen rot gebluteten Taschentuch die Nase zugehalten und den Sanktus zum Gehen gedrängt. Wie sie im Konvoi durch das Zelt getingelt sind, sind sie am Seppe vorbei gekommen. Der Seppe hat sich, so schnell kannst du gar nicht schauen, umgedreht und hat sich in eine Rauferei eingemischt über die er normalerweise nur gelacht hätte. »Also auch russisch infiltriert«, hat sich der Sanktus gedacht und den Seppe aus seinem Bekanntenkreis gestrichen.

Die Russen haben dann einen Seiteneingang aufgemacht und sind mit den zwei Amateurdetektiven ins Freie raus. Frischluft ein Traum gegen den Biermief im Zelt.

Der Sanktus wollte sich gerade mit einem Lächeln Marke nur nicht das Gesicht verlieren und einem Handschlag verabschieden, als ihn auch schon ein Schlag in die Magengegend getroffen hat. Gesang der Engerl als Folge. Dann langsam zu Boden. Daraufhin ein fester Tritt in die Leisten und ein weiterer in die Rippen. Der Sanktus hat jetzt doch das Gesicht verloren, indem er vor Schmerz kniend auf den Boden gekotzt hat. Der Bummerl wie gelähmt mit seinem vollgebluteten Taschentuch gegenüber. Abgang russische Schläger. Ein Prost auf Batic und Leitmayr.

»Sanktus, Sanktus, sag was! Lebst noch?«

Der Sanktus hat sich mit verzerrtem Gesicht aufgerichtet und gegen die Zeltwand gelehnt.

»Weiß ned. Ich glaub, ich leb nimmer. Zumindest fühl ich mich so.«

»Was machen wir jetzt?«

»Jetzt rufst die andern an. Die sollen uns abholen, weil allein gehen, glaub ich, kann ich jetzt noch ned. Und dann schaun wir weiter.«

Der Bummerl hat dann den Malte im Sternbräuzelt angerufen und alles berichtet. Viel dürfte dieser nicht verstanden haben, aber ein »… gleich da …« hat der Bummerl geglaubt, gehört zu haben.

»Gleich sinds da! Was glaubst. Ham s' den Hias jetzt umgebracht oder ned, Sanktus?«

»Ich mein, wir waren auf dem Holzweg, aber im Hinterkopf solltens wir schon behalten, weil zum Spaßen ist's mit den Brüdern nicht.«

»Aber wer war's dann?«

»Andere Vereinigungen vielleicht. Keine Ahnung. Was hat er denn da damit gemeint?«

»Keine Ahnung! Mafia, FBI und so weiter.«

»Genau, Bummerl, vielleicht auch noch die Kreuzritter oder andere Geheimbünde. Kriegen wir aber auch noch raus. Mei is mir schlecht!«

Dann hat sich der Sanktus noch einmal übergeben. Leider über Bummerls Schuhe.

*

Der Sanktus hat ganz langsam seine Augen aufgemacht und über ihm den Herrn Romanov nebst Gehilfen erkannt. Der

Russe hat ihn vorwurfsvoll angesehen, den Kopf geschüttelt und zum Lachen angefangen. Er hat den Eindruck gehabt, als würden alle Töne, die er wahrgenommen hat, in seinem Kopf zu hallen anfangen und alle Farben rings um ihn herum sind verschwommen. Das Einzige, das er noch wahrnehmen hat können, war das Lachen und den ruppigen Russenakzent ... Kellerer ... ha, ha, ha ... unbedeutend ... ha, ha, ha ... ganz andere Vereinigungen ... ha, ha, ha ... Mafia ... ha, ha, ha ... Mossad ... MI6 ... ha, ha, ha ...

Der Kopf des Russen ist um den Sanktus gekreist wie ein losgelassener Luftballon und der Hintergrund hat in allen Neonfarben geschillert.

Ha, ha, ha ... alle Geheimdienste der Welt und sie schlafen ... ha, ha, ha ... schlafen, schlafen, schlafen.

Von wegen schlafen. Jetzt ist der Sanktus senkrecht im Bett gestanden und das Ganze schweißgebadet. Es war früher Abend und trotz der heruntergelassenen Rollos noch einigermaßen hell im Zimmer. Er hat immer noch den Brauereirussen in seinem Hinterkopf lachen hören können. Andere Vereinigungen? Scheißvereinigungen! So ein Schmarrn, aber interessant wär's doch, wenn du es wissen würdest, was der Russenboss da gemeint hat. Dies galt's noch, rauszufinden, aber morgen war auch noch ein Tag. Von der Wiesn hat der Sanktus an diesem Tag die Schnauze voll gehabt.

Jetzt hat er was Gescheites gebraucht, was Besonderes hat hermüssen – Gott sei Dank haben an diesem Tag die Isar Rider in Schwabing gespielt.

Zuerst ist er einmal zur Dusche getorkelt. Ganz leise hat er sein müssen, weil er unter keinen Umständen seine Schwester hat früher als nötig auf den Plan rufen wollen. Diese hatte ihn zuvor schon mit Vorwürfen und Predigten überhäuft, weil sie natürlich gedacht hatte, der haudige Zustand ihres Bruders würde vom übermäßigen Alkoholgenuss stammen. Typisch Weibsbilder! Das war dem Sanktus klar, aber was glaubst du ist besser: einen sitzen haben oder zugeben müssen, dass man von russischen Bodyguards verprügelt worden ist? Eben! Also!

Jetzt plätscherndes Wasser und heißer Dampf, quasi neue Lebensgeister. Für den Sanktus war alles, was mit Wasser zu tun gehabt hat, reinste Entspannung, sprich heiße Bäder, Sauna, Dampfgrotten; auf Neudeutsch »Wellness«, wobei er dieses Wort natürlich nie in den Mund genommen hätte, eh klar. Aber unter der Dusche hat er jetzt kurz abschalten und auch geistig und seelisch entspannen können. Natürlich nur Kurzentspannung, weil ja noch Programm für die arme Seele des gepeinigten Münchner »Ermittlers«.

Der Sanktus hat sich gerade, nachdem er sich in seine Ausgehklamotten geworfen hatte, lautlos verdrücken wollen, als er doch durch irgendein Geräusch seine Schwester auf sich aufmerksam gemacht hat.

»Fredi, was tust'n du da? Langt's dir noch ned? Geht's jetzt gleich weiter mit der Blutssauferei? Fredi, komm doch einmal zur Vernunft.«

Der Sanktus war jetzt nicht für Erklärungen zu gebrauchen. Er hätte der Anna gern alles in Kurzform erklärt, aber er hätt's in diesem Moment einfach nicht korrekt rausgebracht. Mission impossible!

Daher: »Annerl, bitte sei mir jetzt ned bös!«, hat da der Sanktus erwidert. »Des verstehst du ned. Ich erzähl dir alles morgen, aber jetzt brauch ich was fürs Herz. Jetzt muss ich nach Schwabing, weil da spielen die Isar Rider im »Alfredos«. Also, bis heut Abend. Gell. Bussi, Annerl, Servus!«

Und bevor seine verdutzte Schwester was hat sagen können, war er zur Tür raus und auf und davon.

Leider ist vom Max-Weber-Platz keine Trambahn nach Schwabing gegangen und so hat der Sanktus ausnahmsweise mit der ihm sonst so verhassten U-Bahn fahren müssen, Plastikstimme wieder inklusive. Verdammte Technik!

An der Münchner Freiheit ist er dann ausgestiegen und hat sich auf dem Weg zur Kneipe noch beim Straßenverkaufs-Chinesen am Feilitschplatz eine scharf-saure Suppe genehmigt. Wie der Sanktus da so gestanden ist und sein Mahl in sich hineingeschaufelt hat, ist ein künstlich wirkender Schnösel in einem Porsche Boxter vorgefahren und hat eine »Ente Gong-Po« bestellt. Der Essen-Annahme-Chinese hat den Wartenden nach der Aufnahme der Bestellung dann jede Minute erneut gefragt, was für ein Gericht er denn bestellen möchte. »Wa kli-geng-Sie?«

Das hat er dann über eine Viertelstunde durchgehalten. Der Boxter-Schicki ist am Anfang noch gelassen geblieben, ist aber von Minute zu Minute nervöser geworden. Kurz vorm Ausflippen hat der Annahme-Chinese ihm das Essen fertig verpackt unter die Nase gehalten, die Hand zum Zahlen hervorgestreckt und alle Chinesen in der Küche haben sich schlapp gelacht. Dem Sanktus ist vor lauter plötzlichem Hinausprusten ein Bambusspross über den Hals in die Nase geschossen, dass er gemeint hat, er muss ersticken.

»Respekt, Burschen!«, hat der Sanktus mit Tränen in den Augen in die Küche hineingelacht, »ihr habts Menschenkenntnis. Könnts ihr auch keine Schnösel vertragen?«

Die Chinesen haben mit einem Mal das Lachen aufgehört und den Sanktus völlig entgeistert angeschaut, als ob er vom Mars gewesen wäre. Der hat nur ein »Passt scho!« rausgebracht und sich in Richtung »Alfredos« verdrückt.

Die Isar Rider sind eine Urmünchner Band, die selbst komponierten bayerischen Rock mit Eins-a-Liedertexten spielt – also Geheimtipp für alle Ureinwohner der bayerischen Landeshauptstadt. Musst du dir wirklich einmal anhören.

Als der Sanktus in die kleine Stehkneipe reingegangen ist, war gerade der Titel »I kenn di ned« an der Reihe.

»Na, na, i kenn di ned, Leit mit so vui Geld san ned von meiner Welt, na, i kenn di ned!«

Passt ja wie die Faust aufs Auge, ist es dem Sanktus durch den Kopf geschossen und dann hat er sich noch mal über den Porsche-Typen schlapplachen müssen.

Das Etablissement war brechend voll, aber der Sanktus hat sich gleich zum ersten Bier am Tresen durchkämpfen können, wo ihn die Besitzerin mit einem Lächeln empfangen und ihm unaufgefordert ein Weißbier kredenzt hat. Leider von der Konkurrenz, aber du kannst ja nicht immer alles haben im Leben.

In einer Pause ist der Roland, der Chef der Isar Rider am Sanktus vorbeigekommen. Der war einen Kopf größer als er und hatte halblange, braune Haare und ein Muskelshirt- Kraftleiberl, wie die Österreicher sagen – angehabt.

»He Sanktus, bist a amoi wieder da! Wo warstn oiwei?«

»Heut auf der Wiesn. Da hat's mir aber ned recht taugt. Hab ich mir denkt, gehst einmal wieder zu euch und tust was für die Bildung. Spielts schon noch »Alice – bring ma no a Helles!«, oder bin i scho z'spät?«

Das Lied war eines von Sanktus Favoriten.

»Na, na, spuin ma scho no! Da Bichlmaier is übrigens a do!«, hat der Musiker gemeint, »oiso dann, servus derweil!«

»Servus!«

Der Sanktus hat sich, nachdem er sein Weißbier geleert hatte, Zentimeter für Zentimeter zum vorderen Tresen durchgekämpft, wo der Kommissar Bichlmaier vor seinem Hellen gestanden ist und gebannt zur Bühne vorgeschaut hat, auf der der Sänger gerade mit einem Blaulicht auf dem Kopf das Lied von der Politesse und vermeintlichen Porno-Queen »Frau Schmeidl« gesungen hat, die ihn so anturnt, dass es ihn bei jedem Blaulicht, das er sieht, im Genitalbereich, im Beutel also *Beidl* juckt. Der Bichlmaier hat sich gebogen vor Lachen.

»Bichä, servus!«

»Ich werd narrisch! Der Sanktus, griaß di!«

Den Kommissar Bichlmaier kannst du dir so vorstellen, wie den Dickeren bei den Rosenheim Cops, weil er wie – Obacht jetzt: Genitiv – dessen Zwillingsbruder ausgeschaut hat.

»Hanse, wie geht's allerweil? Gfallen dir die Isar Rider?«

»Scho, scho! Saugeil, ha!«, hat der Polizist geantwortet.

»Bist recht im Stress mit der Leich?«, wollte der Sanktus wissen.

»Sanktus, tu doch ned so scheinheilig. Es pfeifen doch schon die Spatzen vom Dach, dass du nur beim Stern wieder anfängst, weil dich der Tod vom Kellerer so brennend interessiert.«

»Gut. Eins zu null für dich, Hanse. Woher du das jetzt schon wieder weißt, ist mir wurscht. Aber jetzt reden wir ned von der Arbeit, oder? Obwohl, ich würd eigentlich nur kurz gern wissen, was ihr glaubts. War's ein Mord oder ein Unfall?«

»Sanktus!« Entnervtes Schnaufen. »O mei, Bub! Ich dürft's dir eigentlich ned sagen, aber weilst es du bist. Wir gehen von einem Unfall aus. Laut den Aussagen eurer Kollegen hat dein Meister Kellerer gern amal in der Nachtschicht einen gehoben, um sich die Zeit zu verkürzen. Wahrscheinlich wollt er irgendwas nachschauen und hat das Übergewicht gekriegt. Obwohl, ich muss zugeben, dass es ned ganz so einfach ist, da reinzuplumpsen. Aber es gibt außerdem keine Zeichen von Gewaltanwendung. So schaut's aus und ned anders!«

»Hm, dann ist ja alles geritzt, wenn's nach euch geht, oder?«, hat der Sanktus bockig gemeint. »Und wenn's die Spatzen sowieso von den Dächern pfeifen, da sag ich dir gleich, wie's ist: ich bring raus, wer den Hias in das Haferl reingschmissen hat, weil ihr seid ja, wie's scheint, unfähig, auch nur das Geringste zu begreifen.«

»Sanktus, sei vorsichtig! Misch dich ned wieder in Sachen, die dich nix angehen. Des is schon einmal schiefgangen. Und beiß dich ned allerweil am Unmöglichen fest, gell.«

»Bichä, bist du so verbohrt oder tust du nur so. Der Kellerer ist seit fast vierzig Jahr Bierbrauer. Da hast du es mit Wärme im Sudhaus, Kälte im Lagerkeller, Kohlensäure im Gärkeller, Reinigungschemikalien, Ammoniak in der Kälteanlage, Hochdruckdampfkesseln und Alkohol jeden Tag zu tun. Verstehst? Der macht des seit fast vierzig Jahr und jetzt würd er auf einmal mit einem bisserl Bier intus beim Abstechen vom Sud in die Pfanne fallen? Des is unwahrscheinlicher als ein Sechser im Lotto, also sechs aus neunundvierzig, falls du was von der Statistik verstehst, und des is ganz schön unwahrscheinlich. Jetzt streng doch amal dein Spatznhirn an und zähl eins und eins z'samm, Bichä!«

»Hmm!«, hat der Kommissar gemeint, »des hört sich ja recht plausibel an, Sanktus, aber ich hab überhaupt keine Indizien. Mir sind da die Hände gebunden. Ich inspizier die Brauerei nächste Woche natürlich schon noch einmal, aber wenn ich dann nix find, schaut's schlecht aus. Wir könnten natürlich eins machen: Du kannst deine Finger ja sowieso nicht aus der Gschicht rauslassen. Also wenn dir was auffällt, sagst mir Bescheid. Ich bin ja dann vor Ort und kann alles regeln. Ich glaub zwar nicht, dass du was entdeckst, aber ein blinder Säufer findet ja bekanntlich auch seinen Korn ...« Großes Losprusten seitens des Kommissars, Sanktus kurz vorm Platzen, aber nicht vor Lachen.

Der Sanktus hat jetzt gerade richtig loslegen und den Kommissar Bichlmaier alles heißen wollen, da hat es ihm auf einmal die Stimme verschlagen und das Weißbierglas wäre ihm fast aus der Hand gefallen, weil vor ihm die Müller Kathi gestanden ist und ihm direkt in die Augen gesehen hat.

Der Sanktus hat sofort einen Blick auf ihre Schuhe geworfen und hat gesehen – Glück gehabt – geschlossene Schuhe. Ewig schade, aber besser für seinen Hormonspiegel, weil der Anblick von der Kathi allein in einem engen schwarzen Gewand mit dem freizügigen Ausschnitt, hat den eigentlich sowieso schon völlig durcheinandergebracht.

»Griaß di, Sanktus. Lang nimmer gsehn, wenn man heut Vormittag im Bierzelt ned rechnet.«

»Servus!«, war alles, was der Sanktus rausgebracht hat. Und dann erst einmal nichts mehr.

»Sagst heut nix oder bist du immer so wortkarg?«

»Wortkarg, Kathi, wie, äh, warum? Wie meinst jetzt des?«

»Man könnt ja fast meinen, du hättst ein Gespenst gsehn, Sanktus. So kenn ich dich ja gar ned!«

Kenn ich dich ja gar ned. Sehr witzig. Dem Sanktus war gar nicht klar gewesen, dass sie ihn überhaupt kennt, wenn man das kurze Treffen vor dem Müller'schen Büro außer Acht lässt. Er hat jetzt nicht gewusst, ob ihm wohl oder unwohl in seiner Haut sein soll. Konflikte! Da waren sie jetzt schon wieder und viel schlimmer als zuvor. Weil wenn du nicht weißt, ob du noch ein Bier trinken sollst oder nicht, ist das vielleicht ein Konflikt ersten Grades, also nicht wirklich schlimm. Wenn du hin- und hergerissen bist zwischen daheim und weit weg, wie es beim Sanktus vor Kurzem war, ist das schon ein höherer Grad, aber wenn du nicht weißt, wie du dich wegen einer Frau fühlen sollst, ist das ein Grad, den du so leicht nicht mehr im Kreuz hast.

Nicht dass du glaubst, er würde immer noch auf die Kathi stehen oder sie gar … Nein, unmöglich, oder ist da doch ein bisschen »infatuation«? Infatuation ganz wichtig! Hat ihm zumindest mal einer seiner Spezl, der einige Jahre in den USA verbracht hat, erklärt. Das ist das, was der Mann von heute brauche. Man sei nicht mehr verliebt, sondern infatuated, was scheinbar heißt verschossen. So könnte man das aber nicht so direkt beschreiben, hat der Freund gemeint; das sei schon etwas mehr, aber Gott sei Dank nicht so viel wie verliebt. Hat dem Sanktus jetzt in dieser Situation eigentlich herzlich wenig gebracht. Aber gut, dass man mal darüber nachgedacht hat.

»*So* kennst du mich gar ned. Ich weiß ja ned, wie du mich eigentlich kennst. Also, na, ja, ich hab gar ned gwusst, dass du mich überhaupt kennst.«

»Das wär ja noch schöner, Sanktus. Logisch kenn ich dich. Ich kenn dich seit du bei meinem Papa die Lehr angefangen hast. Da warst zwar noch ein bisserl jünger und knackiger, aber aufgefallen bist mir da schon.«

»Ich?«, hat der Sanktus angefangen, »aufgefallen? Dir? Respekt!«

»Jetzt sag bloß, ich bin dir seinerzeit nicht aufgefallen!«

»Du? Aufgefallen? Mir? Logisch!«

»Na, also, geht doch. Könnten wir vielleicht jetzt einmal Prost trinken?«

»Logisch, dann Prost … Kathi oder Katharina?«

»Kathi passt schon, aber sag mal, was ist dir eigentlich an mir so aufgefallen?«

Dem Sanktus ist jetzt komplett schwarz vor den Augen geworden und die Knie haben ihm gewackelt. Schwindel kein Ausdruck. Kalter Schweiß! Figur, Füße, Lächeln, Füße, Haare, Füße, Figur, Titten, Füße, schwitzen, schwitzen. Schwitzen war jetzt eigentlich alles, was er zustande gebracht hat. Welche Frau fragt eigentlich solche Sachen? Völlig unnormal. Um Gottes Willen! O mei o mei! Wie jetzt aus der Situation rauskommen? Guter Rat mehr als teuer. Aber da hat er jetzt so wie es ausgeschaut hat, durch müssen.

»Dein … Lächeln?«, war alles, was er herausgebracht hat. »Okay?«

»Das glaubst ja selber ned. Mal ganz ehrlich!«

»Ehrlich, meinst? Ganz ehrlich? Scheiße! Okay. Ganz ehrlich!«

Warm, kalt, zittern. Schweißausbruch.

»Ja, Sanktus, ganz ehrlich, also raus damit!«

»O mei, o mei! Aaaalso. Deine Figur, also, Oberweite …«

Dabei hat der Sanktus nervös die genannten Körperteile

mit seinen Händen in die Luft gemalt. »… und vor allem deine …. Äh … Füße?« Fuchtelei mit den Händen abrupt aus.

»Füße, wieso Füße?«, wollte die Kathi wissen.

»Na, ja, also Zehen, is a so eine Marotte von mir. Mir gefällt's halt, wenn eine Frau bis in ihre Spitzen schön und gepflegt ist … Bist jetzt bös?«

»Bös? Nein Sanktus, ganz im Gegenteil. Das gfällt mir. Das gfällt mir wirklich. Hat bisher niemand zu mir gsagt. Hast Lust zum Tanzen?«

»Tanzen? Bei den Isar Ridern. Geht des überhaupt?«

»A bisserl was geht immer, oder Sanktus?«

Die Isar Rider haben gerade »My Way« beziehungsweise »Mai weh«, also »Maul weh«, ein Lied, das beschreibt, wann immer im Lauf deines langen Lebens der Mund weh tut, gespielt. Für einen Schieber hat's gereicht, weil Melodie vom Frank Sinatra.

»Wo hast denn heut deine Kleine?«, ist es dem Sanktus entschlüpft. Nicht dass du meinst, es hätte den Sanktus ernsthaft interessiert, aber er wollte ein wenig auf Konversation machen, um den Augenblick ein bisserl länger herauszuzögern.

»Bei meinen Eltern. Mein Papa kümmert sich gern um die Martina. Er hat einen totalen Narren an dem Kind gefressen. Ist immer überglücklich, wenn sie kommt und kann es gar nicht mehr erwarten. Fast schon ein bisserl übertrieben, wenn man bedenkt, dass er zur Zeit und vor allem seit dem Unfall bei euch in der Brauerei ganz schön angespannt ist, aber lieber so, als wenn das Kind sie kalt lassen würd. Er sagt, wenn die Martina ned bei ihnen ist, ist es einfach zu fad und da haben sich der Papa und die Mama ständig wegen irgendwelchen Kleinigkeiten in den

Haaren. Aber wenn sie da ist, haben sie gar ned die Zeit dazu, sich ständig zu streiten.«

»Familie ist halt Familie!« Was Besseres ist dem Sanktus nicht eingefallen. Mehr hat er auch nicht sagen brauchen, weil die Kathi schon den Kopf auf seine Schulter gelegt und die Augen zu gemacht hat. Nach dem Sanktus seinem Testosteronspiegel fragst du lieber nicht. Sechzehnjähriger gar nix dagegen.

Nach einem kurzen Moment hat ihn die Kathi dann gefragt »Titten, oder? Und vor allem meine Füße? Scharf!«

Und dann hat sie angefangen, den Sanktus zu küssen. Der Sanktus hat mit allem an diesem Abend gerechnet, aber nicht damit, dass die Müller Kathi unverhofft zu den Isar Ridern kommt und am Ende mit ihm knutscht. Hoffentlich würde der Abend ewig dauern …

Sie haben dann noch lange den Isar Ridern zugehört und mitgesungen. Der Sanktus war überrascht, dass die Kathi fast alle Texte hat auswendig können. Und er hatte sich immer gedacht, sie sei eine überspannte Schnepfe, aber sie war auch ein Unikum, genauso wie die Band und der Abend. Und daher hat es den Sanktus nicht gewundert, als ihm die Kathi plötzlich ein letztes Bussi auf den Mund gedrückt und gemeint hat: »Also dann, Sanktus, Pfiat di, schön war's. Wir sehn uns schon wieder« und aus der Kneipe verschwunden ist.

Die Isar Rider haben gerade »München is mei Stadt« gespielt und der Sanktus hat nur ganz leise »Genau so is's!« gemurmelt und sich auf den Heimweg gemacht. Weil gehen sollst du ja bekanntlich immer, wenn's am schönsten ist. Also heim und zwar sofort.

Den Weg heim von Schwabing zum Johannisplatz hat er leider zu Fuß zurücklegen müssen. Trotz Weltstadtflair hast du in München größte Probleme, nach Mitternacht mit den Öffentlichen irgendwo hinzukommen. Dorf dann eher Schlagwort. Musst du einmal in Wien ausprobieren. Da geht's komischerweise …

Den Sanktus hat's nicht gestört, aber die Stammkneipe hat heute leider ausfallen müssen.

Daheim hat er sich noch kurz mit seiner Goaßl aus der Wohnung geschlichen und hat im Hinterhof kurz fünf, sechs kräftige Glücksschnalzer getan, dann aber schnell aufgehört. Es war ja schließlich schon gegen zwei Uhr in der Früh und er wollte die Jacqueline ja nicht allzu sehr ängstigen.

SONNTAG

N: Prost, Herr Gschwendtner!

G: Zum Wohl, Herr Nussrainer!«

N: Wie geht's Ihnen denn heute, sagen S' einmal!

G: Wie soll's mir gehen. Gut, wie immer, warum fragen S'?

N: Weil ich gelesen hab, dass Bier so gesund ist.

G: Soso! Was haben S' denn da gelesen?

N: Na, ja. Für einen Mann sollen zwei bis drei Halbe am Tag gut sein und für eine Frau nur eine.

G: Da haben wir jetzt aber ein Saumassel, dass wir keine Frauen sind, gell.

N: Aber drei Halbe machen das Kraut ja auch ned fett, ned wahr.

G: Der Punkt geht zweifelsfrei an Sie, Herr Nussrainer. Und was bringen die drei Halbe, gesundheitlich, mein ich?

N: Viel, Herr Gschwendtner viel. Gesenktes Herzinfarkt- und Schlaganfallrisiko, bessere Durchblutung, B-Vitamine, Kohlenhydrate, Mineralien, aber vor allem kein Fett, ganz wichtig.

G: Aha, warum wird man denn dann vom Bier so dick, frag ich Sie?

N: Ganz klar! Das ist der Schweinsbraten, den sie dazu essen.

G: Schon, aber wenn ich nur einen Salat dazu ess, bin ich ja nach den drei Halben schon lustig.

N: Teufelskreis, ich weiß. Aber man muss halt für seine Gesundheit Opfer bringen. Hab ich Ihnen schon gesagt, dass man dann mit drei bis vier Halben wieder genauso gesund wie ohne Bier lebt. J-Kurve, sagen sie!

G: Sehr interessant. Jetzt scheidet der Salat aber völlig aus!

N: Schon. Vielleicht wäre der Braten ja dann drin, wenn wir nur zwei bis drei Halbe trinken würden?

G: Könnt ich mir schon vorstellen. Vielleicht nicht gerade einen Halsgrat, sondern ein Stück von der Schulter.

N: Oder vielleicht einen Kalbsbraten oder ein Steak!

G: Genau, ein Steak. Halt nicht ein Holzfällersteak, sondern eines vom Rind, schön mager.

N: Aber da gibt's ja immer einen Salat dazu und den wollen wir ja nicht.

G: Haben Sie jetzt wieder recht. Vielleicht einen Zwiebelrostbraten.

N: Nein. Der schmeckt ja nur mit Röstkartoffeln und die kosten uns locker noch eine Halbe.

G: Dann doch lieber gleich vier Halbe und gar nichts zum Essen.

N: Jawohl, was man essen kann, kann man auch trinken. Alte Volksweisheit.

G: Genau! Und die wollen wir ja wohl nicht anzweifeln. Wie geht's eigentlich unserem Mord?

N: Keine Ahnung! Prost, Herr Gschwendtner!

G: Prost, Herr Nussrainer!

*

An diesem Tag ist der Sanktus mit einem Lächeln aufgewacht, das du noch von hinten hast sehen können – obwohl er sich eigentlich nur ständig hat fragen müssen, wann er die Kathi wieder treffen würde. Dass er sie wiedersehen würde, war ihm klar, bloß wann? Ja, wann? Also vor allem wie bald? Und die Betonung liegt wirklich auf *bald*! Fragen, die die Welt bewegen, war sein Gedanke. Aber was hat die Welt heute wirklich bewegt, natürlich einmal ganz abgesehen von der Müller Kathi? Der Kellerer und damit der Russe mit seinen »Vereinigungen«, die ihn eher aus der Fassung bringen täten, als der allseits bekannte Revoluzzer-Biersieder Kellerer Matthias. Aber wie oder wo bringst du jetzt das raus, welche Vereinigungen der Russe gemeint hat?

Der Sanktus ist wie eine Rakete aus dem Bett geschossen.

»Anna, Anna! Wo bist denn?«, hat er förmlich durch die Wohnung gebrüllt. »Herrschaftszeiten, wenn man dich nicht braucht, dann stehst ständig umeinander und benzt in mich rein. Aber kaum sollst einmal da sein. Nix is's!«

Seine Schwester ist mit einem skeptischen Gesichtsausdruck in sein Zimmer gekommen.

»Du bist schon wieder mal charmant, Fredi. Was reitet dich eigentlich um halb zehn Uhr Vormittag am heiligen Sonntag? Is dir schon wieder eine Laus über die Leber glaufen oder hast mal einen guten Tag? Im zweiten Fall würd ich mit dir reden, ansonsten streich ich die Segel und du kannst an jemand anders hingranteln und verschonst mich bitte!«

»Ich? Granteln? Aber woher denn. Verstehst heut gar keinen Spaß? Zieh ein Dirndl an. Ich lad dich auf d' Wiesn ein. Also, auf geht's. In einer halben Stund ist Abmarsch!«

Wenn du jetzt glaubst, dass die Anna nun die Welt wirklich nicht mehr verstanden hat, liegst du vollkommen richtig, also Punktlandung. Perplex kein Ausdruck. Langes Kopfschütteln, aber eine Einladung von ihrem Bruder auf das Oktoberfest hat sie sich logischerweise nicht entgehen lassen können. Einem geschenkten Gaul schaust du ja bekanntlich nicht ins Maul und so hat sich die Anna in Schale geworfen und eins ihrer schöneren Dirndl mit einer leuchtend roten Seidenschürze angezogen.

»Annamirl, Annamirl!«, hat der Sanktus Süßholz geraspelt. »Wennst jetzt nicht mei Schwester wärst, ich glaub, ich könnt mich nicht mehr zusammenreißen, ehrlich!«

»Jetzt geh, hör auf! Seit wann bist du eigentlich so gut drauf?«, hat die Anna wissen wollen. »Hast die gute alte Zeit endlich gfunden, oder hast gar wen kennengelernt. Simma verliebt, ha? Sag! Jetzt sag halt!«

»Annerl, Annerl, man muss ned alles wissen, auch nicht als neugierige, immer noch ledige Schwester, gell!«

Der Sanktus hat auf diese Aussage hin einen festen Rempler in den Magen kassiert und auf ging's zur Wiesn.

Leider ist es so, dass seit Jahren keine Trambahn mehr direkt zum Haupteingang des Münchner Oktoberfests fährt. Das war natürlich schon ein Highlight, bevor du auf die Wiesn gekommen bist. Da hast du zünftige Münchner in Originaltrachten gesehen, weil Landhaus war noch nicht erfunden – Hopfen- und Malzsäcke hat's zwar gegeben, aber angezogen hat sie noch keiner – und dass jeder eine Tracht auf der Wiesn anziehen muss, war auch noch nicht. Wenn du ehrlich bist, inzwischen wird die Tracht auf der Wiesn wieder übertrieben. Da magst du ja fast glauben, ohne lassen sie dich gar nicht mehr raus. Früher hat man halt doch noch das rechte Maß gefunden. Wirst du sagen, jetzt kommt er schon wieder daher mit: »Und das Bier war noch dunkel und die Dirndln sittsam.« Brauchst du aber nicht glauben, weil helles Bier gibt's schon seit langer Zeit auf der Wiesn, aber die Farbkombinationen der Dirndl sind neu, Augenkrebs kein Ausdruck!

Aber allerhand Kuriositäten, was die Besucher angeht, hast du in der Tram schon anschauen können. Da sitzt im eng bestückten Waggon der Japaner mit Gamsbart, eine für alle am bellenden Dialekt erkennbare Familie vom Land (»von daust einad«), ein dicker Amerikaner, ein plärrender Italiener und ein bereits betrunkener Australier und alle haben wie ein afrikanischer Großwildjäger nur ein Ziel: das Hendl und die Maß Bier und vor allem zuerst einmal ein Platz im Bierzelt – inzwischen auch ein leidiges Kapitel. Mittendrin sitzt die Wiesnbedienung im Brauereidirndl und schüttelt den Kopf vor lauter Zweifel, ob sie heute einen ruhigen oder einen stressigen Tag haben wird, überdenkt ihre Finanzen, nimmt die damischen Individuen in Kauf und entscheidet sich für den stressigen Tag.

Wenn du jetzt sagst, in der U-Bahn geht's ja auch so zu, dann geb ich dir recht, aber persönlicher war's in der Tram, weil da bist du doch ein bisserl enger beieinander gesessen, bist eher ins Gespräch gekommen und hast beim Heimfahren das nächtliche München beobachten können. U-Bahn eher anonym: Rein in die Röhre, durch, wieder raus und auf Wiedersehen.

Eine wichtige Konstante für den Sanktus, und Konstanten waren ihm ja sehr wichtig, das waren – wenn er schon mit der U-Bahn hat fahren müssen – die Standschaffner der Münchner Stadtwerke am U-Bahn-Eingang. Oder Ausgang, wie auch immer du das sehen willst. Standschaffner sind Studenten und Schüler, die Fahrscheine des Münchner Verkehrsverbundes verkaufen. Das Ganze machen sie im Stehen, also Standschaffner.

Die Anna wollte wissen, wo sie denn seien, seine Spezln von den Stadtwerken.

Da ist dem Sanktus schon wieder der Hut hochgegangen: »Die ham s' auch schon wegrationalisiert, die Bande. Das einzig Wahre an der ganzen U-Bahnfahrerei und auf einmal nicht mehr da. Da überlegst du dir ja gleich, ob du überhaupt noch auf die Wiesn gehen magst, wenn's schon so losgeht. Früher ...«

»Jetzt hör halt endlich amal mit deinem *früher* auf. So schlimm wird's jetzt doch wohl auch nicht sein, oder?«

Doch, doch, und wie schlimm. Die Standschaffner haben dich von deinem Wiesnrausch wieder runtergeholt. Stell dir vor, du gehst nach fünf Maß Bier glücklich und zufrieden auf einer Wolke des Alkohols zur U-Bahn. Du spazierst mit verklärtem Blick durch den Trubel, schaust die Menschen und vor allem die Frauen an und denkst wirklich nicht an die harte Realität, nämlich das Stempeln. Plötzlich steht ein Standschaffner vor dir und plärrt: »Fahrrrscheinä« und hält dir sein Brett mit Streifenkarten direkt unter die Nase. Das holt dich schnell zurück. Du hast zwar einen halben Herzinfarkt, aber Schwarzfahren tust du nicht mehr und fit bist du auch wieder, zumindest bis du heimkommst.

Der Standschaffner war eine höhere Instanz und auch eine Informationsstelle – für Einheimische und Touristen. Da bist du hingekommen und hast fragen können, wo's die besten Hendln oder Brezn gibt oder in welchem Zelt heute noch am ehesten Platz ist. Bis ein Tourist an irgendeiner Stelle eine MVV-Information erhalten hat, ist er lieber zu den Standschaffnern gegangen. Da hat's eine Einweisung in die Wiesn und das Münchner Tarifsystem komplett und umsonst gegeben, verstehst du? Nur höflich hast du sein müssen, nicht so:

Tourist deutlich unter Zeitdruck zum Schaffner: He Sie da mit der lustjen Mütze. Wissen Sie wo dat Löwenbräuzelt ist?

Schaffner: Ich schon, warum?
Tourist: Wat is nu? Ham se nun hier 'n Löwenbräuzelt?
Schaffner: Ja, freilich.
Tourist: Ja, wo denn?
Schaffner: Hm?
Tourist: Können Sie nicht sprechen?
Schaffner: Doch, doch!
Tourist: Warum sagen Sie denn nichts.
Schaffner: Wie heißt das Zauberwort?
Tourist: Sie wolln sich wohl lustig über mich machen. Wo is denn nun dat Zelt?
Schaffner: Geht's alle mal her! Wissts ihr, wo 's Löwenbräuzelt is?

Alle Schaffner schauen nachdenklich drein und reiben sich das Kinn. Nacheinander deuten alle in verschiedene Richtungen und rufen: »Da! Da! Da!«
Tourist: Leckt mich doch!
Abgang Tourist.
Schaffner: So ein unfreundlicher Zipfel, ha! Fahrrscheinä!

»Schau Anni. Das waren einfach Originale. Normalerweise nicht wegzudenken. Die ham dir schon Bierzeichen getauscht, da hat's das Wort Tauschbörsen noch gar nicht gegeben. Ja, mei, da könntst direkt sentimental werden.«

»Du und deine Sentimentalität. Bist halt immer hin- und hergerissen zwischen gestern und heut, Tradition und Fortschritt, gell, Fredi.«

»Jetzt hast es gsagt, Annerl, jetzt hast ein wahres Wort gesprochen. Tradition und Fortschritt. So, jetzt lassen wir die Wiesn mal auf uns wirken.«

Der Sanktus ist mit seiner Schwester zuerst in die Schaustellerstraße, also zu den Karussells und Varietés eingebogen. Der Schichtl, bekleidet mit kurzer Lederhose, Weste und Zylinder mit Leopardenband, hat gerade versucht, von seiner Bühne aus möglichst viele Leute für seine Kuriositätenschau mit anschließender Enthauptung eines Besuchers zu gewinnen. Jeder hat hier das Recht auf Eintritt gehabt. Menschen und Preußen. Der Schichtl war am zweiten Volksfesttag schon wieder heiser, wie jedes Jahr.

Weiter gings am Teufelsrad vorbei. Im Teufelsrad ist in der Mitte des Besucherraums eine rotierende Scheibe beziehungsweise ein sehr flacher Konus, wo jeder sein Glück versuchen kann, möglichst lange draufzubleiben. Sagst du, ist ja eher fad, aber das Eigentliche sind die Kommentare des Sprechers, der zu jedem Besucher das Passende auf den Lippen haben muss, wenn zum Beispiel ein Zigaretten-Bürscherl gegen ein gestandenes Mannsbild auf der Drehscheibe boxen muss oder sich zwei wild gewordene Lesben in den Haaren haben, weil keine als Erstes das Rad verlassen will. Wieder mal Comedy, wo's noch gar keine gegeben hat, Fernsehen Schmarrn dagegen.

Nachdem der Sanktus mit der Anna das Riesenrad passiert hat, ist er direkt auf das Bärenbräuzelt zugesteuert.

»Kauf ma uns a Maß und a Hendl?«, hat der Sanktus seine Schwester gefragt, die Antwort gar nicht abgewartet und die Anna in das Bierzelt hineingeschoben. Heute waren die Türen noch nicht geschlossen.

Der Zwiefe ist sofort vorgeschossen, als er den Sanktus gesehen hat und hat ihn zuerst nicht reinlassen wollen.

»Sanktus, mach keinen Ärger. War des gestern nicht genug? Was willst denn schon wieder?«

»Zwiefe, ich möcht in aller Ruhe meine Schwester auf ein Bier und ein Hendl einladen und da brauch ich dich ned dazu. Und dem Seppe kannst ausrichten, dass ich mich schön bedanken lass, weil er mir gestern so eine große Hilfe war und seinen Mann so gut gestanden hat. Und jetzt lasst mich rein, Zwiefe, gell, sonst scheppert's gewaltig!«

»Wie's d' meinst, Sanktus!« Und zur Anna: »Is er bei Ihnen auch so stur?«

Die Anna hat gar nichts mehr gesagt, weil ihr schön langsam klar geworden ist, warum ihr Bruder am Vortag so schlecht beieinander gewesen war. Sie hat es dann aber vorgezogen, zuerst einmal gute Miene zum bösen Spiel zu machen und einfach zu lächeln.

Der Sanktus ist gradewegs, also direttissima, auf die Brauereiboxe zugesteuert.

»Anna, schau. Da drüben der graumelierte Herr mit dem Schnauzer. Das ist der Herr Romanov. Der brennt förmlich drauf, dass er uns einen ausgeben darf.«

»Fredi, was hast denn wieder vor? Überleg's dir gut, bevorst dich wieder in Schwierigkeiten bringst und so ausschaust wie gestern«, hat die Anna angefügt.

»Passt schon, Annamirl, heut kann nix passieren, heut bist ja du dabei, große Schwester.«

»Dein Wort in Gottes Ohr, Fredi.«

Der Sanktus ist zum Eingang der Brauereiboxe hin und hat mit dem Bodyguard zum Reden anfangen wollen, als der Herr Romanov den Sanktus schon hereingewunken hat.

Der Russe hat auf die Stühle gedeutet und ein paar Worte in seiner Muttersprache zum Besten gegeben.

»Also, Herr Romanov, jetzt hörn S' amal auf mit den Gspassettln!«, hat der Sanktus begonnen, »und reden deutsch, weil ein Mann in Ihrer Position das wohl können müsste, hab ich recht!«

Der Russe hat wieder gelacht. Ein lautes, kratziges, derbes Lachen, das dem Sanktus noch lange in den Ohren geklungen hat, wenn er an den Russen gedacht hat. Dann hat der Russe dem Sanktus jovial auf die Schulter geklopft.

»Sie haben recht, Herr Sanktjohanser, oder darf ich Sanktus zu Ihnen sagen?«

Jetzt war der Sanktus baff, praktisch Gefühl wie die Jungfrau zum Kind.

»Sanktus ist in Ordnung! Passt!«, überlegener Blick zurück. »Was hat das gestern sollen? Hat des sein müssen?«

»Da, da! Hat sein müssen. Ich habe es satt, mich hier in Bayern mit allen Sturköpfen abgeben zu müssen. Alle wollen einem an den Karren fahren. Hier ist es schlimmer als in Russland.«

»Schlimmer als in einer Bananenrepublik, Amigos et cetera. Ist mir schon klar, aber da wird doch einer wie Sie locker damit fertig, oder?«

Die Anna hat gar nichts gesagt und ganz gespannt dem Gespräch gelauscht. Wie das Ganze hat ausgehen sollen, war ihr noch nicht klar, aber ob es ein gutes Ende nehmen würde, hat sie zu bezweifeln gewagt. Ihre Hände unter dem Tisch waren auf jeden Fall vor lauter Angstschweiß klitschnass.

»Wir sind mit unserem Konzern nach München gekommen, um eine marode Brauerei zu übernehmen, zu investieren, ihr wieder auf die Füße zu helfen und sie für den Export in den Osten fit zu machen. Wir haben alle Arbeitsplätze erhalten, sogar welche geschaffen, der Ausstoß ist im zweistelligen Prozentbereich gestiegen, was heutzutage nicht üblich ist. Alles steht besser da als zuvor und ich bin es leid, mich dafür ständig schlecht behandeln zu lassen, nur weil wir ein ausländischer Konzern sind. Dein Herr Kellerer war da ganz vorn dabei. Er hat nichts anderes zu tun gehabt, als Flugzettel gegen uns zu verteilen und im Internet zum Bierboykott aufzurufen. Das ist unfair, Sanktus. Trotzdem habe ich ihn nicht umbringen lassen. Ich setze wegen so jemand nicht alles aufs Spiel. Dann kommst du gestern mit deinem Bekannten vorbei und es geht von vorn los. Da musste ich ein Zeichen setzen, dass ich es ernst meine. Ich möchte meine Ruhe haben, verstehst du?«

»Respekt. Armer kleiner Russe im bösen Bayern«, hat der Sanktus geunkt. »Wir sind schon furchtbar grausam hier in diesem unseren Freistaate. Subversive Charaktere in Lederhosen mit Messer in der Tasche, gell.«

»Genau so ist es, beziehungsweise scheint es. Du glaubst mir nicht. Kann ich dir nicht verdenken, aber ich schwöre dir, es ist die Wahrheit.«

»Und warum erzählen Sie als hohes Tier im Braukonsortium gerade mir diese rührselige Geschichte? Kommt mir eher komisch vor.«

»Ich habe es satt, immer der Böse zu sein und irgendwann muss man mal einen Anfang machen. Außerdem habe ich schon drei Maß getrunken und da neige ich zu Sentimentalitäten. Und ich bewundere es, dass du heute noch einmal hergekommen bist.«

»Also sentimental ist das gestern eher nicht gwesn, Herr Romanov.«

»Ich weiß, ich weiß. Darf ich das Ganze mit einem Essen wieder ein bisschen gutmachen?«

Während des Essens, das aus den vorzüglichsten Wiesnschmankerl wie Ochsenfilet und Ente bestand, hat der Sanktus wohl oder übel ein bisserl Small Talk machen müssen, praktisch Anti-Lieblingsbeschäftigung überhaupt seitens Sanktus. Das meiste hat ihm aber, Gott sei's gelobt, seine Schwester abgenommen, die sich blendend mit dem Konsortiumsrussen unterhalten hat. Der Sanktus ist gleich ein bisserl eifersüchtig geworden, hat sich aber zusammenreißen müssen, weil die Frage mit den Vereinigungen noch nicht geklärt war. Warum es den Sanktus so interessiert hat, wer dem Russen Angst machen konnte, hat er nicht sagen können, aber seine Brauernase hat ihm irgendwie gesteckt, dass er damit dem Rätsel um den Kellerer Hias näher kommen könnte. Und wenn der Sanktus was in der Nase gehabt hat, ist er noch nie schlecht gefahren, weil die Nase war die kleinste ja auch nicht.

Gegen Ende des Essens und als die Komplimente an seine Schwester nicht mehr zu ertragen waren, hat der Sanktus sich dann doch ein Herz gefasst und gefragt, was der Herr Romanov mit seinen Vereinigungen gemeint hat.

»Vereinigungen, was meinst du mit Vereinigungen?«, hat der Herr Romanov unwissend getan.

»Ihr Dolmetscher hat doch gestern irgend so was gemeint, dass da schon ganz andere Vereinigungen kommen müssen, um Sie aus der Ruhe zu bringen!«

»Das war wohl eher ein Versprecher des Herrn Iljuschin. Da würde ich nicht so viel drauf geben, Sanktus«, hat der Romanov mit der Hand wedelnd abgewunken.

»Nix da. Ernst habts ihr es gemeint und Versprecher war das überhaupt keiner. Raus mit der Sprache. Ich will's wissen.«

»Also gut«, hat der Herr Romanov mit einem Seufzer angefangen, »aber nur, weil mir deine Schwester so sympathisch ist und ich mich gestern nach der sechsten Maß verplappert hab.«

Der Sanktus hat jetzt die Augen verdreht, dass du gemeint hast, du siehst bloß mehr das Weiße, so ist ihm der Russe auf den Wecker gegangen.

»Also, unsere Brauerei wird erpresst. Womit, kann und will ich dir unter keinen Umständen sagen. Natürlich ist alles erlogen und es ist überhaupt kein Grund vorhanden. Aber du weißt ja auch, was heute schlechte Publicity schon anrichten kann. Es kann dein Unternehmen in den Ruin treiben, obwohl man später mit Gegendarstellungen die Wahrheit ans Licht bringt. Dann ist es schon zu spät. Dann ist es schon aus. Zuerst haben wir natürlich nicht reagiert. Doch dann ist mir schnell klar geworden, wie ernst die Sache ist. Man hat auf mich geschossen, wollte mich umbringen oder nur drohen. Ich weiß es bis heute nicht. Aber eines weiß ich. Die Verhältnisse hier sind genauso schlimm, wenn nicht schlimmer als in Russland und diese Freunde sind auf jeden Fall ernst zu nehmen.«

»Und um wen handelt es sich bei diesen Freunderln, Herr Romanov?«, wollte der Sanktus frotzelnd wissen.

»Sie nennen sich *die Bruderschaft der Hüter des Eids.*«

Auf dem Heimweg hat sich der Sanktus zum ersten Mal gefragt, ob es ein guter Entschluss war, nach München zurückzukommen. Mord, Erpressung, Anschläge, Zwietracht, Hektik und jetzt auch noch irgendwelche seltsamen Gruppierungen. Sein geliebtes München kam ihm gerade sehr, sehr fremd vor. Wenn's so weiterginge, würde er das München seiner Träume nicht finden. Hart, aber immerhin Erkenntnis. Gott sei Dank war da noch die Kathi, hoffentlich.

Das Goaßlschnalzen hat er an diesem Tag ausnahmsweise ausfallen lassen. Es war ja schließlich Sonntag.

Und so ist der Sanktus am Abend wieder bei der Ramona in seiner Stammkneipe gesessen und hat in sein

Bierglas gestarrt. Auf den Grund seines Weißbiers hat er noch nicht schauen können, aber du hast meinen können, er beobachte die Hefezellen, wie sie getragen auf den Wogen der Kohlensäurebläschen in seiner Halben tanzen und springen.

Die Ramona ist des Öfteren an ihm vorbeigeschwebt, hat ihn beobachtet und den Kopf geschüttelt. Der Sanktus hat die Bedienung völlig ignoriert. Ein ziehender Schmerz im Kopf hatte ihn inzwischen auch noch befallen. Hat das der Fön oder haben das die fünf Maß, die er mit dem Herrn Romanov noch hat trinken müssen, gewesen sein können?

»Was suchst'n, Fredl?«, wollte die Ramona wissen.

»An gestrigen Tag!«

»Den Käs hat mir meine Mama auch immer zur Antwort gebn. Geh, magst dir ned was Besseres einfallen lassen.«

»Gut, gut, wennst meinst. Ich such die Bruderschaft der Hüter des Eids.«

»Geh zu, Fredl. Verarsch mich doch ned. Hast zu viele Romane gelesen. Hüter des Eids, Eiduminati, oder was?«

»Na dann halt doch den gestrigen Tag.« Tiefer Seufzer. »Pfiat di!«

Wie der Sanktus heimgekommen ist, ist die Anna noch in der Küche gesessen und hat kreuzwortgerätselt, also ein Kreuzworträtsel gelöst, würdest du eigentlich sagen, obwohl sie der Lösung noch nicht allzu nahe war.

»Wie viel Halbe hat's denn gebn?«, hat sie wissen wollen.

»Eine. Warum?«, hat der Sanktus gesagt.

Jetzt pass auf! Kaum hat sich der Sanktus auf einem Küchenstuhl niedergelassen, hat die Anna mit dem Rätseln aufgehört und ihn durchdringend angeschaut, ist aufgestanden, hat ihm dann mit dem Rätselheft ein Liebestatscherl auf seinen Kopf verpasst und hat gemeint:

»Verliebt bist! Kannst mir nix erzählen.«

Grinsen und weg – also die Schwester – mit dem Grinsen.

Der Sanktus hat jetzt auch gegrinst und sich zur Feier des Tages noch eine letzte Halbe Stern-Weißbier aufgemacht.

MONTAG

N: Zum Wohl, Herr Gschwendtner!

G: Prost, Herr Nussrainer!

N: Hhm!

G: Ist Ihnen eine Laus über die Leber gelaufen, Herr Nussrainer?

N: Ah, ärgern hab ich mich schon wieder müssen. Mit so
einem Bioarsch, also dem Vorsitzenden von unserem
Kleingartenverein.

G: Oje. Das hört sich ned gut an.

N: Sagt dieser Volltrottel bei der Versammlung zu mir: Herr
Nussrainer, sagt er, Herr Nussrainer, müssen Sie sich
jetzt schon wieder ein Bier aufmachen, gell? Muss das
sein? Sag ich, freilich, muss sein, wegen der Gesundheit,
von der Sie ja keine Ahnung haben bei dem Zeug, das
Sie in sich hineinfressen, gell. Hält mir dieser Bioapos-
tel einen Vortrag über Benehmen und Ernährung, vor
allem über die ausgewählten Zutaten von seinem Dings
da, na, Vegetarierfraß. Sag ich, apropos Zutaten, gell, im
Bier sind's vier, ned wahr, falls er schon einmal was von
Hopfen, Malz, Wasser und Hefe gehört hat, sag ich, da
kann er mir mit noch so viel Reformhauszeug daherkommen. Alles, was er da so produziert, kommt doch
nie an eine Halbe Bier aus Bayern hin, gell, sag ich.

G: Ja so was, gell, ha?

N: Sag ich ihm Reinheitsgebot, gell, Reinheit, so was
kennts ihr doch gar ned, sag ich ihm. Mit vier Zuta-

ten bringen die Brauer Hunderte verschiedener Biersorten zusammen, gell. Das ist eine Kunst, sag ich ihm, die gibt's schon so lange, da hat von der gesunden Ernährung noch nicht einmal einer geträumt. Sagt er, das dahergelaufene Manderl, er trinke auch ganz gern mal ein Gläschen Dinkelbier, gell, aber dann ist mir der Rauch raus, zum Genick. Sag ich ihm, jetzt hab ich dich, gell, du Volldepp! Ich sauf oder was, sag ich ihm. Ich lebe die bayerische Kultur und hier säuft keiner. Bier ist ein Grundnahrungsmittel, du Lahmarsch, sag ich ihm. Da wirst von einem wie euch ja schon schief angeschaut, wennst drei Halbe am Tag trinkst, sag ich ihm, du Schwätzer, aber dann irgendwelche Powerdrinks und Sojascheiße reinziehen. Da ist eine Halbe Bier zwanzig Mal gesünder. Schau dich doch an, du Spitaler-Aff, schaust eh schon aus wie halb unter der Erden und mich blöd anreden, wegen der dritten Maß!

G: Da ist's aber heiß hergegangen auf der Versammlung.

N: Schon! Ich sei ein frecher Mensch und habe keine Manieren, hat er gemeint und so was wie ich gehört aus dem Kleingartenverein rausgeworfen. Dann, gell, »pfft« hat's gmacht – also »pfft« – und er ist z'sammgfallen.

G: Ja Herr Nussrainer! Sang S' einmal. So kenn ich Sie ja gar ned. Wie ist denn die Sache dann ausgegangen?

N: Gut, gut. Er liegt im Krankenhaus und ich bin der neue Vereinsvorsitzende.

G: Sauber! Hört man eigentlich was Neues von unserem Biermord?

N: Ich hab nix mehr gehört. Wahrscheinlich sind die Ermittlungen so geheim, dass sie selber nichts mehr wissen. Vielleicht hat die Polizei zu wenig Ahnung vom Bier und kommt in der Brauerei ned weiter.

G: Gehn S', Herr Nussrainer. Jetzt sind S' aber knietief im Schmarrn drin. Aber interessieren würd's mich eigentlich schon, ob s' schon Fortschritte machen.

N: So ein Bioarsch. Ich könnt mich immer noch ärgern. Ein Gläschen Dinkel... Pah! Dieser unaufgeklärte Mord macht einen ja dermaßen aggressiv!

G: Ich seh schon. Heut kommen wir so nicht weiter. Den Mordfall müssen wir dann morgen lösen. Prost, Herr Nussrainer.

N Na, dann halt morgen. Prost, Herr Gschwendtner!

*

Die Zunft der Brauer musst du mögen. Es gibt wahrscheinlich keine andere Berufssparte, in der jeder jeden so gut kennt. Also bei einem bekannt, bei allen bekannt und genauso mit einem verspielt, also auch mit allen anderen. Die Brauer selber musst du auch aushalten können. Sie sind zünftige, handfeste Kerle, mit denen du Pferde stehlen kannst, jedoch mit einem Hang zu einem Humor, der nicht immer gesellschaftlich konform sein muss. Normale Menschen werden jederzeit mit offenen Armen aufgenommen, vor allem weibliche Praktikantinnen, weil feminine Quote in diesem Beruf praktisch gegen null, also Männerdomäne. Komische und affektierte Leute haben in einer Brauerei keine Chance, es sei denn, sie lassen sich von ihren Kollegen so hinbiegen, dass sie »dann schon wieder passen«, sprich, was nicht passt, wird dann schon passend gemacht.

Der Beruf des Brauers ist wohl einer der abwechslungsreichsten aller Handwerksberufe. Allein die verschiedenen

Abschnitte der Bierherstellung und die diversen Abfüllmöglichkeiten reichen normal schon aus, um jegliche Langeweile fernzuhalten. Dazu kommt noch die Verschmelzung von traditionellen Methoden mit der heutigen Zeit, sprich Prozessautomation, also Computer in jeder Abteilung. Dazu kommen Kenntnisse der Physik, Chemie, Biochemie, Biologie und Verfahrenstechnik. Also Allroundtalent, so ein Brauer. Kurz und gut. Der Beruf des Bierbrauers dürfte der schönste der Welt sein. Wirst du jetzt gleich sehen.

Als der Sanktus am nächsten Morgen in seinem Bett aufgewacht ist, war ihm gar nicht wohl zumute. Es war sein erster Arbeitstag in der Produktion am Bierfilter. Eigentlich hat er sich das ganze Wochenende auf die Arbeit in der Brauerei gefreut, aber du kennst das bestimmt – kaum ist es soweit, kriegst du das Flattern und weißt nicht, warum du dir das antust. Du hast ein flaues Gefühl im Magen, leichten Schüttelfrost, Kopfweh und wenn du dir die Zähne putzt, könntest du der Zahnpasta nachspeiben.

So ist es dem Sanktus an diesem Montag um halb sechs gegangen. Da das Frühstück logischerweise ausgefallen ist, ist er gleich nach der morgendlichen Toilette mit der Trambahn, wie soll's auch anders sein, zur Stern-Brauerei gefahren.

Andächtig ist er durch das Tor sozusagen geschritten. Der Quasi hat gleich aus seiner Portierloge herausgeplärrt.

»Moing, Sanktus! Packst es heut? Geht's los, ha? Geht's auf? Respekt! Endlich amal wieder ein gscheiter Brauer bei uns. Hab ich dir ja schon letztes Mal gsagt. Weiß ma scho was vom Hias? Hast zufällig schon was ghört? Tät mich schon interessieren, weil wie ich ja schon gsagt hab, war des quasi kein natürlicher Tod, also wenn du mich fragst …«

»Quasi, sei mir bitte ned bös, aber ich frag dich jetzt ned, weil ich in den Filterkeller muss und vorher noch beim Bummerl vorbeischauen will. Der hat nämlich diese Woche noch amal Frühschicht, weil er mit dem Malte getauscht hat. Also servus. Ich schau dann später vorbei.«

Sprach's und ging von dannen.

Auf dem Weg ins Sudhaus ist er noch dem Maisberger Toni über den Weg gelaufen, der ihm in wilder Manier seines niederbayerischen Dialekts nachgerufen hat, dass der Sanktus ein ganz ausgekochter Bazi sei, heute am Filter nichts zu lachen habe, da der Master angefangen habe und er lieber mit ihm wieder Bierfahren solle, weil das zünftiger sei. Kurze Dieselwolke und Abgang Toni. Blitz Schnecke dagegen.

Der Bummerl ist wie immer vor seinen Rechnern gesessen und hat versucht, seine fünf parallel laufenden Sude im Zaum zu halten, was meistens funktioniert hat, wenn ihm nicht die Technik oder ein hantiges Malz seine Pläne durchkreuzt haben.

»Morgen, Herr Cheffiltrierer!«, hat der Bummerl angefangen. »Bist a bisserl früh dran. Was is los?«

»*Des*, wenn ich dir erzähl Bummerl, dann bist baff. Wann treff ma uns zur Brotzeit?«

»Man merkt wirklich, Sanktus, dass du schon lang nicht mehr in der Brauerei warst. Um neun natürlich, wenn der brave Brauer Hunger und vor allem Durst hat. Was gibt's denn so Spannendes?«

»Alles zu seiner Zeit um neun, wenn der brave Sanktus Zeit hat. Also dann, bis nachher.«

Der Sanktus hat sich in seine blaue Latzhose, Jacke und Gummistiefel geworfen und ist erst einmal durch den alten Gärkeller sozusagen gepilgert, wo in offenen Edelstahlbottichen noch ein Teil des Biers vergoren worden ist. Ihn hat es schon während seiner Lehrzeit immer wieder in diesen Teil der Brauerei gezogen, weil er dort das Produkt noch richtig sehen und riechen hat können. Meere aus Schaum und Duft von Hopfen, Malz und Gärungsaromen.

Auch im Sternbräu war trotz aller Tradition die Moderne eingezogen und es waren neue geschlossene Edelstahlgefäße angeschafft worden. Darfst du nur keinem sagen! Aber hier im letzten Teil des alten Gärkellers unter der Münchner Oberfläche und direkt unter dem neuen Edelstahlgärkeller hat immer noch das berühmte Sternbräu Dunkel vor sich hin gearbeitet. Bei dieser äußerst beliebten traditionellen Biersorte ist bisher noch nicht darüber nachgedacht worden, ob's moderner auch geht. Veränderungen vorsichtshalber tabu. Brauer und Veränderungen sowieso eher nicht vereinbar. Kompatibel wäre hier ein zu modernes Wort.

Der Sanktus hat andächtig auf die bräunliche, schaumartige Kräusendecke in dem rechteckigen Gärbottich geblickt, dann die Augen geschlossen und einen tiefen Zug des Duftes in sich aufgenommen. Jetzt war's so weit! Jetzt hat er sich wieder richtig auf seine Brauerarbeit gefreut. Jetzt hat's losgehen können.

»Morgen, Herr Sanktjohanser!« Das war der Niedermeier, der Produktionsleiter. »Das war schon früher Ihre Lieblingsabteilung, gell?«

Der Niedermeier war ein stattlicher Mann mit Schnauzer und immer im leichten Stoiber, sprich Trachtenjackett.

»Morgen, Herr Niedermeier. Genau. Ich hab ein bisserl

Akklimatisieren gebraucht. Da hab ich mir denkt, ist der ›Dunkle Keller‹ grad der Richtige.«

»Würd ich auch sagen, aber jetzt schaun S’ lieber in den Filterkeller nüber. Der Master filtriert und is schon ganz nervös, dass er Sie heut als Zweiten hat. Das Helle läuft schon und anschließend brauchen wir noch Nachschub an Wiesnbier. Also nix verpatzen, sonst schick ich euch die durstigen Leut in euren Keller und dann könnts ihr ihnen erklären, wo das Bier geblieben ist. Auf geht’s!«

Dem Sanktus ist gleich wieder schlecht geworden. Der Master. Um Gottes Willen, um Gottes Himmels Willen! Und das am ersten Tag. Jetzt wirst du wieder mal mit Recht behaupten, dass du Bahnhof verstehst und wer in Dreiteufelsnamen jetzt wieder der Master ist. Wirst du gleich sehen. Der Sanktus ist in den Filterkeller hineingegangen. Den relativ kleinen Raum haben die Bierfilter, zwei zirka zweieinhalb Meter hohe, auf vier Beinen gelagerte Kessel, in denen die Filterkerzen platziert waren, und vier Bierpuffertanks sowie extrem viele Edelstahlleitungen dominiert. Es war das monotone Brummen der Bierpumpen und das Summen der Dosagepumpen, die das Filtergranulat in den Bierstrom zum Filterkessel gedrückt haben, zu hören. Ein kleiner, glatzköpfiger, schnauzbärtiger, korpulenter Brauer, ebenfalls im blauen Arbeitsanzug, ist hektisch zwischen den Anlagen herumgesprungen, hat hier und da an einem Ventil gedreht, ab und zu mit der Maus am Rechner geklickt und dabei immer den Kopf geschüttelt und mit sich selber geredet oder die Kessel angeplärrt. Ja, das war er, der Master! Musst dich jetzt nicht wundern, weil gewundert hat sich über den Master sowieso keiner mehr, also bringt’s auch nix, wenn du jetzt damit wieder anfängst.

Der Master hat mit richtigem Namen Altmann, Paul, seines Zeichens Oberfranke, also Aldmann, Baul mit hartem B, geheißen. Der »Master« wurde er bei allen nur genannt, weil immer, wenn er in seinem fränkischen Dialekt von einem Braumeister gesprochen hat, statt Meister »Massda« mit hartem D rausgekommen ist. Daher der »Master«.

»Morchen, Sangdus, bist du a scho da. Ich waß nimmer, wo ma der Kopf steht und du kommst erst um sieben.«

»Hat mir keiner Bescheid gsagt, dass ich eher kommen soll und jetzt tu weiter, dass was geht. Wo soll ich anfangen?«

»Des is mir worscht. Entweder fildrierst des Helle da weider oder du schwemmst den zwaden Filder fürs Wiesnbier an.«

»Anschwemmen?«, wirst du wieder fragen. Anschwemmen heißt eine Grundschicht Filtergranulat, sprich ganz feine Körner, die das Bier blank filtrieren, auf die Filterkerzen zu bringen, bevor das Bier in den Kessel gelassen wird. Das Granulat bleibt auf den Elementen, die Biertrübung im Granulat und das Bier läuft blank aus dem Inneren der Filterkerzen raus.

»Du Master, ich filtrier des Helle weiter und du schwemmst lieber an, weil da muss man in der Übung sein und so ein Profi wie du bin ich ja jetzt wirklich ned«, hat der Sanktus gesülzt und gehofft, sich am ersten Tag noch vor dieser Arbeit drücken zu können.

Dem Master seine Augen hast du jetzt kurz aufleuchten sehen, aber kurz darauf hat er schon wieder seinen mürrischen Blick gehabt und hat mit der Hand gefuchtelt, dass du hast meinen können, er hätt sich gerade irgendwo einen Finger eingezwickt. Oder weggezwickt, weil einer hat gefehlt, ist dem Sanktus aufgefallen.

»Willst ja bloß ned schmutzich wern. Aber gut. Ich mach's da. Des Bier kommt aus Lagerdank hundertsiebenavierzich bis hundertdreiafuchzig und laffd über die Überseeleidung in die Druckdanks in der Achter-Abdeilung. Ich geh na anschließend in die Brotzeit! Hast alles kabiert?«

»Logisch, bin ja aus Oberbayern!«

»Nur ned frech wern, glei am ersden Dag, gell!«

»War ja nur a Gaudi. Gehst allerweil no zum Lachen in den Keller nunter, Paule. Ich schaff des schon. Geh du zum Anschwemmen.«

Abgang Oberfranke, grummelnderweise.

Der Sanktus hat sich jetzt zuerst seinen Filter angeschaut. Das trübe Bier hast du reinlaufen sehen können und im Schauglas am Auslauf ist es dann blitzblank gewesen und hat golden geleuchtet. Da kannst du mit Recht sagen, es sei erst halb acht in der Früh, aber wenn du das frischeste Bier am Filter siehst und den feinen Geruch von einem hochvergorenen, leicht gehopften Hellen in der Nase hast, kannst du nicht widerstehen. Außerdem nennt sich's in diesem Fall Verkostung und muss wegen der geschmacklichen Produktkontrolle sein. So hat sich der Sanktus ein Probeglas geholt, ein wenig Bier über das Probeventil, den Zwickel, gezapft und es ins warme Wasser gestellt. Das Bier hat vom Lagerkeller her null Grad. Zum Trinken ist es also noch zu kalt. Außerdem würdest du Geschmacksfehler bei dieser Temperatur übersehen beziehungsweise überriechen und überschmecken.

Einstweilen hat sich der Sanktus die Trübungswerte und den Druckverlauf der Filtration auf dem Bildschirm angeschaut. Alles ist zu seiner Zufriedenheit verlaufen. Es hat ein ruhiger Tag werden können. Das Helle hat einwandfrei geschmeckt und der Sanktus hat genüsslich das ganze Glas geleert. Soviel zum Frühstück.

Jetzt hat der Sanktus auf die Tanks achten müssen. Du musst schauen, dass vom Lagerkeller immer ein Bier nachkommt, dass der Tank also nicht »einzieht«, quasi leer wird, bevor du auf den nächsten umstellst. Außerdem musst du schauen, dass der Drucktank nach dem Filter nicht zu voll wird, weil wenn der Tank randvoll ist und du filtrierst trotzdem noch hinein, geschieht ein Unglück. Peng!

Der Lagertank war gerade kurz vor dem Einziehen. Der Sanktus hat noch kurz gewartet und dann den nächsten laufen lassen. Jetzt hat er ungefähr zweieinhalb Stunden Zeit gehabt, bis dieser leer werden würde.

Die Drucktanks, zwei lange Reihen aus großen, stehenden Edelstahlgefäßen, sind reine Puffer zwischen dem Filterkeller und der Flaschen- oder Fassfüllerei. Das Bier wird hineinfiltriert und daraus von der Füllerei abgefüllt. Auch in diesem Keller hat alles gepasst.

»Paaasst!«, hat der Sanktus vor sich hin gemurmelt und mit dem Kopf genickt.

Der Metzger Hans, ein untersetzter Jungbrauer mit Fistelstimme, der für diese Abteilung zuständig war, hat scheint's alles im Griff gehabt.

»Moing, Sanktus. Herzlich willkommen. Alles klar bei dir?«

»Logisch, Hanse! Wie geht's Frau und Kind?«

»Kinder, Sanktus, Kinder! Noch a Bub! Vor drei Wochen!«

»Gratuliere, Hanse. Bist ganz schön fleißig für dein Alter. Wie geht's weiter? Noch a Mädl?«

Der Hans hat die Augen verdreht, einen roten Schädel bekommen und fest die Luft ausgestoßen, Luftpumpe nichts dagegen.

»Musst jetzt du auch noch mit dem Schmarrn daherkommen. Ein jeder fangt damit an. Ich kann's nimmer hören. *»Brauer sind doch Büchsenmacher. Bist gar kein gescheiter Bierbrauer. Hast deine Gummistiefel wieder im Bett anlassen. Beim nächsten Mal klappt's dann schon mit einem Mädl. Bla, bla, bla.*« Dabei hat der Hanse ganz furchtbar das Gesicht verzogen, mit den Armen gefuchtelt, ist auf und ab gerannt und dabei fast über ein paar Bierschläuche gefallen, die am Boden gelegen sind.

»Tschuldigung, Hanse. Bleib aufm Teppich. War ein Käs. Ich hör schon auf.«

Der Metzger ist sofort ruhiger geworden und sein roter Kopf hat sich langsam entfärbt.

»Guat. Weiß man schon was vom Hias? Du hast doch bestimmt noch Kontakt zur Polizei, oder?«, ist die typische Eingangsfrage gekommen.

»Nein, Hanse, leider ned. Der Kommissar Bichlmaier geht von einem Unfall aus, hat er mir vorgestern erzählt. Ich wollt ihn von dem Gedanken abbringen, hab's aber leider ned gschafft.«

»Kannst ned selber a bisserl ermitteln? Das kann man doch ned so schnell verlernen«, hat der Hans gemeint.

»Schon, schon. Ich war zwar bloß Streifenpolizist, aber ein bisserl was geht da immer. Wir müssen halt einfach die Augen und Ohren offen halten, vielleicht geht uns ja ein Licht auf.«

»Also ich hab da ja was läuten hören, dass du, sagen wir mal, dass es auch ein Grund dafür war, dass du bei uns angefangen hast!«

Der Sanktus hätte Scheiße schreien können. Das war wieder einmal typisch. Bierbrauer? Waschweiber! Nichts für sich behalten können, aber auf Verschwörung machen.

»Von wem, Hanse?«

»Von … äh … niemand!«

»Hanse. Mir zwei rücken jetzt gleich ganz gewaltig z'samm. Weil des Gerede hab ich schon immer dick ghabt. Und wennst mir's jetzt ned sagst, wer da geplaudert hat, filtrier ich dir einen Bock ins Helle. Des Gemisch kannst dann selber saufen, bist kaputt gehst. Wer war's?«

»Der Schlauch-Gernot hat's verraten. Rausgerutscht ist's ihm halt. Aber ich hab's niemand weitergesagt, Ehrenwort.«

»Logisch, Hanse. Genauso wie der Gernot, Hanse. Der hat's auch niemand gesagt. Wenn wir rausfinden wollen, wer den Hias umgebracht hat, dann haltst in Gottes Namen dein Maul, weil sonst weiß der Mörder, falls es einer aus der Brauerei ist, auch Bescheid und das können wir gar ned brauchen, verstehst?«

»Freilich, Sanktus. Ich hab wirklich noch nichts gsagt!«

»Gut, Hanse. Ich glaub's dir sogar. Ist dir vielleicht irgendwas Komisches um den Hias aufgefallen?«

Der Hans hat die gleiche Geschichte wie alle anderen mit den Flugblättern erzählt und der Sanktus hat sie eigentlich nicht mehr hören können. Kackstory, wie der Namibianer zu sagen pflegt.

»Der Einzige, der noch ein bisserl mehr wissen könnte, ist der Riemensberger Erwin, aber der ist seit Wochen krank. Keiner weiß, wann der wiederkommt!«, hat der Hanse weitergemacht.

»Was hat er denn, der Erwin?«

»Weiß auch keiner. Hat im Sekretariat angerufen und

sich krank gemeldet. Bisher hat keiner mehr was von ihm gehört.«

»Komische Sache! Der Erwin war doch so gut wie nie krank«, hat der Sanktus gemeint.

»Eben. Der ist doch beieinander wie ein Stier. Keiner kann zwei zehn Meter Bierschläuche auf einmal ziehen außer dem Erwin. Und bei der größten Kälte im Lagerkeller ist er ohne Jacke umeinandergelaufen, wenn's pressiert hat und er *so* schwitzen hat müssen. Aber einen jeden kann's mal erwischen.«

»Schade, das hätt mich schon interessiert, ob der noch was Wichtiges zu sagen gehabt hätt. Vielleicht erwisch ich ihn ja mal daheim. Schaun ma mal. Jetzt muss ich noch kurz zum Master und zum Dr. Müller und dann geht's in die Brotzeit. Was gibt's denn heut Besonderes?«

»Käsleberkäs. Der ist fein.«

»Die Hüter des Eids? Komisch.«

Der Doktor Müller hat sich nachdenklich das Kinn gerieben und immer wieder an die Decke hinaufgeschaut, als der Sanktus ihm kurz vor der Brotzeit von seinem Wiesnerlebnis berichtet hat. Man hätte meinen können, die Räder in seinem Kopf ticken zu hören, so angestrengt hat er nachgedacht.

»Ist mir ein Begriff, ist mir ein Begriff. Hab bloß nie geglaubt, dass so eine Bruderschaft existieren könnt. Hab das bisher alles für Ammenmärchen gehalten beziehungsweise hab geglaubt, dass es sie mal früher gegeben hat, aber in der heutigen Zeit? So, so, vor denen hat der Romanov Angst. Möcht man gar nicht meinen, gell. So ein gestandener Mann, dieser Russ. Aber wenn s' natürlich gleich auf ihn schießen – ist natürlich nicht die vornehme englische

Art. Hüter des Eids, ja, ja, beziehen sich wohl auf die Kontrolleure des Reinheitsgebotes im fünfzehnten, sechzehnten Jahrhundert. Sind die wieder aktiv? Kann man sich gar nicht vorstellen, naa, naa! Muss ich mal mit Kollegen sprechen und die Literatur befragen.«

Dabei hat er den Kopf geschüttelt und immer noch zur Decke gestarrt. Ein paar Schweißtropfen hat der Sanktus auch auf seiner Stirn ausmachen können.

Nachdem er noch kurz mit dem Master gesprochen hatte, ist der Sanktus in die Kantine gegangen, wo ihn der Bummerl schon erwartet hat, quasi Sehnsucht in den Augen. Der Master hatte ihn noch einmal eindringlich angehalten, ja nicht über die Brotzeit einen Tank einziehen zu lassen.

Dem Sanktus ist beim Anblick der heißen Theke das Wasser im Mund zusammengelaufen. Hier hat's alles gegeben – Leberkäs, Weißwürscht und Schweinsbraten. Eine Halbe oder Maß Bier hat dann natürlich auch nicht fehlen dürfen.

Zu Beginn seiner Brauerlehre hatte der Sanktus sich nie vorstellen können, so früh schon eine sozusagen halbe Sau in der Semmel essen zu können, ist aber bald eines Besseren belehrt worden. Das Brauerdasein ist trotz Automation immer noch ein Handwerksberuf, bei dem du hinlangen musst. Da hast du dann schon mal richtig Hunger, und vor allem Durst. Und Bier ist in Bayern schließlich immer noch ein Grundnahrungsmittel, gell.

Ganz vorn war der Meistertisch. Da sind der Dr. Müller, der Produktionsleiter Niedermeier und alle Abteilungsmeister gesessen. Der Sudhaus- und Gärkellermeister Haimerl hat sich gerade, wie immer mit hochrotem Kopf, mit seinem Kollegen, dem Lagerkeller- und Filtrationsmeister Schmid gestritten. Der Schmid, ein kleines, rothaariges Manderl mit Schnauzer, war jetzt Sanktus direkter Vorgesetzter, hat sich aber, so lange alles am Laufen war, nicht blicken lassen. Insgesamt war der Lärmpegel beträchtlich, weil sich alle am Montag zum ersten Mal nach dem Wochenende getroffen haben, also Mitteilungsbedürfnis natürlich enorm.

»Also, Sanktus, sag an. Was hast denn so Wichtiges rausgefunden?«, wollte der Bummerl wissen.

»Zuerst brauch ich jetzt einmal ein Dunkles. Sonst geht da gar nix, Bummerl. Du hast ja schließlich schon eins.«

Der Bummerl hat sich umgedreht, der Bedienung völlig unerwartet eine Halbe Dunkles aus der Hand gerissen, ihr etwas ins Ohr geflüstert, wonach diese gelächelt hat und hat es dem Sanktus sozusagen kredenzt.

»Respekt, Bummerl. Stehst hoch im Kurs bei ihr, oder wie seh ich des?«

»Man tut, was man kann, Sanktus. Ich kann ja auch ned ewig ein Junggsell bleiben.«

»Ein ewiger Stenz meinst. Das trifft's doch eher, oder?«

»Jetzt spann mich nicht auf die Folter und fang an!«, hat der Bummerl fast geschrien. Ein Hoch auf den allgemeinen Lärmpegel, weil sonst hätten die zwei jetzt wahrscheinlich alle Augen auf sich gerichtet gehabt.

»Also, ich bin gestern mit der Anna noch einmal auf die Wiesn gegangen. Bummerl, stell dir vor, die Standschaffner gibt's nicht mehr. Des is doch eine dermaßene Sauerei, da krieg ich doch gleich einen …«

»Sanktus, verschon mich mit deinen blöden Schaffnern und erzähl das Wesentliche und zwar sofort!«

»Bist nervös, Bummerl? So kenn ich dich ja gar ned …«, hat der Sanktus angefangen.

»Du wirst mich jetzt aber gleich kennenlernen, wennst ned bald anfängst.«

»Ja, ja. Ich mach ja scho. Aber ein bisserl Entspannung tät dir auch ganz gut.«

»Sanktus, jetzt erzähl's mir einfach in einem Satz, du alter Schwaller.«

»Gut, wennst meinst. Der Russe war's ned, weil's die Hüter des Eids waren, die ihn umbringen wollten. So, jetzt hast es in einem Satz. Ist's dir jetzt wohler?«

Sanktus jetzt praktisch rotes Tuch. Blick vom Bummerl eher Gift und Galle. Er wäre jetzt am liebsten durch die Decke gegangen, hätte den Sanktus gewürgt oder ihm seinen Bierkrug über den Schädel gehauen, wenn er nicht gewusst hätte, dass es nichts bringen würde.

»Gut, du hast gwonnen. Erzähl's mir einfach langsam der Reihe nach.«

»Bummerl, ganz wie du willst.« Dann hat ihm der Sanktus die ganze Geschichte mit dem Herrn Romanov, dem Kellerer Hias, dem Mordanschlag und den Hütern des Eids erzählt. Sein Zuhörer ist furchtbar nervös auf seinem Stuhl hin- und hergerutscht und hat dabei sein Bier in kürzester Zeit geleert, ohne zu merken, dass er überhaupt etwas zu sich nimmt. Als der Sanktus fertig war, hat er zuerst einmal gar nichts gesagt.

»So, jetzt bist auf einmal ganz stad. Irgendwie anders wie vorher, oder? Sag was, Bummerl! Was meinst?«

»Bin platt. A Hund bist scho, Sanktus. Maschierst einfach ins Bierzelt und knöpfst dir den Russen vor, der locker bei der Mafia sein könnt, so wie das ausschaut. Sauber! Wahnsinn! Aber beim Kellerer-Fall bringt's uns doch eher so gut wie gar ned weiter.«

»Jetzt redst ja schon wie ein Kriminaler, Bummerl. Ich

weiß ned, ob uns das weiterbringt und ich glaub eigentlich auch ned alles, was mir der Romanov erzählt hat. Das klingt ja wie ein Roman. Verschwörungen über Verschwörungen. Vatikan, Illuminaten, Da Vinci und am Schluss der Münchner Bärenbräu. Hängt alles eng zusammen, alles eine Liga, oder?«

»Vielleicht haben ja die Hüter des Eids den Kellerer auf dem Gewissen?«

»Bummerl, du wirst doch den Schmarrn ned glauben. Hüter des Eids! Was soll denn das sein? Eine Sekte oder ein Geheimbund und was für ein Eid überhaupt?«

»Der Preu-Aid, Sanktus, der Bräu-Eid, ist doch klar!« Der Bummerl hat jetzt nur noch geflüstert und sehr verschwörerisch geschaut. »Das Reinheitsgebot von 1487. Der Herzog Albrecht IV. hat doch von den Münchner Brauern verlangt, immer wieder zu schwören, dass sie nur Malz, Wasser und Hopfen verwenden. Das müsstest aber schon noch wissen, Sanktus. Das machen sie doch auf dem Brauertag heute noch. Jetzt ist's halt der Oberbürgermeister und nicht mehr der Rentmeister des Herzogs. Weiß nicht, ob's ein Ersatz ist?«

»Und wer sollen dann die Hüter sein, ha? Radikale Abspaltungen der Lebensmittelüberwachung? Die wollten dann den Russen umbringen, weil er vergessen hat, bei einer Biersorte die Zutatenliste aufs Etikett zu schreiben, oder wie meinst das?«

»Herrschaft, Sanktus. Musst du immer so negativ eingestellt sein? Du hast überhaupt keinen Sinn für Mystik und Romantik«, hat der Bummerl genörgelt.

»Ich glaub halt nicht jedes Märchen. Aber ich will wissen, warum der Romanov mir das erzählt hat und ob den wirklich jemand umbringen wollte. Auch wenn's kein

Geheimbund ist. Irgendwas ist da faul mit dem Bären-bräu und dem Romanov. Mein Instinkt sagt mir, dass wir auch so zur Lösung von unserem Kellerer-Mord kommen, weil der Linseisen hat uns den Tipp nicht umsonst gegeben. Ich bin mir hundertprozentig sicher, dass der irgendwas weiß. Aber der war gestern leider nicht im Bierzelt. Ist zwar eigenartig, aber vielleicht braucht er auch mal eine Pause.«

»Hüter des Eids …«, hat der Bummerl immer wieder vor sich hin gemurmelt und den Kopf geschüttelt. »Irgendwie kommt mir das bekannt vor, Sanktus. Das hab ich schon mal wo gehört.«

»Jetzt, wo du's sagst. Der Dr. Müller kennt den Ausdruck auch. Der hat irgendwas gemurmelt von ›Sind die wieder aktiv?‹ oder so ähnlich. Ich glaub's aber trotzdem ned, weil's einfach nicht sein kann. Alles Humbug!«

»Pass auf, Sanktus. Jetzt machen wir einen Deal. Du schaust, dass du was über den Mordversuch am Romanov rausfindest, praktisch reale Ebene, und ich mach mich ein bisserl über die Hüter des Eids schlau, also spirituelle Ebene. Sag einmal, was hast du eigentlich mit dem Dr. Müller zu tun? Jetzt kommt's mir erst.«

»Tja, des is a so eine Gschichte. Der hat mich letzte Woche im Gegenzug zu meinem Job sozusagen dazu verpflichtet, ein bisserl was über den Mord rauszufinden und ihn auf dem Laufenden zu halten. Außerdem kenn ich seine Tochter flüchtig.«

»Die Kathi? Die hat dir doch schon früher immer so gut gefallen. Flüchtig? Soso! Das mit dem Müller trifft sich eigentlich recht gut. Vielleicht kriegen wir auch ein paar Informationen aus ihm raus. Der ist schon so lange im Braugewerbe, dass er eigentlich einiges wissen müsste.

Kannst ja unter Umständen auch seine Tochter befragen, gell. Sanktus, das machst doch gern, oder?«

»Depp!«

Nach dem Leberkäs ist der Sanktus durch den kalten Lagerkeller, an dessen rechter und linker Seite die Fronten der großen Biertanks zu sehen waren, wieder zu seinem Arbeitsplatz zurückgegangen. Falls du zur Brotzeit einmal ein bisserl »müde geworden wärst«, hätte dich die Lagerkellerkälte sofort ernüchtert. Das hat's zu diesem Zeitpunkt beim Sanktus aber noch nicht gebraucht und so ist er locker und beschwingt durch die unendlichen Weiten des Brauereiuniversums geschwebt.

Auf einmal ist ihm der Master tobend entgegengekommen, praktisch glühender Kopf leuchtend im dunklen Keller.

»Du hast den Dank ›Helles‹ einziehn lassen, du Droddl, du! Es kommt überhaupt kaa Bier mehr. Nur noch Schaum. Hauptsach in aller Ruh a weng Brotzeit machen, gell …«

Der Sanktus, sich selbst keiner Schuld bewusst etwas brüskiert, weil tadeln ja, durch einen plärrenden Franken auch, aber zu Unrecht, gewiss nicht. Es hätten noch mindestens zweihundert Hektoliter im Tank sein müssen.

»Wirst halt irgendwo ein Ventil zu haben. Musst halt schauen. Bist sonst ja auch so gscheit, Master«, hat der Sanktus angefangen.

Der kleine Brauer ist jetzt völlig explodiert. Was er geschrien hat, hat kein Mensch mehr verstanden, weil fränkische Schimpfwörter in Oberbayern eher unbekannt. Der Sanktus hat sich sofort überlegt, wo er dem Master morgen wirklich ein Ventil zumachen könnte. Irgendwo eins,

das der Franke nicht sofort finden würde, praktisch ungewollte Filtrationspause. Boshaft hat er schon sein können,
der Sanktus, wenn man ihn bei der Ehr gepackt hat.

Nach fünf Minuten Terror Einigung, sprich Nachschauen, was wirklich los war. Am Filtereinlauf war nur
noch weißer Schaum im Schauglas zu sehen, sprich, es ist
wirklich kein Bier mehr vom Tank gekommen. Die zwei
sind der Bierleitung bis zum Lagertank nachgegangen. Am
dortigen Schauglas hast du sehen können, dass nur noch
ein bisschen Bier aus dem großen Tank getröpfelt ist.

»Eingfrorn! Da is Eis im Dank. Der is zu stoarch gekühlt
worn. Da bildet sich Eis und verstopft na am Schluss den
Auslauf!«, hat der Master diagnostiziert, »Moggala, da hab
ich dir jetzt Unrecht gedan. Jetzt müss ma den Dank noch
leerzuzeln und dann des Eis rausschaufeln.«

So haben die beiden den nächsten Tank angeschlossen und den vermeintlich mit Eis gefüllten langsam leer
laufen lassen.

Schaufel hat's dann trotzdem keine gebraucht, als sie
den Tank eine Stunde später aufgemacht haben, weil der
Kopf des toten Riemensberger Erwin ist ihnen eigentlich von selber durch das offene Mannloch entgegenge-
fallen. Schön hat er nicht ausgeschaut. Der Sanktus hat
vor lauter zitternden Knien fast nicht mehr stehen können und wenn er ehrlich gewesen wäre, hätte er sich beim
Anblick der Leiche am liebsten auf den Lagerkellerbo-
den übergeben.

Das Rausziehen des Toten war eher kompliziert, weil
er recht steif war und sich seine Hand im Auslauf ver-
fangen gehabt hat. Jetzt weißt du auch, warum das Bier
so langsam gelaufen ist.

Der Master hat nur geseufzt: »Scho wieder a Bier beim

Deufel. Des kömma wie beim Hias a wegschüddn. Canale grande. Jawoll! Naa, naa.«

Pietät eher Fremdbegriff.

Es war wieder so weit. Ein zweites Mal die Kriminalpolizei im Haus. Der Dr. Müller und Konsorten völlig entgeistert und fertig mit der Welt. Der Sanktus auch fertig mit der Welt, weil der Bichlmaier den Burgmaier Charlie samt Lenz im Schlepptau. Deppenteam vollständig. Der Bichlmaier fertig mit der Welt, weil sein großer Unfallplan eher den Bach runtergegangen ist, der Burgmaier und der Lenz fertig mit der Welt, weil ernsthafte Arbeit angesagt und der Master sowieso fertig mit der Welt, weil alles Bier für den Kanalwirt, also alle zusammen eher malad. Der Einzige, der wirklich fertig hat sein dürfen, war der Riemensberger, aber den hat gerade keiner gefragt.

Der Sanktus hat von der Weite den ganzen Pulk beobachtet. Übliches Tamtam an der Tagesordnung, sprich, wer hat den Toten das letzte Mal gesehen, hat der Tote Feinde gehabt, was waren seine Aufgaben in der Brauerei, wann war der Todeszeitpunkt?

»Tod durch Ertrinken! Auslöser ein Schlag auf den Hinterkopf!«, hat der Sanktus den Polizeiarzt diagnostizieren hören. Todeszeitpunkt unklar, weil die Leiche zu lange im kalten Bier geschwommen sei!

»Steht auf der Karte!«, hat der Sanktus so nebenbei und von Weitem angebracht.

»Wie? Was wollen Sie damit sagen?« Maßlose Verwunderung seitens des Arztes.

»Wie ich's gsagt hab. Steht auf der Lagerkarte. Geschlaucht und voll am soundsovielten. Da muss er ja wohl irgendwie in den Tank gekommen sein, oder wie würden Sie das sehen?« Der Bichlmaier hat sich jetzt eingeschaltet.

»Dass du immer das letzte Wort haben musst, Sanktus, ha? Leider hast auch noch wieder einmal recht. Was meinst denn zu derer Sach, sag?«

»Ich hab dir gleich gsagt, den Hias ham s' umbracht, aber du hast es mir ja nicht geglaubt ...«

»Halt, halt. Den da ham s' umgebracht. Das heißt noch lang ned, dass der Kellerer auch keines natürlichen Todes gestorben ist«, hat der Kommissar vehement verneint.

»Bichä, Bichä, keines natürlichen Todes – wessen? – Zweiter Fall – Respekt! Des hab ich in meiner Nasn, dass das zusammenhängt. Da verwett ich meinen Kopf!«

»Und, Herr Möchtegern-Kommissar, wer ist dann deiner Meinung nach der Mörder?«

»Ich bin zwar gescheit, Bichä, aber ein Hellseher bin ich halt leider immer noch ned. Ich möchte dir natürlich auch in keinem Fall vorgreifen oder ins Handwerk pfuschen, gell ...«, hat der Sanktus weltmännisch mit einem Grinsen verkündet.

»Tu dich jetzt ned versündigen, gell, du Pharisäer!«, ist ihm der Bichlmaier ins Wort gefallen. »Den Käs kannst wem anderes erzählen. Also raus mit der Sprach. Was meinst. Sonst zieh ich dich gleich in den engeren Kreis der Verdächtigen.«

»Um Gottes Willen, Bichä. Das wär ja furchtbar. Da müsst ich ja unter Umständ mit einer Verhaftung rechnen. Der Bummerl glaubt, dass es eine Geheimorganisation war, große Verschwörung, verstehst?«

»Na, eigentlich ned. Wieso Verschwörung?«

»Weißt, ich versteh's ja auch ned, aber der Bummerl sagt, er bringt's noch raus. Und der Bummerl hat bisher alles gschafft, was er sich in den Kopf gsetzt hat, bis auf sein Braumeisterstudium, aber vielleicht kommt des ja auch noch.«

»Ihr spinnts doch komplett. Jetzt tut's ein herkömmlicher Mord schon nicht mehr. Jetzt muss's schon eine Verschwörung sein. Meiomei. Ich geb's auf mit euch!«

»Siehst, Bichä, jetzt sagst auch schon, dass's ein Mord war. *Hab* ich dich. Weißt, was wir jetzt machen? Jetzt gehst und verhörst deine Zeugen oder Nicht-Zeugen und dann kommst zu mir und wir zwickeln uns eine Maß und dann verhörst mich. Und fallst Lust hast, erzählst mir so nebenbei ein bisserl was von deinen vorigen Verhören, gell!«

»Meinst?«

»Freilich, Bichä!«

»A Hund bist scho, Sanktus. Also bis nachher.«

»Gell, geht doch.«

Der Sanktus ist jetzt zurück in seinen, also eigentlich in den Filterkeller des Masters. Gemeinsam haben sie das Oktoberfestbier fertig filtriert und sich an einem Schreibpult anlehnend immer wieder einen Pfiff eingeschenkt. Der Master eher mehr, der Sanktus eher weniger. Weil zu viel Kleinvieh mach ja bekanntlich auch Mist.

»Lieber jetzt noch a weng brobieren«, hat der Master gemeint, »bevor ma des a no in den Kanal lassen müssen, Brost, Sangdus!«

Und so ist das gegangen, bis der große Lagertank leer filtriert war und am Ende ist der Master ganz schön blau gewesen.

Der Sanktus hat unaufhörlich über den zweiten Mord sinnieren müssen, ist aber zu keinem Ergebnis gekommen.

Er hat so fest nachgedacht, dass du eigentlich die Gedankenblitze in seinem Kopf hättest leuchten sehen müssen. Die Blitze sind nur so von Synapse zu Synapse gesaust. Dem Sanktus ist vor lauter Denken immer schwindliger geworden und die Blitze sind gekreist und gekreist und gekreist, bis er gemerkt hat, dass der Schwindel weniger von den Gedanken als doch auch ein bisschen vom Bier gekommen ist. Er hat die ganze Braueraktion endgültig verflucht. Und samt den Brauern auch München, das ihm eigentlich wenig Freude, aber dafür zwei Leichen beschert hatte. Blöd gelaufen, oder? Oder doch nicht?

Abrupter Gedächtnisstillstand und Leere im Hirn. Nur noch das Brummen der Brauerei-Pumpen war zu hören. Das Platschen eines Kondenswassertropfens!

Dann hat er sich noch einen letzten Pfiff vom Drucktank eingeschenkt, nachdem sie den Filter gereinigt und die Bierleitungen zu einem Reinigungskreislauf zusammengeschraubt hatten.

»Und derweil hädd der Dag so gut angfangen«, hat der Master gewinselt und dabei den Kopf geschüttelt.

»Also jetzt übertreibst a bisserl, Master, meinst ned? So wie du in der Früh drauf warst!«

»Na, ja, bloß weil ihr Oberbayern mit dem fränkischen Charme nix anfangen könnd, kann ja ich nix dafür, oder?«

»Was willst jetzt nach so viel Wiesnbier mit einem Franken diskutieren? Da kriegst ja sowieso ned recht, weil der Franke an sich ist ja von Gott gegeben praktisch allwissend und unfehlbar. Da versteh ich bloß ned, warum der Papst kein Franke ist, sondern Oberbayer. Versteh ich jetzt wirklich ned!«

»Des versteh ich allerdings aa ned. Da muss wos schiefgloffn san. A weng a komische Soch, na, na.«

Der Master jetzt völlig blau und deswegen tief im Franken-Slang. Lang gezogenes Rülpsen von ganz tief unten rauf und kehrt und Abgang Master, sprich eher Abtorkeln.

»Die Woch fangt schon wieder gut an!«, ist dem Sanktus frei nach Räuber Kneissl entfleucht.

Kurz darauf ist der Kommissar Bichlmaier beim Sanktus im Filterkeller erschienen.

»Sanktus, wie schaust denn du aus. Irgendwie verwirrt?«, hat sich der Polizist zu fragen erlaubt.

»Bichä, was meinst? Schau ich so schlimm aus? Ich weiß ned, aber wenn mir zwei jetzt erst amal ein unfiltriertes Wiesnbier in einem kalten, abgelegenen Lagerkeller-Eck trinken, geht's bestimmt gleich besser! Ich hab mich beim Master extra zusammengerissen, weil sonst wär ich jetzt sternhagelvoll. Der hat einen Durst gehabt, mein lieber Herr Gesangsverein.«

»Ein normales Helles tät mir reichen. Ich bin nämlich im Dienst, weißt du!«

»Nüüüüüüx!«, hat der Sanktus gemeint und dabei mit dem Zeigefinger wild verneinend gefuchtelt. »Wiesnbier gibt's. Da bin ich jetzt schon eingetrunken. Also auf geht's.«

Der Bichlmaier jetzt dem Sanktus hinterher durch lange, teils dunkle und teils erleuchtete Gänge, bis sie in einem Keller angelangt waren, in dem die Temperatur nahe am Gefrierpunkt war und der Kommissar sich wie ein Pinguin auf dem Polareis vorgekommen ist. So dagestanden ist er auf jeden Fall mit seinen Händen in den Hosentaschen.

»Ich tät aus dem Keller nicht mehr rausfinden«, hat der Bichlmaier gemeint.

»Ganz gut, Bichä, deswegen hab ich dich auch durch den ganzen Keller geschleift, weil jetzt musst mir alles erzählen, sonst erfrierst da herunten, weil ich sag dir den Weg zurück gwiss nicht.«

»Zipfel!«, war alles, was sein Gegenüber daraufhin herausgebracht hat.

Der Sanktus hat einen Zwickelhahn, sprich Zapfhahn, aus seiner Arbeitshose herausgezogen und an einem Lagertank befestigt. Dann ist er hinter den letzten Tank gekrochen und ist mit einem Maßkrug und einem Kübel mit eingeschnittenen Löchern zurückgekommen. Jetzt hat er heißes Wasser aus einem Wasseranschluss gelassen und den Eimer gefüllt, anschließend den Krug mit Bier volllaufen lassen und ins heiße Wasser gestellt. Das überständige Wasser, das in den Krug hineingelaufen wäre, ist über die eingeschnittenen Löcher des Kübels abgelaufen. So viel zur ausgefeilten Technik. Der Bichä ist aus dem Staunen nicht mehr rausgekommen.

»Hä! Was machst'n jetzt?«, hat der geplärrt.

»Magst dein Bier mit null Grad, Bichä? Da kriegst doch Magenweh!«

»Na, ja. Hast ja recht und wer recht hat, zahlt bekanntlich eine Maß«, hat der Bichlmaier gegluckst und tief geschnieft.

Nach einigen festen Schlucken hat der Sanktus begonnen: »Des is jetzt wie seinerzeit. Ganz in Ruhe ein Bier im Lagerkeller zwickeln. Wia bei de oiden Brauer. Ruhe, Gemütlichkeit … Mei, muss des schön gwesen sein. Aber reden wir von was anderem. Bichä, leg los. Was haben alle ausgesagt?«

»Im Grunde alle das Gleiche. Der Kellerer und der Riemensberger waren nette Kerle. Haben keinem was Böses getan. Der Kellerer war eher ein Revoluzzer und hat's einfach nicht verputzen können, dass die Münchner Brauereien in ausländische Hände kommen. Mit dem Bärenbräu hat er's ganz besonders gehabt, also Flugblätter, Internet et cetera. Von Feinden weiß keiner was, Freunde haben sie keine richtigen gehabt. Sie sind meistens zusammen herumgehangen, weil sie sich seit der Ausbildung hier in der Stern-Brauerei schon kennen, tschuldigung, gekannt haben. Gesehen hat keiner was und wer's gewesen sein könnte, kann sich auch keiner vorstellen. Bis auf den Hirschberger. Der weiß zwar auch noch nicht, wie die Morde mit seinen Theorien im Einklang stehen, aber er geht von einer größeren Verschwörung in der Münchner Brauereilandschaft aus. Geheimbünde, Bruderschaften, Illuminaten, Freimaurer und so weiter! Hüter des Eis, hat er gemeint. Was für ein Ei eigentlich?«

»Eid, Bichä, Eid. Bräueid, sprich Reinheitsgebot, sozusagen die Rächer der Bierpanscher, aber jetzt hat's ihn vollständig. Illuminaten, Freimaurer. Wahrscheinlich haben die Tempelritter während der Kreuzzüge die Biertransporte in das gelobte Land beschützt und konnten nur durch ihre ständige Trunkenheit so hinterlistig von Philipp dem Schönen zerschlagen werden. Und jetzt stehen wir am Beginn des Rachefeldzuges der Templer, mit dem sie aus mystischen Gründen bis heute gewartet haben.«

»Meinst echt, Sanktus, ha?« Der Kommissar Bichlmaier ist während dem Sanktus seiner Rede völlig blass geworden.

»NEIN, Bichä. Mein ich *ned*! Herrschaftszeiten! Das sind doch alles Hirngespinste vom Bummerl. Fall doch da bitte ned drauf rein. Reicht schon, wenn *ich* mir den Käs anhören muss. Hat eigentlich der Dr. Müller was von den Hütern des Eids rausgelassen, weil der glaubt nämlich auch, eine solche Gesellschaft zu kennen?«

»Nein«, hat der Kommissar gerülpst, »der hat gar nix

darüber verlauten lassen. Der war völlig betrübt, dass er in so kurzer Zeit, sagt er, zwei so fähige Mannen, Mannen hat er gesagt statt Männer, also Mannen verloren hat. Derweil habe sich der Riemensberger vor einiger Zeit krank gemeldet und jetzt sei er tot. Wenn du mich fragst, ist der Dr. Müller ein komischer Kauz.«

»Hast schon recht, Bichä. Komisch ist er, aber hochintelligent, sehr freundlich und vor allem äußerst loyal gegenüber seinen Mitarbeitern. Du kannst jederzeit mit allen Problemen zu ihm kommen. Der hilft dir immer. Außerdem hat er eine sehr nette Tochter. Das aber bloß so nebenbei.«

»... die es dir angetan hat, oder? Du alter Schwerenöter!«

»Scho, scho, aber das tut ja jetzt nichts zur Sache. Jetzt trink noch amal von deinem Bier, sonst fängt's im heißen Wasser zum Kochen an. Das Attest vom Riemensberger musst dir fei noch geben lassen. Das kann ja eigentlich nur gmankelt sein, oder?«

»Logisch!«, hat der Bichä hinzugefügt, »vielleicht hamma ja dann irgend eine Spur. Da wär ich schon gespannt, wohin die führen tät.«

Der Sanktus und der Kommissar haben abwechselnd und sehr bedächtig die Maß Wiesnbier geleert. Anschließend hat der Sanktus die vorige Prozedur wiederholt und es ist wieder eine Maß im gelöcherten Kübel gestanden.

»Pass einmal auf, Bichä! Der Chef vom Bärenbräu, ein gewisser Herr Romanov vom russischen Konsortium, hat mir auf der Wiesn gebeichtet, nachdem er mich am Vortag zusammenfallen hat lassen, dass er Angst vor den Hütern des Eids hätte und dass die ihn sogar haben umbringen wollen. Weißt du was über einen Mordanschlag oder will der mich einfach nur verkohlen?«

»Ja, ja. Weiß ich schon was. Auf den Herren ist tatsächlich geschossen worden. Draußen in Obermenzing, wo er wohnt. Geht am Wochenende immer im Kapuzinerhölzl mit seinen Hunden spazieren. Eines Morgens im August – peng! Gott sei Dank nur ein Streifschuss. Vom Täter keine Spur. Er hat's uns zwar gemeldet, aber von irgendwelchen Hütern des Eids hat er nichts verlauten lassen.«

»Da legst dich nieder. Und ich hab mir denkt, der verarscht mich. Ich glaub, ich muss dem Herrn noch einmal einen Besuch abstatten.«

»Pass ja auf, Sanktus. Der Russe ist nicht ganz hasenrein. Das könnt gefährlich werden!«

»Sowieso, Bichä. Wie machen wir zwei jetzt eigentlich weiter?«

»Nachdem du dich, wie ich dich kenn, eh nicht vom Detektivspielen abhalten lässt, glaub ich, ist's gescheiter, wir tun a bisserl zusammen. Ich klapper jetzt das Umfeld von den beiden Ermordeten ab – ja, ich geb's zu, es könnt beim Kellerer auch ein Mord gewesen sein – und such Zusammenhänge und du fühlst ja dem Romanov auf den Zahn. Dem Rest von deiner Crew sagst am besten nix von mir, host mi?«

»Freilich, Bichä. Heut Abend beruf ich eine konspirative Sitzung in meiner Stammwirtschaft ein, schau, was wir machen können und sobald wir was haben, rufen wir uns einfach zusammen. Passt des a so?«

»Passt, Sanktus! Trink ma uns z'samm und geh ma!«

Der Sanktus hat vor dem Heimgehen noch seinen Kollegen von der »Soko Sternbräu« Bescheid gegeben. Nur den Bummerl hat er auf dem Handy anrufen müssen, weil die Frühschicht im Sudhaus schon zu Ende war.

»Also dann bis heut Abend in der ›Neuen Kirche‹?«

»Logisch Sanktus, ich hoff, ich hab dann mit ein paar Neuigkeiten aufzuwarten. Tu grad a bisserl recherchieren, weißt.«

»Na, da bin ich ja schon gspannt, Bummerl. Also, servus dann.«

Als der Sanktus über den Hof zum Schalander, dem Aufenthaltsraum der Brauer, zum Umziehen gegangen ist, ist ihm die Müller Kathi auf dem Brauereihof begegnet. Sanktus fast Herzstillstand, Blick auf die Füße und weil heute eher sommerliches Wetter, die Kathi in Sandalen. Sturmflut der Hormone Scheißdreck dagegen. Der Sanktus hat den Blick nur mit Mühe auf die Augen seines Gegenübers lenken können und hat immer wieder auf die klar lackierten Zehennägel spitzen müssen. Zu allem Überfluss hat die Kathi ihn kurzerhand um die Ecke in das offene Fasslager gezogen und angefangen ihn zu küssen, dass der Sanktus die Sterne hat flimmern sehen, vom Hosenstall gar nicht zu reden.

»Hab doch gewusst, dass ich dich heut hier treff«, hat die Kathi angefangen, als sie wieder vom Sanktus gelassen hat. »Ich weiß ned, warum ich das mach, aber irgendwas sagt mir, dass das völlig richtig ist. Hast du heut Abend schon was vor?«

»Hmpf!«, war alles, was der Sanktus schon rausgebracht hat, also eher noch in völliger Verwirrung.

»Hab ich dich jetzt irgendwie durcheinandergebracht mit dem bisserl Busseln?«, wollte die Kathi wissen.

Wenn ich ihr jetzt die Story vom Fuß-Tick ausführlich erzähl, hält sie mich für total pervers, wenn ich einfach nein sag, ist sie mir beleidigt, hat der Sanktus seine aussichtslose Lage überrissen.

»Scho a bisserl. Hab einfach jetzt nicht damit gerechnet. War aber sehr schön. So stell ich mir einen Feierabend vor. Genau! So könnt's öfters sein. Sehr gut, sehr gut«, hat der Sanktus dahergestammelt.

»Also was is? Ich hab heut meine Tochter bei meinen Eltern. Der Papa ist schon ganz aus dem Häuschen, wenn sein Sonnenschein kommt.«

»Tja, wir haben heut ein Brauertreffen in der ›Neuen Kirch‹ in Haidhausen. Des is jetzt blöd, weil eigentlich würd ich schon jetzt lieber mit dir weggehen.«

»Dann geh ich halt einfach mit. Vielleicht können wir uns ja ein bisserl eher abseilen«, hat die Kathi vorgeschlagen, aber der Sanktus eher nicht begeistert, weil konspirativ dann gleich null.

»Ich bin ganz ehrlich. Hast du schon vom zweiten Toten gehört? Wir wollen uns zusammensetzen und ein wenig Licht in die Angelegenheit bringen, weil die Polizei völlig im Dunkeln tappt. Vielleicht hat einer was gsehen oder ghört, sodass wir helfen können.«

»Find ich ja toll von euch. Wir haben daheim auch schon abendelang über den ersten Mord geredet, weil das meinen Papa schon mitgenommen hat, dass so was in seiner Brauerei passiert. Du kennst ihn ja. Der kann ja keiner Fliege was zuleide tun. Vielleicht kann ich daher vielleicht ein wenig beisteuern. Nehmts mich mit?«

»So gesehen, würd ich sagen, spricht doch da eigentlich nix dagegen. Gfällt mir schon wieder. Also dann sehen wir uns um sieben in der Kirchenstraße. Ich muss jetzt nämlich noch was erledigen.« Kussszene, Abgang Liebespaar.

»Ich würd gern zum Herrn Romanov! Melden S' mich doch bitte an.«

Der Sanktus ist im feudalen Foyer der Bären-Brauerei gestanden und hat die alten Stiche und Bilder der jahrhundertealten Münchner Braustätte begutachtet und dann wieder seinen Blick auf die extrem korrekt wirkende, brünette Empfangsdame hinter ihrem, für die Halle viel zu neumodischen, Glashäuschen gelenkt.

»Sie erwarten doch wohl nicht, dass Sie hier einfach hereinspazieren können ohne jeglichen Termin und sofort unseren Geschäftsführer sprechen können?« Strenger Blick, gepaart mit Unverständnis und Mitleid ob solcher Naivität. Nein, nein, die jungen Menschen heutzutage. Keine Vorstellung mehr vom wirklichen Leben und vor allem keinen Anstand!

»Schöne Frau!«, hat der Sanktus honigsüß gezwitschert. »Ich möchte mich vorerst entschuldigen, dass ich hier so unangemeldet hereinplatze und respektiere Ihr Bemühen, alle Unannehmlichkeiten von Ihrem Geschäftsführer fernzuhalten, aber mein Anliegen ist von äußerstem Interesse für Herrn Romanov. Ich bitte Sie daher eindringlich, mich anzumelden. Falls er mich nicht empfängt, möchte ich eine Nachricht hinterlassen. Wenn Sie jetzt bitte so gnädig wären …« Luft, Luft holen nach so viel Dampfgeplauder. Dem Sanktus hat sich jetzt vor sich selbst gefürchtet, bei so viel Schleim, aber die Dame hat in dem Moment schon das Telefon gezückt, kurz geredet und wieder aufgelegt. Verwunderung und Ratlosigkeit keine Umschreibung.

»Er lässt bitten …«, war alles, was die Empfangsdame rausgebracht hat. »Bitte folgen Sie mir.«

»Saanktus!«, hat der Russe aus seinem fünfzig Quadratmeter Mahagoni-Büro geplärrt, dass du hast meinen können du hörst es noch auf dem Marienplatz. Trotz Glockenspiel und Japaner. »Wie geht's dir? Komm rein.«

»Ja, der Herr Romanov. Immer gut drauf, gell! Gut geht's, sehr gut. Wir haben den zweiten Mord beim Stern. Wie soll's einem da schlecht gehen bei so viel Spannung? Braucht's kein Fernsehen mehr. Sparst dir viel Geld, vor allem die GEZ-Gebühren.«

»Was? Ein zweiter Mord. Jetzt behaupte aber bitte nicht, ich bin wieder daran schuld. Wer ist denn umgebracht worden. Und wann und wo?«

»Einer von den älteren Brauern. Der Riemensberger Erwin. Ist anscheinend vor sechs Wochen niedergeschlagen, anschließend in einen Tank gesteckt und mit Bier aufgefüllt worden. Heut haben wir ihn gfunden, weil wir den Tank filtriert haben. Es geht also irgendeiner um, der in München Brauereimitarbeiter abmurkst. Und ich will wissen, wer das ist. Auf Sie ist doch auch schon ein Mordanschlag verübt worden. Vielleicht handelt es sich ja um den gleichen Irren. Kurz und gut, ich brauch Ihre Hilfe.«

»Und was soll ich deiner Meinung nach tun?«

»Mir was von dem Anschlag auf Sie erzählen.«

»Gut. Die Polizei findet sowieso nichts heraus. Vielleicht gelingt es ja dir, etwas herauszufinden. Wäre ich dir sehr dankbar. Pass auf. Ich hab dir erzählt, dass unsere Brauerei erpresst wird. Das, muss ich zugeben, ist nicht ganz wahr. Ich werde erpresst, nicht die Brauerei.« Der Russe war jetzt knietief in seinem Akzent drin, also armer unverstandener Russe im bösen Erpresser-Deutschland. Muss dir ja leid tun – also definitiv!

»Warum erpresst?«, ist es dem Sanktus wie aus der Pistole herausgeschossen.

»Sanktus, sei mir nicht böse, aber das kann ich dir nicht sagen. Das ist und bleibt mein Geheimnis, bis die Sache ausgestanden ist. Also, das war vor ungefähr sechs Wochen.«

»Also ungefähr zeitgleich mit dem Mord am Riemensberger ...«

»Sanktus, lass mich ausreden, sonst erzähle ich dir gar nichts mehr. Zügle dein Temperament, sonst bringst du es nicht weit.«

»Ned belehren, bitte, weitererzählen, sonst zerreißt's mich vor lauter Neugier.«

»Gut!« Großer Seufzer und weiter im Text. Zuerst habe er einen Drohbrief ohne Forderung erhalten. Ein paar Tage später ein weiterer Brief mit einer Forderung von zweihundertfünfzigtausend Euro, Übergabeort und Datum. Er habe natürlich nicht darauf reagiert. Eine Woche später eine weitere Drohung und am nächsten Tag der Mordanschlag in Obermenzing. Täter nicht gesichtet. Polizei ratlos. Im Sand verlaufen. Pech gehabt.

»Zeigen Sie mir den Drohbrief?«

»Gut. Aber nur den ersten. Der ist für mich unverfänglich.«

Der Bärenbräu-Russe ist jetzt zu seinem Schreibtisch, hat eine Lesebrille aufgesetzt und hat einen pergamentfarbenen Bogen herausgeholt. Kopfschütteln und Übergabe an den Sanktus.

»Wir wissen, was Sie treiben! Nichts bleibt ungesühnt. Die Bruderschaft der Hüter des Eids«, war alles, was auf dem Brief gestanden ist. Darüber haben ein Hexagramm, ein Brauerwappen und eine Pyramide mit einem Auge darin gethront. Dem Sanktus ist jetzt wegen dem Auge fast schwarz vor seinen Augen geworden. Das allsehende Auge. Ein Zeichen, das den Illuminaten zugeschrieben wird. War der Bummerl doch nicht so blöd, wie der Sanktus gemeint hat?

Nach so viel Verwirrung und vor allem Alkohol in Form von Wiesnbier ist der Sanktus vom Bärenbräu aus zu Fuß heimgegangen. Vom Westend runter zum Hauptbahnhof durch Verkehrssmog und vorbei an wahnsinnig genervten Passanten. Ein bisserl besser ist es dann in der kleinen Fußgängerzone neben dem früheren Hertie geworden. Den Sanktus hat es schon gewundert, dass in den Auslagen noch keine Weihnachtsartikel zur Schau gestellt wurden, weil erste Wiesnwoche normalerweise höchste Zeit, eh klar, oder? Aber ein großes Lob dem Vorbild Amerika, weil Halloween jetzt IN und Santa Claus noch auf Honolulu.

»Braucht's des?«, ist es dem Sanktus durch den Kopf geschossen. »Braucht's des wirklich?« Scheinbar schon. Globalisierung pur! Pur? Einfach pur! Komisches Wort! Kaum mit pur beschäftigt ist der Sanktus schon am Stachus angekommen. Jetzt hat er sich durch die völlig mit Touristen überladene Münchner Fußgängerzone kämpfen müssen und war sich gar nicht mehr sicher, ob der Spaziergang eine gute Idee zur Frustbekämpfung war. Die vielen Geschäfte mit ihren modernen Auslagen haben eher eine bedrohlich bedrückende Wirkung auf den Sanktus gehabt. Dann die vielen Bistros statt Wirtschaften und Kneipen. Bistrós, selbstverständlich neudeutsch auf der zweiten Silbe betont. Horror! Außerdem überall Geschnatter, Hektik und umeinanderwimmelnde Leute. Den Sanktus hat schon ein leichter Schwindel befallen. Da kannst du dich jetzt schon einmal ins München der guten alten Zeit des Prinzregenten Luitpold zurücksehnen, an Hektik wahrscheinlich gar nicht zu denken. Zurück in die Zeit der Bierhallen und Bierpaläste verteilt über die ganze Stadt. Eine Maß im Münchner-Kindl-Keller an der Rosenheimer Straße. Gediegene Atmosphäre, München pur. Schon wieder pur.

Jetzt noch mehr Touristen, weil jetzt schon fast auf dem Marienplatz. Schnell zurück in den rettenden Traum.

Der Sanktus hat sich an einen früheren Besuch im Föhringer Hof erinnert – das war eine alte Wirtschaft in der Ismaninger Straße, Ecke Prinzregenten – ihn hatte es einmal eines Mittags ohne Begleitung in das völlig überfüllte Lokal verschlagen. Ein einziger Platz war noch am Stammtisch frei. Tollkühnes Vorhaben, weil Stammtisch immer da, der Sanktus aber erst zwei- oder dreimal.

Sanktus: »Tschuldigen S', is da frei?«

Stammtisch: »Freile!«

Sanktus, Stammtisch: Pause

Sanktus, Stammtisch: »Prost!«

Sanktus, Stammtisch: Pause

Und nach diesem Schema geht es weiter.

Einige Zeit später erscheint ein norddeutsches älteres Ehepaar. Das Ehepaar kreuzt mehrere Male das Lokal, weil es der Gattin an keinem Tisch richtig gefallen möchte. Außerdem ist es ja immer noch recht voll und die schönen Tische logischerweise besetzt.

Stammtisch und Sanktus beobachten verwundert das Geschehen. Köpfe links, Köpfe rechts, Köpfe links, eine gefühlte Ewigkeit.

Endlich nimmt das Ehepaar Platz. Der Gemahl ist sichtlich geschafft und erleichtert, dass er sitzen darf.

Stammtisch schüttelt den Kopf: »Naa, naa, naa!«

Sanktus schüttelt den Kopf: »O mei, o mei, o mei!«

Sanktus, Stammtisch: »Prost!«

Gespräch für heute beendet. Alle verstehen sich prächtig – besser als mit großer Schwafelei.

Der Sanktus ist dann noch öfter an diesem Stammtisch gesessen. Den Föhringer Hof gibt's inzwischen leider nicht mehr. Ewig schad. Der Sanktus aber jetzt trotzdem Lächeln auf den Lippen.

Ein Schlag und erwachen aus dem Tagtraum, weil der Sanktus mit Pauken und Trompeten einen Japaner, den er aufgrund seiner Statur einfach übersehen hatte, über den Haufen gerannt hat. Was ihm der Japaner nachgeschrien hat, hat er gar nicht wissen wollen. Der Sanktus hat ihm noch »Geh lass mir doch meine Ruh!« nachgerufen, hat sich aber alles Weitere verkniffen, da sich schon einige Passanten bezüglich dieses einheimischen Rüpels aufgeregt haben. Super gelaufen! Wieder einmal blamiert – sich selbst und die Weltstadt mit Herz. Zum Erzählen hat er jedenfalls was gehabt daheim, der Japaner. Der Sanktus hat noch unter dem Gehen ein bisschen dem Japaner hinterhergegrummelt, hat sich umgedreht und ist Vollgas in einen Obststand gerannt. Bremsen hat er leider nicht mehr können, weil Bremsweg mindestens halber Tacho bei Weitem unterschritten. Kommentare der Verkäuferin nicht konform mit dem Münchner Charme.

Der Sanktus hat sich jetzt nicht mehr anders rausgesehen, als dass er durch den Hofgarten heimgeht. Vom mittigen Pavillon her hat er leise Walzermusik gehört. Eine Gruppe mittleren Alters hat einen CD-Spieler dabeigehabt und ist zu Tönen von Johann Strauß über den Boden geschwebt. Als Proviant hat's Sternbräu Dunkel in der Bügelverschlussflasche gegeben. Sanktus warm ums Herz, Tänzchen mit einer ihm Unbekannten gewagt und weiter über die Prinzregentenstraße zu den Isarauen. Jetzt endlich Ruhe und Erfüllung.

Der Friedensengel hat mahnend auf den Sanktus herabgeblickt, sprich, geh nicht so kritisch mit deinen Mitmenschen um oder halt dich vor allem aus den Brauereimorden raus. Der Sanktus hat nur den Kopf geschüttelt und ist weitergegangen.

Im Park hinter dem Friedensengel hat er richtig durchschnaufen und die Kühle des Schattens der Bäume genießen können. Hätte es ihm nicht so pressiert, hätte er sich ohne mit der Wimper zu zucken auf eine Maß in den Hofbräukeller-Biergarten am Wiener Platz gesetzt. Aber die Sache hat es nicht wollen. Heim, eine Stunde geschlafen, geduscht, am Schwesterherz vorbeigemogelt, drei Schnalzer getan und auf in die »Neue Kirche« zur Konspiration. Im Hinterkopf die Kathi und ihre lackierten Zehennägel.

»Ich hab's doch gleich gwusst!«, hat der Bummerl geplärrt, dass du es bis in die letzte Ecke der »Neuen Kirche« gehört hast.

Sanktus nur noch grantiger Blick in sein Weißbier. Ganze Bagage auf hundertachtzig. Tohuwabohu Dreck dagegen und die Kathi noch nicht da. Der Giovanni ist so außer sich gewesen, dass er kein Wort auf Deutsch mehr herausgebracht hat und in italienischer Manier mit dem Daumen und zwei Finger seiner rechten Hand wie wild umeinandergefuchtelt hat, der Schlauch-Gernot hat vor Aufregung einen roten Kopf zur Schau getragen, dass du meinst, ihn zerreißt's gleich und der Malte Rosen ist in literarischen Ergüssen über Geheimbünde aufgegangen. Nur der Ehrensberger Helmut hat seelenruhig die ganze Kneipe im Blick gehabt, zumindest den äußersten rechten und linken Teil.

»Jetzt machts mal halblang, Burschen«, hat der Sanktus angefangen. »Also was einmal sicher ist: Wir haben zwei Leichen beim Stern und einen Mordanschlag beim Bären.

Ist die Frage: War es der gleiche Täter oder die Täter und wo fangen wir an zum Suchen?«

»Fragen über Fragen, Fragen!«, hat der Helmut gemurmelt.

»Sanktus, das kommt ganz drauf an, von was wir ausgehen«, hat der Bummerl gemeint. »Von einem Einzeltäter, der irgendwie einen Hass auf das Braugewerbe hat, oder von einer Gruppierung, also Geheimbund. Also ich glaub ja ...«

»Des wissen wir doch alle, was du glaubst und der Drohbrief vom Romanov macht's ned besser«, hat der Sanktus gegrantelt.

»Sanktus, das kannst du doch jetzt nicht abstreiten. Der Briefkopf ist doch eindeutig. Die Pyramide mit dem allsehenden Auge. Ein Symbol, das oft den Illuminaten zugeschrieben wird, aber scheinbar auch bei den Freimaurern zu finden ist. Ist übrigens auf der Ein-Dollar-Note drauf. Der Gründer der Illuminaten war ein gewisser Adam Weishaupt. Das Ziel der Illuminaten ist bis heute umstritten. Man geht von Aufklärung des Volks und Unterminierung des Staates und der Kirche aus. Ich muss aber zugeben, dass ich jetzt keine direkten Parallelen zum Bierbrauen ziehen kann.«

»Isse logische oder. Adame Weishaupte – AW. Sehe immer bei Berichte in de Sudhause. Vielleichte ware Bierbrauer, der Weishaupte!«, hat der Giovanni geträllert.

»AW heißt Ausschlagwürze, Depp. Vielleicht war der Andy Warhol dann auch ein Brauer, oder? Und seine Bilder hat er nur im Suff gmalt«, hat der Sanktus die Diskussion gestoppt. »Bummerl, was hat denn ein bayerischer Illuminat in der Brauerei zum Suchen. Des is doch ein Schmarrn.«

»Vielleicht ist's ja eine Splittergruppe, also Abspaltung«, hat der Schlauch-Gernot gemeint.

»Ich würde mich nicht auf die bayerischen Illuminaten versteifen. Ihnen wird ja viel nachgesagt, sogar dass Adam Weishaupt nach der Zerschlagung seines Vereins nach Amerika gegangen und dort als George Washington in die Geschichte eingegangen sein soll«, hat der Malte Rosen doziert. »Ist natürlich ausgebuffter Blödsinn. Die Pyramide samt Auge und Hexagramm kann eher den Freimaurern zugeschrieben werden. Es ist für die Öffentlichkeit eher unklar, was diese Logen so treiben. Es könnte sich ja eine zur Aufgabe gemacht haben, die Reinheit des Biers mit allen Mitteln zu schützen, eine Brauereipolizei inkognito sozusagen.«

»Ned Freimaurer, sondern Freibrauer, oder?«, hat der Schlauch-Gernot herausgebracht und sich vor lauter Lachen gleich so verschluckt, dass er blau angelaufen ist. »Und wenn sich die Lehrlinge bei den Meistern vorgestellt haben, haben s' bestimmt einen Freibrauer-Trinkritus vorführen müssen, bis sie umgfallen sind. Bist zu früh umgfallen, warst praktisch als falscher Lehrling enttarnt und wurdest davongejagt. So war's siebzehnzwölf, ich weiß's noch ganz genau.«

Und dann hat's ihn endgültig zerrissen.

»Gernot, du bist ein Kindskopf. Seids doch mal wieder ernst. Also ich mein …« Aber zu viel mehr ist der Sanktus nicht gekommen, weil die Müller Kathi auf der Bildfläche erschienen ist. Die Kathi ist schnurstracks zum Sanktus hin und hat ihm ein zärtliches Busserl auf den Mund gegeben – vor der ganzen Korona, verstehst? Stolz gar kein Ausdruck seitens Sanktus, ganzer Tisch baff. Sanktus' Blick auf die geschlossenen Schuhe, sprich, Gott sei Dank kühler Septemberabend. Aber am Busen im engen Top ist er dann schon ein bisserl hängen geblieben, der Blick, weißt du. Und nicht bloß der vom Sanktus.

»Griaß euch, Burschen. Ich bin die Kathi, falls mich einer noch ned kennt.«

Sanktus stotternd: »Ja ... genau ... des is jetzt die Kathi, falls sie einer noch ned kennt ... genau, also ... jetzt, ich hab mir denkt, weil der Dr. Müller ja auch irgendwas dazu beitragen könnt ... hab ich mir gedenkt ... ääh ... gedacht ... ladst einfach mal die Kathi ein, vielleicht kann uns die ja auch helfen, hab ich mir dacht ... gell.«

»Also dass bloß wir einen Schmarrn reden, Sanktus, kannst uns spätestens jetzt nicht mehr vorhalten«, hat der Bummerl triumphierend in die Runde geworfen. »Aber ich glaub, es schadet nicht, wenn uns die Kathi ein bisschen weiterhelfen könnt, oder was meints ihr?« Fragender Blick in die Runde, stilles Nicken und Lächeln hinter vorgehaltener Hand. Sanktus jetzt beruhigt.

»Also, der Papa ist völlig perplex seit den Morden. Er ist sich immer wie ein großer Vater von allen Brauern vorgekommen, so eine Art Patriarch, und jetzt haben s' ihm zwei von den Burschen einfach umbracht. Ich glaub, er hat richtig Angst, dass noch was passiert. Die Presse ist natürlich auch ned optimal, könnts euch ja vorstellen. Der Papa ist ja im Vorstand der Brauerei. Die setzen ihm richtig zu. Schlechte Publicity während der Wiesn und so weiter. Das kann von denen keiner brauchen. ›Neue Leiche im Wiesnbier‹, ›Im Wiesnbier ertrunken‹, ›Saufen, bis der Tod kommt‹ und so weiter. Kein Spaß, kann ich euch sagen. Er zieht sich jetzt immer mehr ins Familienleben zurück, da bring ich ihm halt öfter meine Tochter. Da blüht er wenigstens noch ein bisserl auf.«

»Was sagt er denn über den Stand der Ermittlungen?«, wollte der Malte Rosen wissen und hat wie immer seine rahmenlose Brille zurechtgerückt und seinen Kinnbart gestreichelt.

»Die tappen völlig im Dunkeln. Wälzen die Personalakten, durchkämmen das Privatleben der beiden Toten.«

»Da finden s' ned viel, ned viel«, hat sich der Ehrensberger zu Wort gemeldet und definiert an der Kathi vorbeigeschaut, also anvisiert. »Die waren durch und durch Junggesellen und verschroben bis dorthinaus. Ich bin mir gar ned sicher, ob die Freunde gehabt haben, haben.«

»Ein paar schon«, hat der Sanktus gesagt. »Von Stammtischen und vielleicht aus der Berufsschule. Früher sind die Brauer während des Blockunterrichts noch alle in München geblieben. Ich war zwar einer vom Kellerer seinen Freunden, aber ganz hat er einen nie an sich rangelassen. Er hat zwar viel erzählt, aber nie was Genaues aus der Vergangenheit. Ganz komisch. Früher war alles einfacher und gemütlicher hat er immer gesagt. Und gegen die Moderne musst dich wehren, Bua, die entfremdet dich. Drum hat er sich auch so über die ausländischen Übernahmen von Münchner Brauereien ärgern können. Des hat ihn zur Weißglut gebracht.«

»Weißeglute, Weisehaupte, weiße gar nix mehr!«

»Giovanni, halt deinen Rand und verarsch mich ned. Ich kann auch bös werden«, hat der Sanktus gebelfert.

Der Giovanni hat dem Schlauch-Gernot einen Rempler mit dem Ellenbogen gegeben und beide haben sich wieder einmal gebogen vor Lachen.

»Selig sind die Armen im Geiste, denn ihrer ist das Himmelreich!«, hat der Malte zitiert und bloß noch den Kopf geschüttelt. »Gut. Die Polizei ist wieder einmal jenseits jeglicher Erkenntnis. Wir sollten die edle Katharina aber noch über das Schreiben der *Keeper of the oath*, wie sie wohl in der englischsprachigen Welt heißen dürften, aufklären. Im Lateinischen wären sie wohl dann die *conservatori ius iuris iurandi,* oder zumindest so ähnlich …? Na, Sanktus Gambrinus, walte doch bitte deines Amtes.« Dabei hat der Malte weltmännisch mit der Hand herumgefuchtelt und altklug mit dem Kopf gewackelt.

»Dass der immer so gschwollen daherreden muss?«, wollte der Gernot wissen.

»A Preiß halt, Preiß halt!«, war die kurze, prägnante Antwort seitens des Ehrensberger Helmut.

Sanktus Monolog, Kathi Auditorium.

»Respekt!«, war alles, was die Kathi noch herausgebracht hat, als der Sanktus fertig war. »Das mit dem Mordanschlag auf den Romanov hat der Papa auch schon gewusst. In der Braubranche bleibt ja nix geheim. Jeder kennt jeden. Da wird so was schon einmal publik, obwohl der Nachrichtenaustausch mit den Ausländern eher nicht funktioniert, ja eher unterbunden wird, aber ein bisserl was dringt immer durch. Man glaubt, dass sich einer am Romanov rächen wollte, weil's der faustdick hinter den Ohren hat und es sich mit so manchem schon wegen Geld, Frauen, Big Business und so weiter verdorben hat. Warum genau, weiß man aber nicht. Vielleicht erzählt er's dir noch irgendwann.«

»Das glaub ich weniger. Sonst hätt er mir ja den originalen Erpresserbrief gezeigt. Na, na, ich weiß auch nicht, warum er mir überhaupt den ganzen Mist erzählt hat. Halt, da fällt mir noch was ein. Der Linseisen ist verschwunden. Keiner weiß, wohin, Urlaub oder nicht. Der Romanov hat mir noch anvertraut, dass er meint, dass dem Linseisen auch was zugestoßen ist, weil das Orakel nie länger verreist. Wir sollten uns da auch mal kundig machen.«

»Und den haben auch die Illuminaten auf dem Gewissen?«, wollte der Malte wissen. »Ich bin begeistert.«

Der Bummerl hat jetzt zum Kochen angefangen.

»Illuminaten, Illuminaten, wer behauptet denn, dass es unbedingt die Illuminaten sein müssen? Wer weiß, was für ein Geheimbund dahintersteckt. Da gibt's wahrscheinlich Hunderte …«

»Es ist Opus Dei!«, hat der Malte angefangen. »Ja, genau. Die müssen es sein. Der Katholizismus soll wieder in den Traditionsbrauereien Einzug halten, genau so ist's. Alles vom bayerischen Papst inszeniert.«

»Malte, verarsch mich nicht. So ein Käs!«, hat der Bummerl jetzt fast geplärrt. »Ich hab's im Urin, dass da geheimbundmäßig was faul ist und du bringst mich nicht davon ab. Der Briefkopf. Das Auge in der Pyramide, das Sechseck …«

»Das Hexagramma macht dir Pein?« Einwurf Malte. »Hab nun, ach! Philosophie, Juristerei und Medizin und leider auch das Brauwesen! durchaus studiert, mit heißem Bemühn …«

»Pentagramm, du Volldepp!«, hat der Bummerl gekontert. »Dem Goethe seinen Faust kannst dir sparen und meine wirst gleich spüren, dann kannst dein Bier mit einem Aug sieden, du Aff. Der Zoigl, also das Zeichen, dass in einem Haus Bier gebraut worden ist. Bevor du in München den Zoigl vor das Haus hast hängen dürfen, hat der Bier-Beschauer, der Pir-Beschauer, kommen und das Gebräu für gut befinden müssen. Das war schon im fünfzehnten, sechzehnten Jahrhundert. Der Bier-Beschauer hat Schaum, Aussehen und Geschmack geprüft und damit wohl auch die Reinheit, verstehst? Ich hab gelesen, das Amt wurde 1491 in München dem Propst der Zisterzienserabtei Fürstenfeld, einem Ratsherren und zwei braven Bürgern übertragen. Das könnte der Ursprung der Hüter des Eids gewesen sein.«

»Und das Brauerwappen ist Zierde?«, wollte der Sanktus wissen.

»Das Wappen gehört zum Brauer dazu. Das ist nicht wegzudenken«, hat der Bummerl weitergemacht. »Es thront in der Mitte. Die Schaufel zum Malzhaufen Gamsen, also Umschichten, das Maischscheit zum Rühren und der Scheffel, sozusagen die heilige Dreifaltigkeit des Bieres.«

»Gut«, hat der Sanktus zusammengefasst. »Jetzt haben wir alles über die gängigen Geheimbünde eruiert, aber weitergekommen sind wir nicht. Wer hat den Hias und den Erwin umgebracht, und vor allem, warum?«

Betretenes Schweigen in der ganzen Runde. Die Kathi hat den Sanktus zärtlich gestreichelt, sozusagen Trost.

»Ich bin mir sicher, dass wir weiterkommen, wenn wir was über den Mordanschlag am Romanov rausfinden«, hat der Sanktus verkündet. »Derweil sollten wir das Privatleben der beiden Toten durchforsten. Wie, müssen wir noch aufteilen. Dann setzen wir uns wieder zusammen, oder?«

Nachdem der Gernot, der Helmut und der Giovanni bisher eher wenig mit Fahndungsergebnissen aufwarten konnten, wurden sie insbesondere mit dieser Aufgabe betraut.

Nicken, kleine Diskussion, alle einverstanden.

Die Kathi hat dem Sanktus einen dicken Kuss draufgedrückt und der gemütliche Teil des Abends hat anfangen können.

Nach dem Zusammentreffen der Detektiv-Brauer ist der Sanktus mit der Kathi Arm in Arm durch das nächtliche Haidhausen geschlendert. Ihr Weg hat sie an der alten Kirche vorbei in die Seeriederstraße geführt. Vorbei am früheren »Blauen Engel«, einem bajuwarisch angehauchten derben Varieté-Sexschuppen, seinerzeit furchtbar modern, heute seit Langem geschlossen wegen fehlender Klientel. Wenn du weitergehst, kommst du an einer Nachstellung eines der ersten Haidhausener Bauernhöfe, ganz in Holz gehalten, vorbei. An diesem Eck hat Sanktus' Uroma um neunzehnzwanzig in einem der niedrigen Häuser ein Kohlengeschäft gehabt. Wilde Verhältnisse, aber immerhin Geschäft. Durch die Milchstraße sind die beiden dann in Richtung Kellerstraße, in der die Kathi gewohnt hat. Kellerstraße, verstehst du? Zwischen Keller- und Rosenheimerstraße haben die früheren Münchner Brauereien ihre Bierkeller gehabt. Historisch gesehen, Wohnort eins a. Über dem Bierkeller Kastanien wegen des Schattens und der Kühle darunter.

Die Brauereien waren natürlich nicht blöd und haben bald den Bierausschank in den Gärten beantragt, aber da sie leider keine Wirte waren, war ihnen das Bereitstellen von Speisen nicht erlaubt. Was macht der clevere Münchner? Selber mitbringen und er ist erfunden – der Biergarten. Ein Hoch auf die Kellerstraße!

Das Sanktjohanser-Herz hat gerast, warm und kalt ist ihm worden, und vom Zittern gar nicht zu reden. Die Kathi hat ihre Hand an seinem Hintern zwischen Hose und der darunter gehabt, was Sanktus' Erregung nicht gerade beschwichtigt hat. Er, seine Hand an ihrer Hüfte, eher brav, weil an mehr noch nicht zu denken, sonst Unglück.

»Schee war's«, Kathi zum Sanktus – also schön!

»Schee war's scho!«

»Ganz schee war's!«

»So schee war's überhaupts no nia!«

»Tscharlie, oder?«

»Freilich, Münchner Gschichten!«

»Haben auch in Haidhausen gespielt.«

»Das waren noch Zeiten, die Siebzigerjahre. Alle haben

noch Bier in rauen Mengen getrunken, kein Bio- und Gesundheitswahn, nur bunt und lässig, Party, ois easy, ein Traum!«

»Schön ist's trotzdem noch in Haidhausen, oder? Die Leute sind noch ein bisserl gemütlicher als in Schwabing. Ruhiger, oder?«

»Na, ja, ich weiß ned. Haidhausen is ja jetzt auch a so – IN?«

»Monaco Franze, oder?«

»Genau, der Kopfeck Manne! Kennst auch alle guten Serien?«

»Freilich! Was glaubst denn du?«

»Hätt mir ja gar nix anderes vorstellen können. Und wo gehen ma jetzt hin?«

»Dahin, wo's immer am schönsten war!«

»Bei dir daheim in der Wohnung? Schlepp mich jetzt ja nicht zur Bavaria wie die Elli den Monaco.«

»Fraaanze!«

»Kathi, bitte ned!«

»Ok. Na gemma ruhig zu mir heim! Auf geht's!«

Wenn du jetzt wissen willst, was in der Wohnung der Kathi alles passiert ist, musst du leider passen, weil im katholischen Alpenland gar nie nicht über Bettgeschichten geschrieben wird. Beim Eindringen ins Kammerfensterl ist spätestens Schluss und es geht erst weiter, wenn die Magd durch eine ungewollte Schwangerschaft so unglücklich ist, dass sie ins Wasser gehen will. Kurz vorher tritt der Kindsvater auf, der von dem Ganzen nichts gewusst hat, ewige Liebe und Treu schwört und alle sind wieder glücklich, es sei denn, es handelt sich um einen Anzengruber Roman, der gern dramatisch endet.

So weit musst du Gott sei Dank die Beziehung zwischen der Kathi und dem Sanktus nicht spinnen. Sagen kannst du, schön war's und der Sanktus hat sich die lackierten Zehennägel einmal ganz von der Nähe anschauen können.

DIENSTAG

N: Zum Wohl, Herr Gschwendtner!

G: Prost, Herr Nussrainer!

N: Jetzt wird's ein Wahnsinn, oder?

G: Wegen dem zweiten Toten meinen S'?

N: O heile Welt! Wohin bist du entschwunden?

G: Sind S' heut ein Poet, Herr Nussrainer?

N: Kennen S' den Trakl? – Georg Trakl – Österreicher. Sehr negative Gedichte. Nur Düsternis. Heut wär ich eher *so* ein Poet.

G: Tragl – Biertragl – Münchner. Des würd ich kennen.

N: O mei, Herr Gschwendtner. Sie sind halt eher mehr Praktiker als Literat, gell.

G: Wahrscheinlich, Herr Nussrainer, wahrscheinlich.

N: Zwei Bierbrauer tot. Einer im kalten, der andere im heißen Bier ertrunken und das in der Hauptstadt des Gerstensafts während der Wiesn. Schämen muss man sich. Langen nicht die Naturkatastrophen, die Kriege, die Terroranschläge, die Epidemien? Nein! Auf unsere Brauer haben s' es auch noch abgesehen. Und wenn s' alle umbracht haben, dann haben wir irgendwann vielleicht zuerst Norddeutsche oder österreichische und am End gar indische Braumeister ... da magst doch gar nimmer, oder?

G: Meinen S' ned, dass s' jetzt a weng übertreiben, Herr Nussrainer?

N: Ich hab heut meinen Bierblues, Herr Gschwendtner.

Ich möcht mich in eine heile Traumwelt trinken. Einfach meine Ruh haben. Keinen Stress. Nur innerer Frieden mit mir selber. Die Welt ist doch nimmer normal, heutzutag, oder?

G: *Das*, wenn kein Blues ist? So kenn ich Sie gar ned, Herr Nussrainer. In eine Traumwelt trinken. So fängt die Misere erst richtig an. Jetzt reißen S' sich einmal zusammen. Hinschauen, ned wegschauen. Der Fall muss gelöst werden. Dann schaut die Welt auch gleich wieder besser aus. Jetzt unterstützen wir einmal unsere Polizei und trinken ganz kräftig auf sie. Prost, Herr Nussrainer!

N: Prost, Herr Gschwendtner. Gut gesprochen. Jetzt kann mit unserer Hilfe eigentlich nix mehr schiefgehen, gell?

G: Genau. So isses!

*

Das Aufstehen am nächsten Morgen war in mehrerer Hinsicht ein Graus für den Sanktus. Erstens viel zu früh, weil noch heim und frische Sachen, zweitens schön kuschelig im Bett von der Kathi und überhaupt – wer mag von einer nackten Frau schon weg in die Arbeit?

Daheim, beim Umziehen, ist ihm seine Schwester auf dem Gang begegnet, die ihn teils wütend, teils neugierig abgepasst hat.

»Kannst du ned amal kurz anrufen, wennst ned heimkommst? Man macht sich doch Sorgen ...«, hat die Anna angefangen.

»Ja, mei, scho ...«, seitens Sanktus.

»Könnt ja was passiert sein, aber der Herr hat's ja ned

nötig. Ich sorg mich die ganze Nacht, und er ist beim Strawanzen.«

»Ja, mei, scho, weißt …«

»Fredl, ich hab's aufgegeben. Du wirst nimmer erwachsen. Einem Sechzehnjährigen muss man so was sagen, aber doch ned einem erwachsenen Mann.« Pause. »Wo warst jetzt eigentlich?«

Der Sanktus ist wortlos in Richtung Dusche.

»Der hat doch eine kennenglernt … Ich merk des doch! Ganz genau merk ich's …«, hat er die Anna noch murmeln hören können.

*

Als der Sanktus um halb sieben in der Früh durch das Eingangstor in die Brauerei hineingegangen ist, hat er kurz zum Quasi, der in seiner Loge gesessen ist, hinübergeschaut. Der Quasi, sonst lustig und fidel zu jeder Tages- und Nachtzeit, hat an diesem Tag den Eindruck gemacht, als wäre ihm die Milch sauer geworden.

»He, Quasi. Lachen! A bisserl mehr Enthusiasmus!«, hat der Sanktus hinübergeplärrt.

Den Quasi hat's förmlich gerissen und schon hat er sein unverwüstliches Grinsen wieder aufgehabt.

»Was is los, Quasi? Is dir a Laus über d'Leber glaufen?«

»Naa, naa! Sanktus! Alles klar. Mich ham s' nur in der Früh schon wieder geärgert und ich hab gestern zu tief ins Glas gschaut. In meinem Alter verträgt man des halt nimmer so gut!«

»A was! So alt bist jetzt du doch auch wieder ned! Wie alt wirst denn sein? Ungefähr so alt wie der Kellerer oder der Riemensberger?«

»Ja, ja«, hat der Quasi gegrübelt. »Des kommt ungefähr hin. Also nimmer der Jüngste. Jetzt siehst es selber. Und was steht heut an?«

»Hell, Pils auf dem Einser-Filter und Dunkel und Bock auf dem Zweier. So wie ich den Master kenn, laufen schon alle zwei und des Dunkle is scho durch. Der glaubt wahrscheinlich, er muss fertig sein, bevor man die nächste Leiche findet.«

»Sag so was ned, Sanktus«, hat der Quasi gestammelt. »Da läuft's mir gleich saukalt den Buckel runter. Nur nix verschreien, gell! Nur nix verschreien.«

»Hast recht, Quasi. Es dürft mit zwei Toten schon amal eine Ruh sein. Ich hoff's zumindest.«

»Ich auch, Sanktus. Ich auch! Also, jetzt schau, dass du in deinen Filterkeller kommst, sonst ist der Master komplett fertig und zerreißt sich den ganzen Tag s' Maul über dich, weilst so langsam warst.«

»Um Gottes Willen. Des übersteh ich ned. Da schick ich mich lieber. Ciao, Quasi.«

Bei der Brotzeit um neun Uhr ist der Sanktus wie am Vortag mit dem Bummerl zusammengesessen. Der Bummerl hat gerade eine Portion Leber- und Blutwurst mit Kraut und Kartoffeln verdrückt und der Sanktus hat sich an einer gewaltigen kalten Schweinshaxe mit Brot und Meerrettich versucht. Dazu eine Maß Stern Dunkel, wegen der geschmacklichen Abstimmung. Menge und Sorte proportional zur Intensität des Gerichts.

»Sanktus, ich hab gestern Nacht noch ein bisserl im Internet herumgestöbert!«, hat der Bummerl mampfend von sich gegeben.

»Kannst du ned schlafen? Hast doch heut um vier schon wieder angefangen!«

»Ich kann zurzeit wirklich nur sehr schlecht schlafen, weil mir das Ganze einfach nicht aus dem Kopf gehen will. Das kann einfach nicht so sein, wie wir das glauben.«

»Gott sei Dank!«, hat der Sanktus geseufzt. »Endlich keine Verschwörungstheorien mehr.«

»Nein ganz im Gegenteil. Schon Verschwörung. Wenn überhaupt, dann nur Verschwörung. Es geht doch kein Fremder, sei's ein vom Bärenbräu angeheuerter Killer oder ein Feind vom Kellerer, einfach in eine Brauerei rein und versenkt so mir nichts, dir nichts den Kellerer und den Riemensberger, kann so mir nichts, dir nichts wieder von der Bildfläche verschwinden und keiner hat was gemerkt. Das muss doch von langer Hand geplant worden sein. Das war doch kein Pappenstiel. Da steckt doch was Größeres dahinter. Da hab ich mir gedacht, gehst ins Internet und …«

»Bevor du weitermachst, Bummerl, ich hab auch was rausgefunden. Der Zoigl, der dir so gfällt, spiegelt in der Mystik die Todsünden wider.« Der Sanktus hätte am liebsten laut rausgeprustet, als er das Gesicht vom Bummerl gesehen hat.

»So ein Schmarrn!«, hat der Bummerl fast geplärrt. »Erstens sind's sieben Todsünden. Und das weiß doch ein jeder Brauer, dass der Zoigl für die drei Elemente, die an der Bierherstellung beteiligt sind, und die drei Zutaten steht, also Wasser, Luft, Feuer, Malz, Hopfen, Wasser.«

»Und die Hefe? Wo ist die? Da brauchen wir dann einen Zacken mehr, also sieben. Doch Todsünden, Bummerl?«

»Herrschaftszeiten. Mit dir ist doch keine vernünftige Diskussion zu führen. Da gehst doch kaputt. Tust und tust, bist Nächte im Internet und nichts is recht.«

»Bummerl, ich will dir nur zeigen, dass du dich nicht in irgendwelche Theorien verrennen sollst, aus denen du nachher nicht mehr herausfindest und nichts mehr objektiv betrachten kannst. Ich kann mir einfach nicht vorstellen, dass es in einer so bodenständigen Berufssparte, wie die Brauerei eine ist, Geheimbünde geben sollte. Es kennt doch jeder jeden. Jeder weiß Bescheid. Was soll denn da noch geheim sein?«

»Bünde, Bünde, Sanktus. Wenn's wo Bünde gibt, dann doch in der Brauerei. Brau- und Malzmeisterbund da, Studentenverbindung dort, ehemalige und ausländische Studentenvereine, Stammtische und das alles in zigfacher Ausführung. Warst du eigentlich in der Studentenzeit in einer Verbindung?«

»Nein, war nicht mein Ding. Bin ja eher ein Eigenbrödler, weißt du. Da wär mir das Fuxendasein mit Fuxenstunden und Veranstaltungen, auf denen du ständig präsent sein musst, einfach zu sehr auf den Sack gegangen.«

»Also! Du weißt also auch nicht, was da zwischen den Aktiven und den Alten Herren, oder wie die heißen, alles so vor sich geht? Wer weiß? Vielleicht beherbergen die Verbindungen solche Geheimbünde. Das sollte ich mir doch mal genauer im Internet anschauen.«

»In Ordnung, Bummerl. Ich geb's auf mit dir. Erzähl, was hast rausgefunden? Steht im Internet, wer unser Mörder ist?«

»Also, es ist nicht viel und doch wieder viel!«

»Aha, wenn's so weitergeht, wird's bestimmt sehr interessant. Ein wenig klarer, vielleicht? Wenn's möglich ist?«

»Lass mich doch erst einmal ausreden. Also, die Hüter des Eids scheint's wirklich zu geben. Da schaust, gell! Wenn du ein bisserl intensiver recherchierst, findest du sie in alten Zeitungsartikeln immer im Zusammenhang mit Lebensmittelskandalen. Seien's Getränke oder was zum Essen.

Sie werden immer als anonyme Kläger bezeichnet, die ein Unternehmen so weit bringen, Versäumnisse oder Mängel ihrer Produkte an die Öffentlichkeit zu bringen. Es ist davon die Rede, dass die Lebensmittelüberwachungsbehörden teilweise von den Hütern des Eids Tipps erhalten haben, falls das Unternehmen selbst nicht eingelenkt hat. Diese Vorgehensweise geht zum Teil so weit, dass einige Verantwortliche von Unternehmen durchaus Selbstmord verübt haben. Wer die Hüter des Eids sind, ist natürlich unbekannt. Dokumentiert ist ihr Auftreten erst seit Anfang der Siebzigerjahre.

Dann hab ich unerklärliche oder ungelöste Todesfälle in Brauereien untersucht. Da ist nichts im Internet gestanden. Ich hab aber einen Spezl bei der Zeitung. Grad vorher hat er mich angerufen. Es gibt durchaus über ein paar Jahrzehnte ungelöste Todesfälle in diversen Brauereien. Verteilt über ganz Europa. Sie scheinen aber nicht durch eine bestimmte Methode verbunden zu sein. Meistens hat man sich zum Schluss dann doch auf einen Unfall oder Selbstmord geeinigt. Pass auf und jetzt kommt's! Ab und zu war der mysteriöse Todesfall nach einer Drohung durch die Hüter des Eids. Was sagst? Jetzt kommst du!«

»Baff, Bummerl. Ich bin baff. Und des steht alles im Internet?«

»Nein, hab ich dir doch gesagt. Im Internet und das meiste weiß ich von meinem Spezl. Den hab ich sofort angespitzt, wie du mir gestern von den Hütern erzählt hast.«

»Also gibt's mehrere mysteriöse Todesfälle in Verbindung mit den Hütern des Eids. Und das über Jahrzehnte?«

»Ned ganz. Eklatant ist es in den letzten fünfzehn Jahren.«

»Also muss ich deiner Verschwörungstheorie doch mehr Glauben schenken, hä?«

»Du solltest zumindest mal versuchen zuzugeben, dass auch ein anderer recht haben kann. Das tät für den Anfang schon einmal reichen.«

»Gut Bummerl. Eins haben wir aber noch vergessen. Jetzt wissen wir immer noch nicht, wie dein Geheimbund mit dem Hias und dem Erwin zusammenpasst. Ich glaub immer noch, dass wir mehr wissen, wenn wir herausbekommen haben, wer auf den Romanov geschossen hat. Ich schlag Folgendes vor. Du kümmerst dich weiter um die Hüter und ich fratschel den Bichä noch mal über den Mordversuch aus. Außerdem befragen wir beide noch ein paar Kollegen. Vielleicht kriegen wir da noch was Brauchbares raus.«

»Gut, wird gemacht. Herrschaft, schon wieder halb zehn. Also Prost. Telefonieren wir dann nachher. Servus, Sanktus.«

Auf dem Weg in den Filterkeller ist der Sanktus an einer Herrentoilette, weil Damen-WC eher Mangelware in der Brauerei, vorbeigekommen. Von drinnen hat er die Mali, eine der Putzfrauen, schimpfen hören.

Die Wildgruber Amalie, wie sie sich geschrieben hat, war gerade dabei, ein Klo zu reinigen, was scheinbar ihren aufgebrachten Zustand verursacht und ihr sowieso schon gut durchblutetes Gesicht noch röter gemacht hatte.

»Saubärn, olle miteinand, Dreckhammeln. Oiwei piesln s' mir danem. Soi i mi histoin und eahna eahnan Zipfe soiba neihoitn?«, hat die Mali mit hochrotem Kopf zum Besten gegeben. »Na, na. *Do*, wennst ned narrisch werst, na woaß i's a ned!«

»Mali, schimpf halt ned gar a so. So schlimm wird's ja doch ned sein, oder?«, hat der Sanktus in das WC hineingerufen.

»Jo, jo. Aufpassn tun s' überhaupts ned, die Mannsbilder!«

Die Mali hat jetzt einen Gang zurückgeschaltet, dialektmäßig zumindest. Höherer Dienstgrad seitens Sanktus, verstehst! Hat schon mal eine Uni von innen gesehen, also »gstudierter Herr«. Da kann man nicht so einfach, wie man will.

»Ein Zustand is des. Mit mir können s' es ja machen, meinen s' zumindest, die Herrschaften.«

»Du, Mali, weil ich dich grad treff. Was sagst denn zu unseren zwei Leichen?«

»Was i da sag? Gar nix mehr sag i. Fragt mich ja a keiner.«

»Scho, scho, Mali. Jetzt hab dich aber ich gfragt. Da könntst schon a bisserl was rauslassen. So a Raumpflegerin, sagt man heut so, oder, weiß doch normalerweis viel mehr wie alle andern.«

»I? Mehr wie alle andern? Glaubst?«

»Glaub i definitiv!«

»Meinst?«

»Mein ich, ja!«

»So, so. Wennst du des meinst, Sanktus! Dann könnt ich mir vorstellen, dass die zwei des wahrscheinlich verdient ham.«

»Verdient, wie meinst jetzt des, Mali?«

»Na, so wie ich's gsagt hab.«

»Wie's d' es gsagt hast, hab ich schon verstanden, aber durchblicken tu ich ned ganz.«

»Des warn keine Heiligen, der Kellerer und der Riemensberger. Überhaupts ned. Die ham die Leut ausgerichtet, wo s' nur können ham. Überall ham s' dazwischengfunkt und sich in alle Angelegenheiten hineingmischt. Ham gmeint, sie können alle nach ihrer Pfeife tanzen lassen, nur weil sie sozusagen die Dienstältesten sind. Wenn irgendjemand was gmacht hat, was denen nicht gepasst hat, ham s' ihn sofort beim Braumeister hinghängt oder denjenigen eine Brotzeit zahlen oder eine Drecksarbeit für sie erledigen lassen. Heilige warn des gwiss keine. Des is dann so weit gangen, dass s' gegen andere Brauereien gewettert haben, aber die Gschichte kennst ja, Sanktus.«

»Da legst dich nieder.«

Dem Sanktus ist jetzt nicht mehr ganz wohl in seiner Haut gewesen. Das Bild von seinem Freund und der heilen Münchner Brauwelt ist schön langsam zerbröckelt.

»Dann haben die praktisch ihre Kollegen erpresst.«

»Naa, naa, des hab ich ned gsagt. Erpresst ist zu hart. A bisserl ausgnommen trifft's eher. Vielleicht sind die drei ja irgendwann zu weit gangen und einer hat sich's dann nimmer gfallen lassen!«

»Drei, Mali, wieso drei?«

»Hab i jetzt drei gsagt …? Komisch, gell!«

»Drei hast gsagt. Laut und deutlich hab ich's ghört!«

Die Mali hat jetzt wie ein in die Enge getriebenes Tier ausgeschaut und der Schweiß ist ihr auf der Stirn gestanden. Die Nase ist ihr gelaufen. Sie hat den Rotz mit ihrem Unterarm ab- und damit in ihren Schurz hineingewischt.

»Dann musst dich laut und deutlich verhört haben, weil es waren ja nur zwei Leichen.«

»Leichen schon, aber Möchtegern-Erpresser könnten's doch durchaus drei gewesen sein!«

»Könnten's schon, ja, aber dass sie's waren, glaub ich ned.«

»Glaubst ned, Mali?«

»Eher ned, nein!«

»Warum hast dann drei gsagt?«

»Hab ich des wirklich, ha?«

»Scho!«

»Scho, so, so! Weißt Sanktus, in meinem Alter, da verredt man sich halt einmal. Ich bin halt dann doch schon eine alte Frau, gell. Kurz vor der Rente. Und die krieg i nur voll, wenn i bis zum Schluss arbeit und ned nausgschmissn werd. Und deswegen muss i jetzt weitermachen und dem Dr. Müller sei Büro noch putzn, gell. Also dann, pfiat de Sanktus. Servus!«

Und weg war die Mali.

Diese Neuigkeit hat der Sanktus dem Bummerl so schnell wie möglich erzählen müssen, aber unter vier Augen. Lieber nicht am Telefon, wer weiß, wer da zuhört. Zwei Leichen waren genug.

Im Filterkeller angekommen hat der Sanktus alle Parameter kontrolliert, sprich auch probiert. Der Bock war vom Allerfeinsten. Dunkel, malzig, aber nicht zu süß, sodass er wie Öl die Kehle runtergelaufen ist. Da hat der Sanktus zur Sicherheit noch einen zweiten Pfiff genommen und bei göttlichem Getränk auf eine göttliche Eingebung gewartet.

»Der Bär muss her. Freilich, der Bär muss her! Ich Depp!«, hat er sich selber sagen hören und schnell den letzten Bockrest ausgetrunken.

Der Bär und der Riemensberger hatten zusammen im Lagerkeller gearbeitet. Einer in der Frühschicht, einer in der Spätschicht. Vielleicht hatte der am Todestag des Riemensbergers etwas mitbekommen und konnte mit einem Anhaltspunkt aufwarten.

Der Bär hat in Wirklichkeit Lohbrunner Hubert geheißen und hat seinen Spitznamen wegen seiner Größe und seines wilden Aussehens gehabt: Lockenkopf und mächtiger Vollbart, aber sonst eher zahm.

Also schnell rüber in den Lagerkeller.

»Servus, Bert«, hat der Sanktus den stämmigen Brauer begrüßt.

»Griaß de, Sanktus! Was gibt's?«

»Ja, mei, wenn des so einfach wär«, hat der Sanktus angefangen, »der Bock ist gut.«

»Scho, weiß ich! Dunkel ist er auch, falls des dir no ned aufgefallen wär. Aber bist deswegen extra herkommen? Wenn ja, lasst mich weiterarbeiten. Ich muss heut einmal pünktlich rauskommen. Oder sagen wir, bevor die nächste Leich gfunden wird. Weil des zieht sich immer so mit den Befragungen, weißt.«

»Na, eher wegen dem Erwin – bin ich kommen – mein ich!«

»Wegen dem Erwin. Der is schon eine Leich. Wegen dem brauchst doch eigentlich nicht mehr kommen!«

»Na, eher wegen seinem Tod. Ich mein, es war Mord und der Bummerl meint's auch. Was meinst denn du?«

»Ich mein, dass zwei Leichen reichen«, hat der Hubert gesagt.

»Willst nix sagen?«

»Kommt jetzt ganz drauf an, was d' fragst!«

»Ich wollt eigentlich nur wissen, wie es an dem Tag, an dem du den Riemensberger das letzte Mal gesehen hast, zugegangen ist!«

»Hmh. So wie immer, eigentlich«, hat der Hubert angefangen. »Ich bin um sieben in den Keller runterkommen. Der Erwin hat mir wie immer kurz erklärt, was er schon gemacht und vorbereitet hat. Ich hab dann vor dem Schlauchen alles kontrolliert. Derjenige welche Tank war schon an der Leitung angeschraubt und vorgewählt. Geht ja alles automatisch. Ich wähl den Tank vor und der Gärkeller wählt seinen und wenn ich das Schlauchen freigeb, dann geht's los. Dann läuft's, das Bier. Der Erwin hat gemeint, ich muss nur noch »quittieren«, dass es halt dann wirklich losgeht. ›Gwuidieren‹, hat er immer gesagt, der Erwin. Ich bin dann zum Gernot in den Gärkeller, hab alles ausgemacht, bin zurück und hab quittiert. Die Steuerung hat das Wasser ausgeschoben und dann beim Bier automatisch auf den Tank umgestellt. Wie der Erwin in der Zwischenzeit in den Tank reingekommen ist, ist mir ein Rätsel. Wirklich, Sanktus. Mehr weiß ich ned! Am nächsten Tag hat's dann geheißen er sei krank.«

»Passt scho, Hubert. Vielen Dank. Du hast mir schon sauber weitergeholfen. Merci!«

»Nix zum Mercen. Gern gschehn!«

Eines war dem Sanktus jetzt klar. Nachdem der Riemensberger wohl kaum seinen eigenen Todestank von außen verschließen hat können und zwar so, dass nichts rausläuft, muss sich der Täter sehr gut in der Brauerei ausgekannt haben, was den Täterkreis nicht unwesentlich verkleinert hat. Glaubst du auch, oder? Weil ein Laie weiß bestimmt nicht, wie man so ein Tankmannloch fachgemäß verschließt. Bloß wer war der Mörder? Himmelherrgottsakrament! Natürlich der, der sich an Stelle des Riemensbergers krank gemeldet hatte. Der Sanktus hätte vor lauter Wahnsinn an die Decke gehen können. Wenn ihm was zugesetzt hat, dann waren es ungelöste Rätsel und vor allem die, die ihn selber betroffen haben. Es wurde wirklich langsam Zeit, den Mord aufzuklären.

Plötzlich hat es den Sanktus gerissen, und ein Blitz ist ihm durch den Magen gefahren. Ihm ist kurz schlecht geworden. Der Dr. Müller war's, der den Sanktus so erschüttert hat. Ein Bericht der Sachlage ist angestanden. Ihm war eher unwohl bei dem Gedanken, weil er eigentlich niemandem zu diesem Zeitpunkt etwas von seinen Möchtegern-Ermittlungsergebnissen verraten wollte. Gerade jetzt, wo er sich sicher war, dass der Täter aus den Brauereireihen hat kommen müssen. Nicht, dass er den Dr. Müller irgendwie verdächtigt hätte, aber infrage wäre doch ein jeder gekommen. Nicht unbedingt vom Sternbräu, das war ihm klar, aber Vorsicht ist die Mutter der Weisheit, gell.

»Ah, unser bestes Stück!«

»Wenn Sie das sagen, Fräulein Huber, ist's für mich eine besondere Ehre!«

»Sie sind nicht besonders ironisch veranlagt, Herr Sanktjohanser. Liege ich richtig?«

»Genau! Ich habe mir gedacht, Sie hätten vielleicht eine Erleuchtung und wollten mir schmeicheln.«

»Na, wenn das mal keine überzogene Hybris ist, dann weiß ich es auch nicht.«

»Ja, ja, das Fräulein, jetzt versucht sie's mit Fremdwörtern, dem armen kleinen Brauer zu imponieren. O mei. So, jetzt Schluss mit den Spaßettln. Ist der Doktor da? Mir pressiert's.«

Dem Fräulein Huber ist das Gesicht eingefroren. Wenn du vor ihr gestanden wärest, hättest du an ihren Stirnfalten sehen können, wie sie vergeblich um eine Retourkutsche bemüht war. Ihr ist aber scheinbar nichts Passendes eingefallen und so hat sie's dann aufgegeben und den Sanktus in das Büro des technischen Leiters gelotst.

»Ah, Sanktjohanser!«

Der Dr. Müller ist hemdsärmlig mit Krawatte von seinem Arbeitstisch mit einem Familienbild in der Hand gestanden.

»Es geht doch nichts über eine intakte Familie!«, hat

der Betriebsleiter gemeint. »Stimmen S' mir da nicht zu, Sanktjohanser?«

»Schon, schon, Herr Dr. Müller. Sagt meine Schwester auch immer.«

»Dann heiraten S' doch mal. Würde Ihnen bestimmt guttun. Ich bin ganz vernarrt in meine kleine Enkelin. Hab sie ja praktisch mit großgezogen. Aber zum Wesentlichen. Wie stehen die Ermittlungen?«

»*Das*, wenn ich wüsst. Ich hab immer das Gefühl, als ob ich das Ganze gleich lösen könnt und im nächsten Moment ist's schon wieder vorbei.«

»Gibt's was Neues von den Hütern des Eids?«

»Der Hirschberger recherchiert da gerade. Ich werd aus alldem nicht schlau. Irgendwie hab ich die Vermutung, dass die Sache mit den Hütern des Eids mit unseren Morden zu tun hat, aber ich kann's nicht beweisen. Mir fehlt da noch ein Zusammenhang. Und warum sollte so ein Spinnerverein zwei stinknormale Bierbrauer umbringen? Ich glaub's einfach nicht. Aber irgendwas ist da trotzdem.«

»Sanktjohanser, ich würd die Hüter des Eids vergessen. Ich glaub auch nicht, dass es in Wirklichkeit einen solchen Geheimbund gibt. Was hätte der in der Bierwelt für eine Funktion? Es gibt so viele legale Verbindungen und Stammtische bei uns. Da ist doch ein Geheimbund wirklich fehl am Platz.«

»Aber, haben Sie nicht gestern so was gesagt, wie *von denen habe ich lang nichts mehr gehört*?«

»Hab ich, weiß ich. Aber ich bin mir da ziemlich sicher, dass es die heute nicht mehr gibt. Nein, nein, glaub ich jetzt wirklich nicht.«

»Der Kellerer und der Riemensberger scheinen ja ein sehr eingeschworenes Duo gewesen zu sein. Sollen ihren

Kollegen öfters richtig zugesetzt haben, habe ich gehört. Wissen Sie da was davon?«

»Nein, Sanktjohanser. Hab ich bisher nicht gwusst. Das wird ja immer schöner. Was sollen die denn gemacht haben?«

»Kleine Erpressungen vor allem.«

»Die können nicht so schlimm gewesen sein. Es hat sich nie jemand bei mir beschwert. Könnten es reine Gerüchte sein? Wär das möglich?«

»Wär schon möglich. Apropos Gerüchte. Es geht da eins um, dass sie nicht nur zu zweit, sondern zu dritt waren.«

»Zu dritt?!« Der Dr. Müller hat fast geplärrt, sodass der Sanktus gleich genauso erschrocken ist, als wie ihm eingefallen war, dass er überhaupt zum Betriebsleiter hat müssen. »Tschuldigung! Erhol mich gerade von einer Halsentzündung. Da kommt der ein oder andere Laut etwas verzerrt daher«, hat der Dr. Müller gekeucht und sich mit der Hand an den Hals gefasst. »Wissen Sie, wer der Dritte ist? Man sollte ihn zu seinem Fehlverhalten befragen und gegebenenfalls abmahnen.«

»*Den*, wenn ich wissen tät. Das wär's. Da mein ich, wär der Fall bald geklärt. Wenn's überhaupt einen Dritten gibt. Aber das bring ich auch noch raus. Definitiv!«

»Geben Sie mir bitte umgehend Bescheid!«

»Selbstverständlich. Ich meld mich wieder, sobald ich was weiß.«

Der Sanktus ist wieder runter an seinen Arbeitsplatz. Der Master war schwer am Rotieren, weil der Sanktus für ihn bislang eher wenig Unterstützung war.

»Ah, der zwade Fildrierer. A scho da. Ich geh jetzt ham. Ich bin ferdich. Dusd bidde noch alle Leidungen spülen und die Filder reinichen. Dann bis morchen. Ade!«

»Ade! Genau! Servus, Master!«

Der Sanktus tat, wie ihm aufgetragen.

Nach der Arbeit hat er sich dann auf den Weg zum Kommissar Bichlmaier gemacht. Vielleicht war der inzwischen ein wenig schlauer geworden.

Dem Bummerl hat der Sanktus die Geschichte vom dritten Erpresser leider doch nicht mehr offenbaren können, weil der seine Frühschicht schon beendet hatte.

Er ist dann mit der Trambahn bis zur Theatinerstraße gefahren. Das ist die Haltestelle, an der du aussteigen musst, wenn du zum Promenadeplatz willst, falls du im Bayerischen Hof logierst. Da fährst du aber wahrscheinlich nicht mit der Trambahn, also Schwamm drüber.

Von dort hat er sich durch die Straßen bis zur Ettstraße in die Löwengrube geschlängelt. Jedes Mal, wenn er auf das Portal des Polizeigebäudes geschaut hat, hat er den Inspektor Grandauer und den Amtmann Grüner aus der Serie »Die Löwengrube« vor den Augen gehabt, die mit dem Amtsdiener über die neuesten Entwicklungen des Dritten Reiches gefachsimpelt und gelästert haben. An dieser Stelle hat sich der Sanktus immer überlegt, ob die guten alten Zeiten wirklich besser waren oder ob es nur die Einbildung und das Festhalten am Positiven aus der Vergangenheit sind, die einem das Herz so schwer machen, weil Gedanken an früher, immer Herzweh beim Sanktus. Wenn du erst einmal Zweifel hast …

Im Büro Bichlmaier hat den Sanktus fast der Schlag getroffen.

»Pfeilgrad, mia ham eahm!«, hat der Bichlmaier geradezu rausgeplärrt.

Strahlendes Honigkuchenpferd Dreck dagegen.

Dem Sanktus ist nur noch ein leises, rückversicherndes »Wen?« herausgerutscht.

»Na, wen wohl? Den Attentäter vom Romanov!«

»Ah so! Ich hab jetzt schon gemeint, ihr habts den Mörder vom Kellerer und vom Riemensberger.«

»Naa, das wär ja zu schön. So schnell sind wir auch ned. Der Chauffeur war's. Ich mein, der vom Romanov!«

»Ned der Gärtner, ha? Wieso jetzt grad der Fahrer?«

»Scheinbar war der Romanov mit seiner Alten in der Kiste und das war ihm dann doch ned so recht. Impulsiv sind's ja die Russen. Der Chauffeur ist ja auch einer. Da hat er kurzerhand beschlossen, dass er seinen Chef umbringt beziehungsweise ein bisserl einschüchtert, wie er jetzt behauptet, also sagt er.«

»So, so! So ein Scheißdreck! Zefix, zefix und no amoi zefix! Und ich Depp behaupt immer, wenn wir den Schützen haben, dann wird alles klarer. Der Fahrer! Was soll denn da jetzt klarer sein? Nix, einfach nix!«

»Sanktus, reg dich ned auf. Das wird schon. Wir bringen schon alles raus. Wenigstens weißt jetzt, dass deine Hüter des Eids mit dem Mordversuch nichts zu tun haben.«

»Meine Hüter? Scheißdreck meine Hüter! Dem Bummerl seine Hüter, verdammt! So schaut's aus. Aber geben tut sie's scheinbar schon. Der Romanov hat ja wirklich einen Drohbrief von denen gekriegt und der Bummerl hat im Internet rausgefunden, dass sie in viele Erpressungen in der Lebensmittelindustrie verwickelt waren.«

»Wie, was? Das musst du mir jetzt aber genauer erzählen, Sanktus.«

Als der Sanktus mit seinem Monolog fertig war, hat der Bichlmaier nur noch den Kopf geschüttelt.

»Was der Bummerl alles rauskriegt. Ist ja phänomenal. Da muss ich glatt mal nachforschen. Vielleicht find ich ja auch noch was. Die Geschichte mit der dritten Person ist auch sehr interessant. Derjenige könnte wahrscheinlich so ziemlich alles aufklären. Warum ist sich der Bummerl eigentlich so sicher, dass die Morde beim Stern was mit den Hütern des Eids zu tun haben?«

»Ich weiß es ned, Bichä. Aber irgendwie hab ich's schön langsam auch im Gefühl. Wenn wir das eine lösen, haben wir auch das andere. Das hab ich im Bauch, glaub's mir!«

»Wie beim Chauffeur, oder? Werden wir schon sehen. Aber ich bin ganz zuversichtlich, dass wir zwei den Fall lösen.«

»Und am besten noch während der Wiesn, dass einmal wieder Ruhe in die ganze Sach einkehrt. Was is eigentlich mit dem Attest vom Riemensberger, Bichä?«

»Gfälscht. Ned amal bsonders gut.«

»Na bravo. Also servus, Bichä!«

»Pfiat di, Sanktus. Und trotzdem Vorsicht, gell. Nix übertreiben.«

»Logisch!«

Abgang Hobbydetektiv.

Im Sanktjohanser-Schädel hat es jetzt gesurrt wie ein Schwarm Bienen. Der depperte Fahrer; und alles wegen einer Frau. Die ganze Theorie beim Teufel und der Enthusiasmus ganz unten. Scheiß Morde, scheiß Brauerei und scheiß Beruf.

U-Bahnfahrer in München müsstest du sein. Da hast du deine Ruhe. Zwei Knöpfe drücken und dann »Nächster Halt Marienplatz!« ansagen. Bahn fährt automatisch in den nächsten Bahnhof. Türen entriegeln und »Zurückbleiben bitte!« und dann die zwei Knöpfe und endlich frei von Morden, Bierfiltern und so weiter. Machen tust du's ja doch nicht, aber Gedanke plausibel, oder?

Oder doch Brauer bleiben, aber dann irgendwo in der Sonne, wo der Stress unbekannt und Ruhe und Gelassenheit angesagt ist. Nach der Arbeit Bier und Regeneration im weißen Sand unter Palmen.

Also Augen zu und Film ab. Da kannst du fast das Meerwasser riechen. Jetzt pass auf! Stell dir vor, du stehst im Urlaub vor sämtlichen anderen Individualisten auf. Die Sonne ist schon aufgegangen. Du stehst am weißen Strand und schaust auf das tiefblaue Meer. Viel siehst du nicht, weil das ganze Wasser glitzert in der Morgensonne. Silberner Ozean. Du hörst nichts außer dem Plätschern der Wellen und den Schreien der Seevögel. Es ist eigentlich nicht ruhig, aber viel ruhiger als so manche Stille, weil seelisch, verstehst?

Davon hat der Sanktus jetzt gerade geträumt und wäre noch viel lieber direkt dort gewesen, weil jetzt Nase voll, aber leider war die Münchner Innenstadt zu belebt für lang anhaltende Träumereien. Das Ganze hat die Musik eines peruanischen Pfeiferl-Oktetts endgültig zunichte gemacht, praktisch Ruhe vollends dahin. Früher waren diese Darbietungen noch unplugged, aber heute haben sie riesige Lautsprecher dabei, die ganz München und Umland wahrscheinlich bis hinter Feldmoching beschallen. Angst und Bang kann's dir da werden.

Der Sanktus hat also gar abrupt zum Träumen aufgehört und daher Stimmung sofort wieder ganz unten. Eines war klar. Entweder sieht der Sanktjohanser Alfred bald ein Land in dieser Sache oder die Sache hat ihn gesehen, weil irgendwann wirst du irr! So! Die Ziele hat der

Sanktus abgesteckt gehabt. Letzter Wiesntag war Wüstenrottag! Bewährungsprobe für München!

Stell dir bitte kurz das Lied »Schickeria« von der Spider Murphy Gang vor, weil das hat den Sanktus jetzt aus seinem Tran aus Wut, Selbstmitleid und Weltschmerz über ungelöste Kriminalfälle gerissen. Der Sanktus hat gar nicht gemerkt, dass er inzwischen über eine Stunde durch die Münchner Innenstadt gewandelt war, ohne irgendetwas außer den lärmenden Peruanern wahrzunehmen. Es war inzwischen dunkel geworden und ihm war saukalt.

Schickeria oder Handygebimmel oder doch Schickeria? Der Sanktus hat gemerkt, dass es sein Handy war und schon wieder auf hundertachtzig, praktisch wegen nächtlicher Ruhestörung. Kurzer Blick auf das Display und gleich wieder auf Normalbetrieb, aber Puls jetzt auf hundertachtzig weil die Kathi drin – also im Display!

»Griaß di, Sanktus!«, hat die Kathi angefangen und der Sanktus hätte allein wegen der Art »Griaß di« zu sagen dahinschmelzen können.

»Servus Kathi!« Der Sanktus hat aufpassen müssen, dass er nicht jedes Mal zum Stottern angefangen hat, so nervös war er, wenn er mit seiner Angebeteten geredet hat. »Alles klar?«

»Nein, gar nichts klar. Meine Tochter ist schon im Bett und mir wär jetzt eigentlich schon a bisserl nach Kuscheln zumute, aber es ist leider keiner zum Schmusen da.«

»Des is jetzt blöd, gell. Grad jetzt, wo's dunkel wird. Da wär's erst recht gemütlich!«

»Was d' ned sagst, Sanktjohanser. Ich hab schon immer gwusst, dass du ein gscheiter Bub bist!«

»Ich? Gscheit? Da müsst ich ja jetzt gleich zu dir fahren, oder?«

»Bis gleich!«

Als die Kathi die Tür ihrer Haidhausener Altbauwohnung aufgemacht hat, hat der Sanktus natürlich nicht anders können, als auf ihre Füße zu schielen. Du kannst dir denken: Wetter nicht zu kalt, in der Wohnung behaglich warm und die Kathi barfuß. Dem Sanktus hat es vor lauter gamsig das Wasser zu den Augen rausgedrückt.

»Bist du heut gar ned auf der Wiesn?«, wollte sie wissen.

Der Sanktus kurz vor Berstdruck.

»Nein, ich glaub, ich hab heut was Besseres vor. Oder ned?«

»Ich glaub schon! Komm rein!«

Die Kathi hat den Sanktus durch den langen Gang in das Wohnzimmer auf die Couch und ihn langsam ausgezogen. Es sei nur gesagt, dass sich der Sanktus furchtbar zusammenreißen hat müssen wegen länger als zehn Minuten, weil gar so schön. Gott sei Dank ist es der Kathi scheinbar genauso gegangen und er hat sein Gesicht einigermaßen wahren können.

Wenn du glaubst, jetzt ist die obligatorische Zigarette gekommen, hast du dich geschnitten, weil erstens hat keiner der beiden geraucht und zweitens haben sie sich eine Halbe Stern Dunkel aufgemacht, weil auf der Couch Ploppflasche eins a. Wiederverschließbar hätt's gar nicht gebraucht, weil alle zwei die Flasche auf ein paar Mal hinuntergestürzt haben, dass dir Hören und Sehen vergangen wäre.

Der Sanktus hat die Kathi nur angestarrt.

»Sauber! Du saufst ja ned schlecht!«

Die Kathi hat nur gelacht.

»Na, schau doch dich einmal an. Du bist auch ned viel schlechter, Sanktjohanser.«

»Schon, aber … ist ja wurscht. Des war jetzt gut.«

»Keine Einwände. Sanktus. Weißt, wo ich heut war?«

»Nein, sag's!«

»Bei der Fußpflege, extra für dich! Schau her!«, hat die Kathi gemeint und ihren rechten Fuß hin- und hergereckt.

Der Sanktus hätte jetzt gleich wieder gekonnt, aber die Kathi hat ganz furchtbar zu lachen angefangen.

»Jetzt verarschst mich aber sauber, oder!«, hat der Sanktus wegen des Lachens gefragt.

»Gib zu, du hättst's geglaubt, du Fußfetischist, du. Aber schöne Füße hab ich, da muss ich dir recht geben«, hat die Kathi gemeint und dabei ihre Zehen betrachtet.

»Also ich find den Rest auch ned schlecht!«

»Danke. Dito!«

»Jetzt kommen wir aber knietief in den Schmarrn hinein!«, hat der Sanktus gesagt und die Kathi richtig durchgekitzelt, was in einem wilden Knutschen geendet hat. Wirst du jetzt sagen, wie die Halbstarken, aber mei!

»Was gibt's Neues? Erzähl mal!«

Der Sanktus hat jetzt erst einmal sein verwirrtes Hirn ordnen müssen. Dann hat er angefangen, der Kathi alles zu erzählen. Zuerst alles, was der Bummerl im Internet und von seinem Spezl über die Hüter des Eids rausgefunden hatte, dann vom Mythos des unbekannten Dritten und schließlich vom Fahrer des Romanov, der so gar nichts mit der ganzen Sache zu tun gehabt hat.

»Shit!«, war alles, was der Kathi entschlüpft ist.

»Und dein Papa war recht ungehalten, dass es da einen

Dritten geben könnte. Fast geplärrt hat er und von disziplinarischen Maßnahmen hat er geredet!«

»Der Papa? Disziplinarische Maßnahmen? Gibt's ja gar ned. Was reitet den denn? Der, glaub ich, hat in seiner fünfunddreißigjährigen Laufbahn als Braumeister noch keine einzige Abmahnung geschrieben. Eine jede Unstimmigkeit macht den fertig. Eigentlich ist er ein gutmütiger Waschlappen. Irgendwann hat er mir mal erzählt, dass er eigentlich Pfarrer werden wollt. Na weißt es! Ich weiß gar ned, was ich ohne ihn gmacht hätt, wie ich vor dem Studium schwanger geworden bin. Der Papa hat die Martina praktisch mit mir großgezogen. Er holt sie auch zu sich und der Mama, wann immer es geht. Da bin ich schon recht froh. Wenn sie heimkommt, ist sie immer ganz dasig. Da hab ich dann das Gefühl, dass es ihr bei Oma und Opa viel besser gfällt als bei mir. Das macht mich eigentlich ganz schön fertig. Aber ich will mich auch ned beschweren. Ich hab den beiden so viel zu verdanken!«

»Würd ich mir nichts denken. Bei Oma und Opa ist Betreuung rund um die Uhr und bei dir weht halt ein anderer Wind. Da kann man schon einmal ein bisschen dasig sein, oder, was meinst?«

»Hast ja recht, aber komisch ist's schon! Erzähl amal was von dir. Ich weiß eigentlich noch gar nix«, hat die Kathi gesagt.

»Was willst denn wissen?«

»*Alles*«, ist da die Antwort gekommen.

»*Alles* ist zu viel. *A bisserl was*, da könnt ma drüber reden.«

»*A bisserl was* geht immer, aber des is mir zu wenig. *Fast alles* tät mir gfallen.«

»Tät dir gfallen, gell. Denk ich mir.«

»Schon! Und wie!«

»Gut. Wo soll ich anfangen?«

»Am Anfang halt.«

»Mhm, am Anfang.«

»Schule, zum Beispiel.«

»In die Schule bin ich eigentlich nie gern gegangen und gut war ich auch nie. Das Abi hab ich grad so gschafft. Ein fauler Hund war ich halt. Reden wir lieber von nach der Schule. Da wird's interessanter. Zuerst hab ich beim Stern Brauer gelernt. Da hab ich mir gedacht, jetzt steht mir die Welt offen, verstehst? Danach nach Weihenstephan und dann großer Braumeister in Amerika oder sonst wo. Dazu muss man aber halt von München weg wollen … und vor allem ein Studium schaffen. Sollt man halt, gell! Da hat's dann schon daran gehakt. Mir war alles viel zu theoretisch. Ich wollt einfach ein gutes Bier machen. Weißbier, Bock, Ale von mir aus. Alles ausprobieren und Erfahrung sammeln, weißt. Aber ich hab nix anders gemacht als Differenzialgleichungen gelöst und Fehlerfortpflanzungen errechnet. Da war's aus.«

»Kann's sein, dass du nicht ganz der Meister der Ausdauer bist, ha?«

»Meinst? Könnt schon sein. Ich hab's auf jeden Fall hingeschmissen. In den Brauereien ist's sowieso nicht mehr wie früher. Dann bin ich zur Polizei. Hab da meine Ausbildung gmacht und bin auf Streife gefahren. Am Anfang hat mir die Schicht nix ausgmacht …«

»… ist dir aber dann bald auf den Senkel gegangen, oder?«

»Genau! Weißt ja doch schon alles.«

»War jetzt ned so schwer«, hat die Kathi geantwortet.

»Ned, gell? Aber ich hab einen netten Kollegen gehabt.

Wir waren so wie der Fechser und der Xaver Bartl in München 7. Fast so. Bloß das Drumherum war halt ned so.«

»Gell, ha!«

»Ja, ja. Das war halt so gar ned, wie ich mir des vorgstellt hab. Ewig die Umeinanderfahrerei auf Streife, keine richtigen Einsätze, so wie du's dir vorstellst und dann noch darüber Berichte schreiben.«

»Einfach ned München 7, oder?«

»Naa, wennst es genau wissen willst. Und Polizeiinspektion 1 auch ned, aber ich hätt da trotzdem mal eine Ausdauer gehabt. Einmal hätt ich durchgehalten, aber dann ...«

»Was dann?«, wollte die Kathi wissen.

»Dann hab ich mich einmal in was zu sehr hineingesteigert. Mein Kollege und ich haben in einer Nachtschicht einen Notruf erhalten. Ein Mann hat seine Frau krankenhausreif geprügelt. Einfamilienhaus. Die Nachbarn haben uns informiert. Ich hab am Vortag a bisserl zu lang in der ›Neuen Kirche‹ ausgehalten und hab am Nachmittag zwei bis drei Kontrahalbe gebraucht, wegen dem Schädelweh. Wir fahren also zu dem Haus, weißt, ich steig aus und hör schon den Mann brüllen und seh ihn im Garten auf seine Frau einschlagen. So weit, so gut. Wir wollten gerade auf die beiden zugehen und schlichten, da kommt ihr kleiner Bub aus dem Haus raus und sagt: ›Mama, ich kann nicht schlafen!‹ Da dreht sich der Vater um und gibt dem Buben eine Watschn, dass er reglos im Gras liegen bleibt. Dann hab ich rotgesehen. Der Mann ist einige Wochen im Krankenhaus gelegen. Blöderweise war's ein Politiker und ich leicht angesoffen. War halt meine letzte Aktion bei der Polizei.«

»Und dein Kollege. Hat er dir ned irgendwie helfen oder dich entlasten können?«

»Der Rudi hat alles versucht. Wahrscheinlich wär's sonst noch schlimmer ausgegangen.«

»Und wie ist's dann ausgegangen?«

»Bayerisch!«

»Wie?«

»Der Politiker hat keine Anzeige gegen mich erstattet. Dafür ist er in Ruhe gelassen worden und mich ham s' entlassen.«

»Wie im schlechten Film«, hat die Kathi geseufzt.

»Jetzt wissen wir zumindest, dass die schlechten Filme auch ned bloß erfunden sind«, hat der Sanktus gemeint und gelacht.

»Und dann bist nach Afrika?«

»Ja. Das geht bei den Brauern eigentlich ganz einfach. Ich hab mich mit Spezln aus der Berufsschule getroffen. Einer hat nach der Schule studiert und war schon fertig. Er war in so einer Bierbrauer-Studentenverbindung. Da gibt's in Freising mehrere. Ich hab ihm mein Problem geschildert und ihm verdeutlicht, dass es mich total ankotzt und ich unbedingt weg muss. Möglichst weit weg und ned unbedingt nach China, oder so wo hin. Der Schorsch, also Georg hat er geheißen, hat dann einen Bundesbruder von der Verbindung angerufen, der wieder einen in Namibia gekannt hat und so hat es halt seinen Lauf genommen.«

»Und wie war's da drunten? Erzähl!«, hat die Kathi gedrängt.

»Schön.«

»Wie? Nur schön?«

»Sehr schön. Ich hab mich einfach frei gefühlt. Die Weite von dem Land und vor allem die unkomplizierten Leut. Da hat's wirklich lustige Gsellen da drunten. Einen Mix aus

Schwarzen, Engländern, Holländern und Deutschen. Das Leben ist viel lockerer als bei uns. Alles ist größer und weiter. Viel legerer. Ursprünglicher. Wenn du einen Ausflug machst, wird erst einmal das Auto voll Bier gepackt. Wasser wird da gar ned mitgnommen. Die Leute halten zusammen. Das musst du wahrscheinlich aber auch, wenn der nächste Nachbar dreißig Kilometer von dir weg ist. Was halt noch überhaupt nicht hinhaut, ist das Zusammenleben der Rassen. Das glaubt die Welt bloß.«

»Echt? Bist du dann deswegen wieder abgehauen.«

»Ja und nein. Ich bin mit den Leuten deswegen ned schlechter auskommen, aber es hat irgendwie einen Schatten auf das Ganze geworfen. Der Zauber war einfach weg. Da hab ich wieder weiter müssen.«

»Und bist jetzt wieder in München gelandet. Wie lange glaubst, bleibst dieses Mal?«

»Kommt jetzt ganz auf dich an, tät ich sagen.«

»Warum?«

»Weil ich mich bei dir einfach wohlfühl.«

»Hört sich gut an.«

»Gell.«

Wildes Geknutsche jetzt gar nix.

»Was mach ma jetzt mit den Hütern des Eids?«, wollte der Sanktus nach einer Weile wissen.

»Du hast mich eigentlich noch gar ned gfragt, was ich von Beruf bin.«

»Wie kommst jetzt da drauf?«

»Frag halt mal!«

»Hab ich doch schon. Wie kommst jetzt da drauf?«

»Depp, nein. Was ich von Beruf bin!«

»A so! Was bist jetzt eigentlich von Beruf?«

»Webdesignerin!«

»Web was? Um Gottes Willen«, ist es dem Sanktus entfleucht.

»Designerin. Ich fabriziere für andere Homepages, sprich Internetauftritte. Eigentlich bin ich Informatikerin.«

»Jetzt schlägt's dreizehn. Informatikerin. Ich hätt dir ja alles zugetraut, aber das ned. Aber meinetwegen. Ich bin ja eher ein Computerdepp.«

»Na schau, dafür kannst du ein gutes Bier machen. Und das haben wir doch jetzt gerade nötiger gebraucht als eine Homepage, also eins zu null für dich!«

»Aha?«

»Aber jetzt hol ich auf. Vorsicht! Jetzt gehen wir ins Internet und finden alles über die Hüter des Eids raus. Ich weiß da schon, wo ich suchen muss!«

»Na dann gib Gas!«

Die Kathi hat ihren Laptop mit WLAN geholt, sodass die zwei mit einer neuen Flasche Bier in der Hand von der Couch aus gemütlich surfen haben können.

Dem Sanktus sind schon die Zeichen und Zeilen vor den Augen verschwommen. Zwischendrin hat die Kathi immer wieder gestöhnt und aufgeschrien und dann gemeint: »Doch ned, zefix!« Das Ganze ungefähr gefühlte zweihundert Mal. Der Sanktus hat sich furchtbar zusammenreißen müssen, dass er nicht eingenickt ist. Eine gewisse erleichternde Schwere verursacht durch den Alkohol hat er nicht verleugnen können. Sex, drugs and Rock 'n Roll, sex, drugs und vom Bock voll, Schöps, Bock und rotzenvoll …

»Da schau her!«, hat die Kathi geplärrt und der Sanktus ist senkrecht auf der Couch gesessen. Nicht dass du meinst, er hätte sich jetzt ausgekannt, wo er war und wie sein Auftrag gelautet hätte, aber senkrecht ist er immerhin schon einmal dagesessen.

»Schau ja eh!«, hat der Sanktus automatisch geantwortet.

»Da! Ein Artikel aus dem Münchner Merkur über einen mysteriösen Selbstmord in Niederbayern von 1998.«

Gestern wurde die Leiche eines fünfundvierzigjährigen Brauereibesitzers in einem der Lagertanks des Brauereikellers gefunden. Ein Angestellter entdeckte den Toten kurz nach Dienstantritt. An einem der leeren Lagertanks war unüblicherweise ein Schlauch, der Kohlensäure führte, angebracht. Irritiert öffnete der Mitarbeiter den Behälter und fand seinen Chef im Tank liegend vor. Die örtliche Polizei beschlagnahmte im Büro des Brauereibesitzers einen Erpresserbrief einer unbekannten Gruppierung zum Wohle des Reinheitsgebots, welcher Anschuldigungen bezüglich Bierpanscherei enthielt. Ein Abschiedsbrief wurde nicht gefunden. Es wird von Selbstmord ausgegangen. Alfons F. hinterlässt eine Frau und drei Kinder.

»Pfeilgrad, das könnten sie sein, die Hüter!«, hat der Sanktus gemeint.

»Das sind s'. Da verwett ich meinen Kopf. Lass mich noch ein bisserl weitersuchen.«

Die Kathi hat kurz weitergefahndet und ist ganz schnell wieder fündig geworden.

»Da schau her! 2001! Erpressung in einer Nudelfabrik. Der Betriebsleiter bringt sich um. Die Fabrik sperrt zu. Und da steht's. Die Gruppierung nennt sich selbst die Bruderschaft der Hüter des Eids. Keinem ist sie bekannt. Es wird von einer Gruppe Fanatiker ausgegangen.

2003! Erpressung einer Großbrauerei in Norddeutschland. Es soll ein nicht abbaubares Desinfektionsmittel ins Bier gelangt sein. Die Presse will von einer Gruppierung mit dem Namen ›Die Hüter des Eids‹ verständigt worden sein. Der Betriebsleiter und der leitende Angestellte müssen gehen. Es kommt zu Vergiftungserscheinungen bei einigen Biertrinkern. Man geht von einer Geheimloge aus, die es sich zur Aufgabe gemacht hat, Lebensmittelskandale aufzudecken.

2005. Einer der ersten Gammelfleischskandale wird von einer geheimen Gruppierung gemeldet. Der Werksleiter erklärt, er sei erpresst worden und so weiter.

Verstehst du, Sanktus? Es geht dem Ganzen immer eine Erpressung voraus.«

»Das lässt aber weniger auf eine geheime Loge oder einen Freimaurer oder einen Sonst-Was-Bund schließen. Was meinst du?«

»Das würd ich aber auch einmal sagen. Das sind halt mal ganz ordinäre Kriminelle. Ich schau, ob ich noch was find!«

»Dass die nicht bekannter sind. Ich mein, hast du von denen schon mal was ghört?«

»Eigentlich ned. Komisch«, hat die Kathi geantwortet, »es sind auch ned allzu viele Erpressungen. Sie machen scheinbar nur weiter, wenn Gras über die Sache gewachsen ist.«

»Oder viele zeigen sie gar nicht an und zahlen. Da kommt gar nix an die Öffentlichkeit!«

Der Sanktus war jetzt kein bisserl mehr müde. Er hat ganz konzentriert verfolgt, was die Kathi mit ihrer Wundermaschine vollbracht hat. Für den Sanktus waren die Seiten des Internets spanische Dörfer und er war sich sicher, dass das immer so bleiben würde. Das world wide web war für ihn eine Nummer zu groß. Er hat immer das Gefühl

gehabt, dass er sich darin verläuft. Und den Wahrheits-
gehalt mancher Homepages hat er sowieso angezweifelt.

Weiters im Internet …
  Auch im Internet unter www.was_weiß_ich_was.de
  Ja können Sie ohne Internet eigentlich noch leben …
  Ja, schon und das sehr gut, weil es gibt ja immer noch
die Zeitung und Magazine, durch die man sich seine Mei-
nung noch bilden kann …
  Ja, bloß lesen muss man halt schon noch können, zumin-
dest mehr als eine Seite …
  Ja, ja, heute eher selten, richtig, sehr wahr!

Aber er hat die Kathi einfach machen lassen. Er hat gehofft,
dass sie die wahren Internetseiten von den falschen würde
trennen können.

»Schau her, schau her! In den Siebzigerjahren gab's die
Hüter auch schon, oder besser *schon einmal.* Komisch. Die
Fälle treten viel häufiger auf als später.«

»Was hast denn da für eine Seite, Kathi?«

»Das ist besser, wenn du des ned weißt. Man muss auch
verzichten können, gell.«

»Mach ja keinen Schmarrn!«

»Iwo, mich erwischt schon keiner. Schau. 1968 sieben
Drohbriefe, 1969 acht gemeldet, 1970 fünf, 1971 sieben und
so weiter. Ziele sind Lebensmittelbetriebe. Auf den Droh-
briefen befinden sich das Brauerwappen und der Zoigl. Alle
sind unterschrieben mit ›Die Behüter des Aids‹.«

»Was ist da drauf? Nur ein Zoigl und das Brauerwappen? Und Behüter hast du gesagt? Haben wohl umfirmiert
und ihr Logo geändert, die Bande!«

»Sei stad! Es geht noch weiter. Die Mitglieder sind 1972

verhaftet worden. Es konnte ihnen alles nachgewiesen werden. Es wurden aber keine Strafen verhängt, weil keine Erpressungen vorlagen und alle Anschuldigungen gegenüber Lebensmittelbetrieben auf der Wahrheit basiert haben. Es gab nur die Auflage, die Behüter des Aids aufzulösen und nicht weiter zu agieren. Da schaust, gell?«

»Da schau ich wirklich! Wie kommst du denn auf solche Seiten?«

»Ich hab einmal einen Freund gehabt, der war bei der Polizei und hat diese Seiten verwaltet und – und jetzt sag ich lieber nix mehr. Wichtig ist ja wohl, dass wir auf die Seite gekommen sind.«

»Steht da irgendwo wer die Hüter, tschuldigung, Behüter waren?«

»Moment. Es waren vier Männer. Georg Obermann, Hubertus von Nagel, Hartmut Weinbrenner und Gerald Riemensberger.«

»Leck mich doch am Arsch und das noch einmal und noch einmal!«, ist es dem Sanktus entfahren. »Dem Erwin Riemensberger sein Bruder hat Gerald geheißen. Der ist aber schon in den Achtzigerjahren gestorben. Von dem hat er oft an Stammtischen erzählt. Hat in München Jura studiert. Muss ein ganz kluger Kopf gewesen sein. Meinst, dass er das ist?«

»Bestimmt. So viele Riemensberger Geralds wird schon nicht gegeben haben.«

»Und weißt du was. Ich hab mal einen Lehrer namens Hartmut Weinbrenner gehabt. Das war so ein Bioheini und Altachtundsechziger. Das hat er zumindest von sich selber immer behauptet. Das wär jetzt aber schon der Ober-Zufall, wenn der da auch noch mitgemischt hätt, oder?«

Wenn du weißt, wie unwahrscheinlich es ist, dass einer

im Lotto gewinnt und es aber doch immer wieder solche Glückliche gibt, kannst du glauben, dass es gar nicht so an den Haaren herbeigezogen ist, dass der Sanktus einen bestimmten Menschen kennt, der mit Lebensmitteln und Bier zu tun hat, im Raum München wohnt und Mitglied der Behüter war. Schlagwort Stochastik.

»Schon, aber möglich wär's«, hat die Kathi gesagt, »hast du zu dem noch Kontakt?«

»Nein, schon lang nicht mehr, aber er ist noch an meiner alten Schule. Ich könnt einmal vorbeischauen. Er war Vertrauenslehrer und ich in der Schülermitverwaltung. Da hat man sich dann doch öfters abends in Haidhausen auf ein Bier getroffen. Meistens im Café Johannis am dazugehörigen Platz. Gibt's heut leider auch nicht mehr. Vielleicht sollt ich ihn mal anrufen.«

»Sehr gut. Jetzt rekapitulieren wir mal das Ganze. Die Behüter gibt's in den Siebzigern. Sie schreiben Drohbriefe, aber erpressen nicht. 1975 lösen sie sich höchstwahrscheinlich auf. In den Neunzigern tauchen sie erneut auf, jetzt mit dem Namen Hüter statt Behüter und Eid wird jetzt nicht mehr mit ›ai‹, sondern mit ›ei‹ geschrieben. Der Briefkopf der Drohbriefe enthält jetzt noch eine Pyramide mit dem allsehenden Auge, ein Symbol der Freimaurer. In diesen Jahren folgt immer eine Erpressung.«

»Weißt du, was ich glaub, Kathi?«

»Ich mein, du glaubst, das Gleiche wie ich.«

»Jawoll, es sind verschiedene Hüter!«

»Exakt. Nachahmungstäter, heißt das. Dumme und doch bauernschlaue Nachahmungstäter, aber scheinbar sehr erfolgreich.«

»Und ich, glaub ich, weiß auch leider, wer die heutigen Hüter sind.«

»Hmh, eher waren. Der Riemensberger, der Kellerer und der ominöse Dritte. Und wenn wir den haben, haben wir den Fall gelöst!«

»Yes, Miss Marple, but who is the mysterious unknown person?«

»That, my dear Mr Stringer, to find out is our task!«

MITTWOCH

N: Zum Wohl, Herr Gschwendtner!

G: Prost, Herr Nussrainer!

N: Cheers!

G: Wieso tschüss, Herr Nussrainer? Wir haben doch gerade angefangen. Und warum *überhaupt* »tschüss«.

N: Ned tschüss. Cheers! International, Herr Gschwendtner. International, sprich englisch. Die bayerische Polizei ist nicht in der Lage, die Brauereimorde zu lösen, hat heute unser Innenminister gesagt. Man benötige internationale Unterstützung, verstehen S'?

G: Ned wirklich.

N: Na, special agents, task forces, cops, CIA, FBI, CIS wie in L.A. Und ich mein ned Landshut, gell!

G: Wieso jetzt Landshut?

N: Lassen wir des. Alles wird doch immer englischer beziehungsweise amerikanischer. More American! Pfeif auf die eigene Identity. Heute kaufen s' ein Auto im Car Center, Semmeln im Back-Shop und beim Computer zum Beispiel loaden sie was down oder graden up oder chatten, teilweise fallen ihnen ja die deutschen Wörter nicht mehr ein. Die freiwillige Feuerwehr Dingharting nennt sich Fire Fighters Dingharting. Bestimmt saufen s' Budweiser, Cider und Dr. Peppers Cola.

G: Ist das der, wo die Beatles seinerzeit des Lied gesungen haben?

N: Nein. Des is der Sergeant Pepper, Herr Gschwendtner. Zu der Zeit war's noch nicht so international.

G: Ja, mei. Das sind halt die Zeiten, Herr Nussrainer. Nachgemacht ist das Ausländische schon immer worden. Vielleicht ist's ja heutzutag extrem. Jetzt wird's halt zusätzlich noch eingedeutscht.

N: Wahrscheinlich heißt's irgendwann: Was sprechen Sie denn da für eine Sprache?
Deutsch!
Aha, Deutsch? Auch zu Hause?
Selbstverständlich!
Wir reden da ja schon lange englisch. Wissen S' da haben die Kinder dann später weniger Schwierigkeiten. Mein Sohn, der Bruce Jannick, und meine Tochter, die Maribelle Josephine, gell ...
Wie heißen Sie mit Nachnamen? Hinterramskogler?
Maribelle Josephine Hinterramskogler. Respekt!
Und wir regen uns schon auf, wenn die Jugend kein Bayerisch mehr redet. Wahnsinn, Herr Gschwendtner, Wahnsinn! Wissen S' was? Ich glaub's. So blöd wie wir sind, brauchen wir wirklich internationale Unterstützung.

G: Oder jemanden, der dem Herrn Innenminister das Gegenteil beweist und zeigt, dass wir Bayern den Fall doch noch allein lösen können. Haben wir wieder einen Blues, Herr Nussrainer?

N: Blues? Schaun S' – schon wieder englisch! Weltuntergangsstimmung, Herr Gschwendtner. Kann man gar ned beschreiben.

G: Auf das Bayernland, Herr Nussrainer.

N: O mei. Sweet home Bavaria. Prost!

*

Das Arbeiten ist an diesem Tag wieder einmal besonders hart für den Sanktus gewesen, weil erstens haben die Kathi und er noch bis lange in den Morgen geschmust und zweitens hat der Filterkeller trotz aller Brauerehre und Bierromantik gar nie so schön sein können wie … na, ja, du weißt schon – also halt besonders hart.

Der Master hat die Sache auch nicht erleichtert, weil der Franke genauso, wenn nicht schlechter, als der Sanktus drauf war. In so einem Fall hat ihn der Sanktus gar nicht mehr verstanden und einfach das gemacht, was er für plausibel gehalten hat. Der Master hat natürlich ab und zu andere Pläne verfolgt und so ist es bis um acht Uhr schon zu mehreren Zusammenstößen zwischen den beiden Brauern gekommen. Der Sanktus hat sich dann gegen neun in Richtung Brotzeit verzogen, um den Bummerl zu treffen.

Als er in die Kantine gekommen ist, war schon die ganze Chaos-Sektion anwesend. Der Gernot, der Giovanni, der Helmut und der Bummerl. Nur der Piefke hat gefehlt, aber der hat ja Spätschicht im Sudhaus gehabt.

Auf die fragenden Gesichter hin hat der Sanktus nur gemeint, dass er schon was Neues weiß, aber zuerst einmal furchtbaren Hunger habe. Gesichter jetzt noch viel fragender. Er hat dann in aller Ruhe seinen Leberkäs verdrückt und sein Bier weggeputzt, sich den Mund abgetrocknet und gemeint: »Seids gspannt, oder?«

Der Bummerl hätte ihn jetzt am liebsten wieder einmal erwürgt. Hochroter Kopf obligatorisch.

»Jetzt fang an, sonst erschlag ich dich! Dann kannst es nicht mehr sagen!«

Der Sanktus hat den Burschen dann die Geschichte vom Chauffeur und von der Internetrecherche erzählt und sich gefreut, wie die Zuhörer immer blasser geworden sind.

»So, jetzt wissts es!«, hat er geschlossen.

»Also hab ich recht gehabt!«, hat der Bummerl gemeint.

»Doch ein Geheimbund im Spiel!«

»Geheimbund! Eben nicht«, hat der Sanktus gekontert. »Das waren der Kellerer, der Riemensberger und der ominöse Dritte, du Aff! Bist du so verblödet oder willst es ned kapieren!«

»Naa, die vier vorher, mein ich«, hat der Bummerl gekontert.

»Der is so blöd«, hat der Schlauch gesagt und vom Bummerl einen Rempler kassiert, dass er die Engerl singen gehört hat.

»Nixe streitene, Ruhe bitte. Were isse der Dritte. Müsse wir rausfinde«, hat der Giovanni gemeint.

»Ich lass mal meinen Blick in der Füllerei schweifen, schweifen«, hat der Helmut eingeworfen und selber lachen müssen, dass es ihm seine Augen noch schlimmer verdreht hat als sonst.

»Gut, Buam!«, hat der Sanktus angefangen, »wir müssen also jetzt schauen, wer der dritte Mann ist. Dann haben wir die Lösung. Treffen wir uns heut Abend auf der Wiesn, oder?«

»Orson Welles!«, ist eine hochdeutsch sprechende Stimme aus dem Hintergrund eingefallen. »Ist doch allgemein bekannt. Harry Lime!«

»Malte, halt's Maul ... aber was tust denn du schon da?«, wollte der Bummerl wissen.

»Konnte nicht schlafen und muss noch ins Lohnbüro. Hab ich mir gedacht, fängste bisschen früher an, nöch. Hab schon alles mitbekommen. Ihr wart ja nicht zu überhören. Ich komme dann ins Sudhaus, tschö einstweilen!«

Abgang Malte, anschließend Abgang Brauer.

Auf seinem Weg zurück in den Filterkeller ist dem Sanktus der Kommissar Bichlmaier über den Weg gelaufen.

»Ah, der Inspektor Clouseau!«

»Ah, der Brauhaus-Columbo!«

»Bichä. Bist auf Spurensuche?«

»Schon, aber ich find keine. Es ist zum Aus-der-Haut-Fahren. So einen blöden Fall hab ich schon lang nicht mehr ghabt. Keine Hinweise auf gar nix.«

»Ja, ja. Hast du schon den Spind vom Kellerer und vom Riemensberger durchsucht?«

»Freilich!«, hat der Kommissar gemeint. »Glaubst du, wir sind voll die Dilettanten? Aber gfunden haben wir gar nix. Toll, ha?«

»Saublöd! Ich hab da so eine Ahnung, aber ich komm auch ned weiter. Habts ihr sonst irgendwas Besonderes?«

Der Bichlmaier hat daraufhin in seinen Hosensack gelangt und dem Sanktus einen kleinen silbernen, seltsam geformten Schlüssel unter die Nase gehalten.

»Ein alter Tresorschlüssel. Den hat der Kellerer um den Hals baumeln gehabt, wie wir ihn rausgezogen haben. Kennst du den zufällig?«

Der Sanktus hat sich das Stück genau angeschaut und alle seine grauen Zellen auf Hochtouren laufen lassen, aber er ist zu keinem Ergebnis gekommen.

»Leider ned, tut mir leid. Ich hab ihn auch nie beim Hias gesehen. Ich würd's dir wirklich sagen, ich schwör's dir!«

»Na, wär ja auch zu schön gewesen«, hat der Bichlmaier geseufzt.

»Kannst du mir den vielleicht bis Mittag leihen? Ich könnt mich ein bisserl umhören. Ich mein bei den richtigen Leuten, die *dir* vielleicht nix sagen würden, mein ich.«

»Bist du völlig deppert«, hat der Bichä jetzt geplärrt. »Das ist ein Beweisstück. Das kann ich dir doch ned so mir nichts dir nichts aushändigen. Die bringen mich um, wenn der Schlüssel weg ist.«

Dann hat der Kommissar eine kleine Pause gemacht und dann gemeint: »Es sei denn, du würdest mir mehr von deiner Ahnung erzählen.«

Dabei hat er dem Sanktus den Schlüssel wie ein Hypnotiseur vor der Nase herumpendeln lassen.

Der hat gemeint: »Zuerst Schlüssel, dann Ahnung und vielleicht schon eine Antwort. So gegen Mittag, bist da noch da, ha?«

»Abgemacht, aber verlieren, wennst mir ihn tust, bring ich dich eigenhändig um. Ich find schon noch einen Tank für dich. Da kannst Gift drauf nehmen.«

»Passt!«

Sanktus und Schlüssel Richtung Sudhaus.

In der Sudhaus-Schaltwarte war es durch die Klimaanlage angenehm kühl. Der Bummerl und der Malte haben angeregt miteinander über die Sachlage diskutiert, als der Sanktus hereingekommen ist.

Den Schlüssel haben die beiden natürlich noch nie gesehen gehabt.

»Für was …«, hat der Sanktus begonnen

»Wofür!« Einwurf Piefke.

»Wie meinst das?«

»Es heißt nicht für was, sondern wofür. Könnt ihr bayerischen Urwäldler das nicht verstehen?«, hat sich der Malte ereifert.

»Leck mich doch! *Für was* kann der Kellerer den Schlüssel gebraucht haben? Ich kann mir ned vorstellen, dass er irgendwo ein Schließfach gehabt hat ... aber... warum eigentlich nicht?«, wollte der Sanktus wissen.

Der Bummerl hat immer wieder den Kopf geschüttelt.

»Der Hias hat keiner Bank vertraut. Mich würd nicht wundern, wenn der sein Geld unter seinem Kopfkissen gehabt hätt.«

»Also, was könnt er weggesperrt haben?«

»Beweismaterial für ihre Erpressungen«, hat der Malte eingeworfen.

»Dann müsst aber der Riemensberger wahrscheinlich den gleichen Schlüssel gehabt haben. Da hat der Bichlmaier aber nichts davon gesagt.«

»Vielleicht haben sie den noch nicht gefunden oder es hat nur einen gegeben«, hat der Bummerl gemeint und dann haben seine Augen zum Leuchten angefangen. »Halt, mir fällt was ein! Dem Riemensberger seine kleine Desinfektionswanne. Wissts es noch aus der Lehrzeit. Keiner hat da reinlangen dürfen. Da waren ganz besondere Verschraubungen drin, hat er immer gemeint. Die könnte sowieso keiner brauchen. Da kennt sich nur er aus. Die Teile braucht er zum Holzfassfüllen. Das hat auch nie jemand anderer machen dürfen. Und wenn er im Urlaub war, hat er die kleine Wanne immer verräumt. Wartets kurz, ich bin gleich wieder da!«

Fünf Minuten später ist der Bummerl mit triumphierendem Gesichtsausdruck und einem Tresorschlüssel in der Hand zurück ins Sudhaus gekommen.

»Zefix, Bummerl!«, hat der Sanktus gestaunt, »der James Bond ist ein Scheißdreck dagegen.«

Der Malte war ausnahmsweise einmal sprachlos.

»Gell, da schauts!«, hat der Bummerl gestrahlt, »leider hab ich keine Ahnung, wo der Schlüssel passen könnte, aber das dürfts ihr euch jetzt überlegen, weil ich hab ja schließlich heute meinen Beitrag schon geleistet.«

»Hmh!?«, Sanktus und Malte unisono.

Der Sanktus hat nachgedacht, dass du hast meinen können, du kannst dich im Schaltraum nicht mehr aufhalten, so hat sein Hirn geraucht, aber er ist zu keinem Durchbruch gekommen.

»Es muss in der Brauerei sein!«, hat er gemeint. »Das ist der einfachste Ort für beide oder für die drei, um etwas gemeinsam zu verstecken. Aber wo? Aber wo?«

»Bestimmt in einem geheimen Séparée!«, hat der Malte angefangen. »Früher in aller Munde, heute leider in die Versenkung entschlüpft, verdammt zur ewigen Vergessenheit.«

»Ja, ich Arschloch!«, ist es dem Sanktus entfahren. »Das Kammerl!«

»Welches Kammerl? Kammerl haben wir zum Säuefüttern«, hat der Bummerl genörgelt.

»Nicht ein Kammerl, sondern *das* Kammerl. Wie wir in Südafrika waren hat der Hias mir einmal im Suff von einem Brauerkammerl hinter dem alten Hefekeller erzählt, von dem kein Meister was wissen soll. Da haben sich die Brauer ganz früher immer getroffen, wenn was zu besprechen war oder wenn sie mehr als ein Bier getrunken haben, zum Beispiel an Geburtstagen. Aber ich hab keine Ahnung, wo dieser Hefekeller sein soll.«

»Also nur damit keiner von mir behaupten kann, ich würde mich dieser Sache nicht ausreichend widmen, möchte ich gestehen, dass ich durchaus im Bilde bin, wo sich dieser Teil der Brauerei befindet!«, hat der Piefke geschwollen verkündet.

Jetzt waren die zwei anderen völlig sprachlos. Dummes Geschau inbegriffen.

»Wenn Sie mir unauffällig folgen würden, bitte!«

In dem Moment ist der Braumeister Haimerl in die Schaltwarte gekommen.

»Hobts es nix anders zum doa ois ratschn?«, hat der Abteilungsleiter wissen wollen.

»Naa, naa, Herr Haimerl. Der Herr Sanktjohanser wollt nur wissen, welche Mengen an Doppelbock jetzt dann bald auf ihn zukommen. Wegen der Tankgrößen, wissen S'?«, hat der Bummerl gesagt.

»So, so, no dann song S' es eahm hoid und dann macha S' weida. Fürs Umanandasteh werdts es olle ned zoiht!«

»Freilich ned, Herr Haimerl. Freilich ned«, unisono alle grinsend.

Der Haimerl hat in ein paar Bildschirme hineingeschaut, hat so getan, als hätte er jetzt den globalen Überblick und ist anschließend wieder in Richtung Büro verschwunden.

»So, den haben wir jetzt erst mal los. Das war sein Zehn-Uhr-Rundgang!«, hat der Piefke gesagt. »Also noch einmal. Wenn die Herren mir bitte folgen wollen.«

Der Piefke hat den Sanktus und den Bummerl jetzt durch das Sudhaus zur Treppe und dann ganz runter auf das zweite Untergeschoß geführt. Von dort aus ist es durch den dunklen Gang zum alten Gärkeller gegangen. Auf einem freien Platz, einer Halle mit Gewölbedecke ähnlich, ist der Malte links abgebogen.

»Hier befand sich einst der Lagerraum für die Eisstangen, die früher zum Kühlen der Keller verwendet wurden ...«, hat der Malte allwissend zum Besten gegeben und ist einmal mit seiner Hand über das »Terrain« geschweift.

Das Trio hat sich dann durch einen schmalen Durchgang geschoben, der in einen weiteren Weg mündete.

»Da war ich noch nie!«, hat der Sanktus gestaunt.

»Ich auch ned!«, sprach's der Bummerl.

»Tja, ihr Bayern. Sonst so schlau, nöch?«

»Okay, okay, du bist der Beste!«, Bummerl und Sanktus im Einklang.

Der Malte hat jetzt einen verborgenen Lichtschalter betätigt. Nun war am Ende des Gangs eine Wendeltreppe sichtbar, die die Brauer nun bestiegen haben. Am Ende der Treppe hat sich ein fünfzehn mal fünfzehn Meter großer, hellgelb gefliester Raum mit mehreren, zirka zwanzig Hektoliter großen, quadratischen Edelstahlbottichen, die wie riesige Nirosta-Spülbecken ausgesehen haben, befunden.

Der Malte hat seine Hand gehoben und sie rundum schweifen lassen.

»So, hier sind wir in den geheiligten Hallen!«

Der Sanktus und der Bummerl haben erst einmal gar nichts mehr gesagt.

»Wo ist jetzt das blöde Kammerl?«, wollte der Sanktus wissen.

»Wenn, dann kann's nur da hinten bei den Schrubbern sein. Sonst ist da nix!«, hat der Bummerl gemeint und ist in Richtung einer Nische gegangen, in der sich Schrubber, Eimer und Hefekrücken zum Ausschieben der dickflüssigen Bierhefe aus den Bottichen befunden haben.

»Irgendwo da muss es sein. Ansonsten war's ein Märchen und wir Deppen sind drauf reingefallen.«

Der Sanktus ist dem Bummerl nach und gemeinsam haben sie die Brauereiutensilien aus der Nische geräumt. Der Bummerl hat dann die Wand der Nische abgeklopft. Ein Pochen, das auf einen Hohlraum hingedeutet hat, war zu hören.

»Bingo!«, ist es dem Sanktus entfahren. »Eine Schiebetür, ich werd narrisch.«

Mit einem extrem lauten Knarzen, Nervtötung gar nix dagegen, ist die Tür in der Wand verschwunden und dahinter war ein dunkler Raum zu erkennen. Der Malte ist jetzt sofort hinein, um nach einem Lichtschalter zu tasten. Kurz darauf war der Raum hell erleuchtet.

»Da leck mich doch am Arsch!«, ist es dem Sanktus entschlüpft.

»Wohl gesprochen«, hat der Malte gestaunt.

Vor den drei Brauern hat sich ein komplett eingerichtetes Bräustüberl in Miniaturausführung aufgetan, das aus drei massiven Holztischen, mehreren Stühlen und einer Messingtheke mit Zapfsäule bestanden hat. Die Wände waren holzgetäfelt und du bist dir vorgekommen wie in einer Altmünchner Kneipe. Der Sanktus hat leises Maßkrugklappern und Stimmengewirr in seinem Kopf hören können.

»Da bist baff, ha?«, hat der Bummerl gemeint.

»Schauts amal die alten Fotos an den Wänden an«, hat der Sanktus gerufen. »Belegschaften des Sternbräus seit neunzehnhundert. Abschlussklasse 1965. Die haben ja lustig ausgeschaut. Die alte Fasswichs, der alte Gärkeller. Da ist ja alles beieinander. Da ist ja die ganze Historie an der Wand. Wahnsinn!«

»Schon. Da wirst ja direkt sentimental. Das waren früher viele Leut, ha. So viele Mitarbeiter haben wir heut nicht mehr«, hat der Bummerl gesagt.

»Waren ja auch ganz andere Zeiten.«

»Da wurde noch getrunken, mein lieber Scholli!«, hat der Piefke verkündet.

»Glaubts ihr, das war sozusagen ihr Hauptquartier?«, hat der Bummerl gefragt.

»Weiß man's? Es deutet leider gar nix drauf hin. Keine Bilder vom Kellerer oder Riemensberger. Schade. Könnten sich auch ganz woanders getroffen haben. Schaun wir uns einfach mal um.«

Die drei Hobbydetektive haben jetzt alle Schubladen der Theke und der dahinterliegenden Gläserschränke aufgemacht, Sherlock Holmes Depp dagegen. Gefunden haben sie aber gar nichts außer einem Kartenspiel, einem Block und einem Bleistift.

»Pass ma uff, jetzt kommt James Bond!«, hat der Malte gemeint. »Da fahren wir doch mal mit dem Bleistift über den Block und siehe da ... Na, da laust mich doch der Affe. Schaut doch mal schnell her.«

Auf dem Block war deutlich zu lesen: »*Wo is da Reamaschperga? Warum net ihm breu? Aufgflogn? Scheiße!*«

»Das ist Kellerer-Schrift«, war sich der Sanktus sicher.

»Und Kellerer-Deutsch. Der hat sich scheinbar hier den Kopf darüber zerbrochen, was los war!«, hat der Bummerl gesagt.

»Der Hias hat immer mit dem Stift gedacht. Gott sei Dank«, hat der Sanktus hinzugefügt. »Also ist das hier scheinbar doch ihr Versteck. Dann muss doch irgendwo der blöde Tresor sein.«

»Dann lasst doch mal das Adlerauge schweifen!«, sprach's der Piefke.

Aber wenn du glaubst, das Glück ist mit den Dummen, hast du dich jetzt getäuscht. Kein Tresor! Praktisch chronische Tresorarmut, sprich, alle drei im Dilemma. Keine Zeit, weil eigentlich am Arbeitsplatz sein müssen, aber keine Lust, weil Tresor muss her!

Auf einmal hat der Sanktus geplärrt. »Da, da. Schauts amal. Wir Deppen! Direkt vor uns!«

Die zwei anderen haben dumm geschaut, irrer Blick Schmarrn dagegen.

»Da ist *ein* Gläserschrank, wo nix drin ist! Schnackelt's?« Kaum ausgesprochen hat der Sanktus die Glastür aufgemacht, die Regalböden rausgehoben und an der Hinterwand geklopft und schon hat er diese in den Händen gehabt. Dahinter ist eine alte Tresortür sichtbar geworden.

Er hat jetzt ganz ehrfürchtig den Schlüssel in das Loch gesteckt und umgedreht. Die Tür hat sich sofort öffnen lassen und der Sanktus hat drei Packerl herausgezogen.

»Lass sehen, lass sehen!«, haben die zwei anderen hysterisch geplärrt.

Der Sanktus hat den ersten Packerlinhalt auf den Tisch gelegt. Es war nur Papierkram zu erkennen – unter anderem mehrere Lieferscheine, die als Adresse die Münchner Bären-Brauerei getragen haben. Der Inhalt des nächsten Packerls war eine Videokassette, auf der ein großes M prangte. Beim Entleeren des dritten Umschlags ist das Briefpapier der Hüter des Eids zum Vorschein gekommen. Genau der Briefkopf, den der Romanov dem Sanktus unter die Nase gehalten hatte, war zu erkennen.

»Da schau her!«, hat der Sanktus gemeint.

»Aber aus dem Rest, da wird mal einer schlau!«, seufzte der Malte.

»Werden wir schon, werden wir schon!«, hat der Sanktus ihm versichert. »Bummerl, du nimmst das Material mit, weil du hast jetzt gleich aus und bringst es sicher zu dir heim. Heut Abend treffen wir uns sowieso auf der Wiesn und dann schaun wir, ob wir bis dahin schlauer geworden sind.«

»Ich stoße dann so gegen halb neun nach der Spätschicht unauffällig zu euch. Haltet mir nen Platz frei, sonst könnt ihr was erleben«, hat der Piefke gedroht.

»Gut! Jetzt arbeiten wir wieder, sonst kommen wir auf, gell! Also bis um fünf beziehungsweise halb neun auf der Wiesn. Und Buben. Kein Wort zu niemand, oder?«

»Logisch!«

»Klar!«

Der Sanktus ist auf Umwegen, um keinen Vorgesetzten zu treffen, wieder in seinen Filterkeller geschlichen. Als er angekommen ist, war der Master logischerweise schon wieder auf zweihundertfünfzig.

»Ich kaff ma a Axt und na hau ich den Scheißkasten z'samm. Da moch doch ka alde Sau nimmer, wenn dich so a Stahlding bloß ärcherd.«

»Paule, was is denn scho wieder los?«

»Der Filder had zugmacht. Und ich wolld doch noch den Zwahundertanazwanzicher leer machen. Des kömma jetzt vergessen.«

»Brauchen wir des Bier unbedingt?«

»Goddseidank ned. Des dädd mir grad noch abgehn. Du bist ja lusdich!«

»Na also, dann hörn ma jetzt auf und probieren's morgen noch amal. Fang ma an zum Reinigen!«

»Du hast a Ruh, die is bemerchenswerd. Aber eichendlich hast ja recht. Reinichen ma!«

Freilich hat der Sanktus recht gehabt. Nix Besseres, als eine Stunde früher fertig werden, zwecks Wiesntreffs und Weinbrenner. Er hat sobald es gegangen ist, am Luitpoldgymnasium angerufen und nach längeren Diskussionen mit der Sekretärin den Weinbrenner ans Telefon gekriegt. Er hat noch genau gewusst, dass sein früherer Lehrer ein Sternbräu-Fanatiker war und ihn kurzerhand ins Bierzelt eingeladen. Um fünf war Treffpunkt im Garten. Also noch genug Zeit, um vorher bei der Kathi vorbeizuschauen.

Sanktus jetzt leicht nervös, weil Anruf bei der Angebeteten, aber leider umsonst, weil keiner daheim.

Der Sanktus hat's dann auf dem Handy probiert.

Ist dir eigentlich schon aufgefallen, dass es keinen deutschen Ausdruck für Handy gibt? Wirst du sagen, logisch, weil Mobiltelefon, aber hast du schon mal wen sagen hören: »Ruf mich doch mal auf meinem Mobiltelefon an!«? Bis du das heraußen hast, brauchst du nicht mehr zum Telefonieren anfangen. Amerikaner sagen schon »mobile phone« oder nur »mobile«, in Namibia »mophi«, sprich Abkürzung. Besonders gut hat dem Sanktus »telefonino« in Italien gefallen, aber Handy – Zehennägelaufstellen!

Trotzdem hat er's auf besagtem Gerät probiert und die Kathi auch gleich dran gehabt. Wie's der Teufel wollte, war die Kathi mit der Martina schon »draußen«, für Auswärtige: auf dem Oktoberfest. Als Münchner bist du einfach draußen.

»Warst du des Jahr scho draußen?«

»Na, aber derer Woch muaß i no naus!«

»Aber meine Herren! Wohin müssen Sie denn so dringend?«

»Ja, naus halt, Depp! Wie ma no so blöd fragen mag?«

Gott sei Dank hat den Sanktus ein Kollege mit dem Auto nach Haidhausen mitgenommen. So hat er noch in Ruhe daheim duschen können und, was noch wichtiger war, trotzdem keine Minute verschenkt, weil Kathi zum Greifen nahe.

Daheim hat er sich in null Komma nix geduscht und umgezogen. Sogar ein wenig Parfüm hat er sich gegönnt.

Die Anna hat nur geschnuppert und gelächelt.

»Magst sie mir jetzt eigentlich nicht einmal vorstellen, deine neue Flamme? Die muss ja was ganz Besonderes sein, bei deinen Ansprüchen. Hast endlich ein passendes Original gfunden? Oder hat s' gar so schöne Füße, dass d' ihr ned widerstehen kannst?«

Jetzt hättest du den Sanktus sehen sollen. Sein Kopf hat ausgeschaut wie eine vollreife Tomate und sein Blick war stur gen Boden gerichtet.

»Dumme Nuss!«, ist ihm da nur entfahren, dann sofort Flucht aus der Wohnung. Beim Türzuschlagen hat er sich dann noch sauber einen Finger eingezwickt und diesen Umstand mit einem lauten »Zefix, zefix!« kommentiert.

Im Garten vom Sternbräuzelt sind Mutter und Tochter bereits bei Radler, Limo und Hendl gesessen.

»Heut haben wir das Touristen-Menü«, hat die Kathi gemeint, »Bier und Hendl! Aber einmal muss's halt dann doch sein.«

Auf der Wiesn gibt's so viel gutes, aber leider auch teures Essen, dass du eigentlich kein Hendl brauchst. Aber was willst du machen, wenn sich zwei Frauen was in den Kopf gesetzt haben? Richtig! Gar nichts! Weil Recht kriegst du sowieso nicht.

»Schau, Martina«, hat die Kathi angefangen, »des is der Sanktus. Ein Freund von mir. Sanktus, des is die Martina, meine Tochter!«

»Servus, Martina. Freut mich!«, seitens Sanktus.

»Mich auch! Hast du die Mama schon sauber durchgebürstet?«

Der Sanktus wäre jetzt gern einfach im Erdboden versunken, obwohl es ihn gleichzeitig hätte zerreißen können vor Lachen, aber wie er die Kathi angeschaut hat, hat er nur ein ernstes Gesicht gesehen. Das kleine, fast unsichtbare Lächeln hat ihm aber gezeigt, dass es ihr auch nicht anders gegangen ist und sie kurz vor dem Platzen war.

»Ja, Martina. Wo hast du denn solche Ausdrücke her? Von mir doch bestimmt ned.«

»Beim Wiesneinzug letztes Mal. Da hat einer am Tisch zum anderen gesagt, dass du auch schon mal lustiger warst. Dann hat der andere gesagt, dass man dich mal gescheit durchbürsten muss, dann geht's wieder. Und seit ein paar Tagen bist du viel fröhlicher als sonst.«

Der Sanktus hat sich jetzt kaum noch halten können. Er hat in eine andere Richtung schauen müssen, dass die Martina nichts von seinem Prusten merkt. Als er die Kathi angeschaut hat, hat er gesehen, dass die jetzt völlig ratlos war.

»Der Herr hat ganz recht gehabt, Martina«, hat der Sanktus gestottert. »Durchbürsten ist bloß ein blöder Ausdruck. Er hat eher gemeint zum Lachen bringen, verstehst. Und weil ich so ein Kasperl bin, lacht die Mama viel mehr. Vielleicht klappt's ja bei dir auch.«

So schnell hat der Sanktus gar nicht schauen können, hat er von der Kathi einen Tritt an sein Schienbein gekriegt, dass er alle Engerln hat singen hören.

»Lachen, Frau Müller, nur Lachen, gell, Martina, du verstehst mich!«

»Also ich kenn mich jetzt nimmer aus«, hat die Martina gemeint. »Aber lustig bist du schon. Mama, der kann öfters kommen. Den mag ich. Der ist netter als deine früheren Gspusis. Fragts mich jetzt nicht, was ein Gspusi ist. Das sagt der Opa immer.«

»Passt schon, Martina, passt schon!«, hat der Sanktus gelächelt.

Der Sanktus hat sich dann auch ein Bier bestellt und einen Ochsenbraten verputzt. Anschließend sind die drei über die Wiesn geschlendert, haben Zuckerwatte und Türkischen Honig gegessen, der Sanktus ist mit der Martina Autoscooter und Wilde Maus gefahren und auf einmal ist dem Sanktus aufgefallen, dass er das erste Mal seit langer Zeit das Gefühl des inneren Konflikts losgeworden war. Kein negativer Aspekt war am heutigen Abend zu erkennen, gar nichts. Totale Befreiung! Geht doch, hat sich der Sanktus gedacht, gelächelt und seine beiden Begleiterinnen umarmt.

Um Punkt fünf ist der Sanktus wieder im Sternbräu-Garten gesessen. Er hat sich zuvor nur schwer von der Kathi und der Martina trennen können, aber Mord ist Mord und Schnaps ist Schnaps. Also auf zum Verhör. Weinbrenner, die erste.

Kurz darauf ist der Lehrer, ein schlaksiger Kerl mit Nickelbrille, schon erschienen und mit einem freudigen Blick auf den Sanktus zugekommen.

»Schaun mir mal, wie lange!«, hat sich der Sanktus gedacht, wegen des Blicks, verstehst du?

»Sanktjohanser, ich grüße dich. Gut schaust aus!«

»Hartmut, servus! Setz dich her! Magst a Maß?«

»Sanktjohanser, du kennst mich doch. Ich trink nie vor fünf.«

»Und jetzt ist's zehn nach, also?«

»Also kannst dir vorstellen, was ich für einen Durst hab, nachdem ich heut noch keinen Stoff gekriegt hab.«

»So kenn ich dich noch, du alter Filou. Was treiben die Schüler?«

»Sanktjohanser, mal ganz ehrlich. Nach euch ist nicht mehr viel nachgekommen. Nur noch Schnösel und Neureiche. Wenn du einem verzogenen Muttersöhnchen einen Fünfer oder Sechser gibst, hast du den Rechtsanwalt in der nächsten Sprechstunde. Es ist niederschmetternd. Aber erst einmal Prost!«

Der Weinbrenner hat die halbe Maß erst einmal runtergezogen, Hilge-Hochleistungspumpe Anfänger dagegen. Dann hat er genüsslich gerülpst und gemeint, es gehe ihm jetzt besser.

»Sanktjohanser, jetzt mal ganz ehrlich«, hat der Weinbrenner gesagt, »du meldest dich doch nicht ohne Grund nach all den Jahren bei mir. Nicht, dass es mich nicht freut, dass wir zwei wieder mal wie in alten Zeiten auf ein Bier zusammensitzen. Aber jetzt raus mit der Sprach! Was liegt an?«

»Tja, Hartmut!«

Und jetzt hat der Sanktus, wirst du sagen zum tausendsten Mal, die Geschichte vom Kellerer seinem Tod heruntergebetet.

»Wenn ich jetzt sagen würde: *Und was soll ich alles damit zu tun haben?* Wäre zwecklos, oder? Schließlich war die Polizei in Person eines Kommissar Bichlmaier auch schon bei mir.«

»Genau so wär's!«, hat der Sanktus gesagt.

»Gut, das hätten wir. Aber mit dem Mord hab ich wirklich nichts zu schaffen. Das kannst du mir glauben oder nicht. Das ist mir wurscht. Was willst du alles wissen?«

»War euer Riemensberger ein Bruder vom Riemensberger Erwin?«

»Ja, der ältere Bruder und soviel ich weiß, Erwins großes Vorbild.«

»Wer waren die anderen beiden. Ich mein Obermann und von Nagel?«

»Ach, Sanktjohanser. Wir waren Achtundsechziger, also Möchtegern-Hippies. Alles war easy. Love and Peace. Jimi Hendrix, Janis Joplin, Woodstock. Wir haben uns alle was vorgemacht. Waren gerade Studenten. Ich möchte diese Zeit nicht missen und glaube noch heute an unsere Vorstellungen von gestern, aber, Sanktjohanser, ich bin auch Realist. Was vorbei ist, ist vorbei. Der Obermann war Brauerstudent in Weihenstephan, der von Nagel ging in Richtung Lebensmittel und Milch. Hat in der Molkerei Weihenstephan gearbeitet. Der Riemensberger war Jurist. Hatte mit Weihenstephan gar nichts zu tun. Ihm hast du den Hippie auch nicht angekannt. Tadelloses Aussehen. Anwalt halt. Obermann war Mitglied einer Studentenverbindung. Wir sind oft dort zusammengesessen und haben tagelang getrunken und unsere Pläne geschmiedet. Auf die Kneipen sind wir anderen natürlich nie gegangen. Das war uns zu spießig und autoritär. Aber das Freibier haben wir natürlich schon mitgenommen. Freibierlätschen waren wir halt. Hat uns Geld gespart, das ja bekannterweise bei den Studenten nicht so üppig vorhanden ist.«

»Wie kommst eigentlich du zu dem ganzen Trupp, als Lehrer in München, mein ich?«

»Ich? Geh, Sanktjohanser! Du warst doch früher für deinen scharfen Verstand bekannt. Überleg halt einmal ein bisserl.«

»Einfacher gesagt als getan. Geh Schmarrn! Logisch! Du bist aus Freising?«

»Na, also! Geht doch immer noch. Der Gerald und ich haben uns schon flüchtig gekannt. Die Riemensbergers sind nämlich auch Freisinger. Wir sind meistens miteinander nach München in die Uni gefahren. Sogar mit dem Auto. Ganz schön nobel für diese Zeit. Er hat so einen orangen VW Käfer gehabt. Farblich komplett daneben! Grausam! So, und jetzt wirst dich noch fragen wie wir zu den anderen beiden gekommen sind. Der Gerald war in München in einer Studentenverbindung. Frag mich nicht mehr, wie die heißt. Irgendwas Hochtrabendes, ›Schlaubergia‹ wahrscheinlich. Auf jeden Fall hat sich der Gerald einmal einen Couleurbummel vorgenommen und hat mich mitgenommen. Wir wollten also alle freisinger Verbindungen auf eine Halbe abklappern. Und bei der Verbindung von Obermann sind wir vier dann durch Zufall zusammengekommen. Und wenn man so einen sitzen hat, kommt man ja manchmal auf die dümmsten Gedanken. Durch das Studium vom Obermann und vom Nagel haben wir ständig Insiderinformationen über Unregelmäßigkeiten in Lebensmittelbetrieben erhalten. Wir wollten niemand was Böses. Uns war nur allen bewusst, dass der Mensch drauf und dran war, sich selbst zu vergiften und dass es manche Unternehmen nicht so genau mit der Qualität genommen haben. Wir wollten diesen Firmen eine vor den Latz knallen. Nie bösartig. Wir haben damals noch an das Gute im Menschen geglaubt, wie man so schön sagt. Über die Folgen brauchen wir uns ja nicht zu unterhalten.«

»Was meinst du zu den neuen Hütern? Versteh mich nicht falsch. Wir sind auf der Suche nach einem ominösen Dritten, der in die Erpressungen verwickelt ist. Könnte es ein früherer Behüter sein?«

»Puh! Unwahrscheinlich. Der Riemensberger ist tot seit neunzehnhundertfünfundsiebzig. Autounfall. Der Obermann ist Braumeister in Mexico. Also auch unwahrscheinlich. Ich kann mir aber nicht vorstellen, dass der Hubertus wieder aktiv sein soll, obwohl ich von dem überhaupt nichts mehr weiß.«

»Dann sollten wir versuchen, was über den Herrn rauszufinden, oder?«

»Ich kann's mir nicht vorstellen, aber probier's. Ich glaub's aber nicht. Allein schon die andere Schreibweise des Worts *Eid*. Wir haben die alte Form mit ›ai‹ gewählt. Und Bruderschaft haben wir uns nie genannt. Da will ein anderer Eindruck schinden. Wir haben auch nie Geldforderungen gestellt. Wie gesagt: das Gute im Menschen. So und jetzt mag ich nicht mehr. Wir können uns über alles andere unterhalten, aber mit den Behütern ist jetzt Schluss. Ich hab's bis jetzt gut verdrängt gehabt. Jetzt ist alles wieder da. Das dauert ewig und drei Tage, bis das alles wieder weg ist. Am besten mit einem Rausch anfangen. Dann weiß ich vielleicht morgen nichts mehr. Wär doch nicht schlecht, oder?«

»Wennst meinst, dann Prost, Hartmut!«

Der Sanktus hat noch eine weitere Maß Bier mit seinem ehemaligen Lehrer getrunken. Geredet haben die zwei aber nur noch über das Luitpoldgymnasium und über das Bierbrauen. Das war weiter nicht schlimm, weil der Sanktus eigentlich alles erfahren hatte, was er wissen wollte. Nur beim geheimen dritten Mann hatte ihm der Weinbrenner auch nicht weiterhelfen können.

Nachdem sie ihr Bier geleert hatten, ist der Sanktus ins Sternbräuzelt hineingewandert und hat sich an der Brauerboxe, die eigens für Mitarbeiter der Brauerei reserviert war, niedergelassen.

Der Bummerl, der Schlauch, der Giovanni und der Helmut sind nacheinander eingetrudelt.

Der Giovanni hat schon von Weitem geplärrt: »Wire nixe haben rausgefunde, wer is dritte Mann!«

»Halt dei Goschen, plärrerter Italiener!«, hat der Sanktus gezischt. »Muss ja ned jeder hören!«

»Kennst ihn doch. Er kann halt ned anders!«, hat der Schlauch gesagt.

Der Helmut hat mit rollenden Augen das Bierzelt »gescannt«.

»Ich kenn heut gar niemand, niemand«, hat der nur kurz gemeint und sich niedergelassen.

Nachdem alle mit einer frischen Maß versorgt waren, hat der Bummerl von ihrer vormittäglichen Brauereierkundung erzählt. Die anderen sind aus dem Staunen nicht mehr rausgekommen und der Giovanni wollte gerade anfangen, etwas rauszuschreien, als ihm der Schlauch den Mund zugehalten hat.

»Des muss jetzt wirklich niemand hören. Ruhe jetzt, sonst scheppert's!«, hat er dem Giovanni erklärt.

»Bine so aufgeregte, weißte du!«

»Ja, ja. Du mich auch. Pst!«

Dem Bummerl hast du sofort angekannt, dass er irgendeine Neuigkeit hinausposaunen wollte.

Zuerst hat sich der Sanktus aber noch an seine Co-Detektive gewandt und gemeint: »Giovanni, Helmut, Schlauch. Was gibt's Neues über das Privatleben der Toten oder den dritten Mann?«

Betretenes Schweigen bei den drei Delinquenten.

Freunde … eher keine – der Tenor … Privatleben eher auch keins – alle einig … der dritte Mann … oder vielleicht auch eine dritte Frau – große Einigkeit hier … nur Fragezeichen.

»Okay, also nix!«, hat der Sanktus geseufzt.

Nix – alle sofort einig!

»Jetzt lassts halt verdammt noch mal mich reden!«, hat der Bummerl gekreischt.

»Bummerl. Gut. Was gibt's?«, hat der Sanktus gefragt.

»Pornos! Also ich mein Kinderpornos. Auf der Video-kassette, mein ich!«, hat der Bummerl gestammelt.

»Kinderpornos?«, hat der Sanktus wiederholt.

»Normal isse okay, aber Kinder! So wase mache man nicht!«, hat sich der Giovanni echauffiert. »Sauerei isse dass!«

»Solcherne Dreckbären!«, hat der Gernot unterstrichen, »dene gschieht's ganz recht, dass s' erpresst worden sind. Jawoll! Ganz recht. Stimmt's oder hab ich recht! Ich mein, die drei werden s' ja nicht selber angeschaut haben.«

Zustimmendes Nicken in der Runde.

»Ich mein auch, dass es zur Erpressung gedient hat. Aber war irgendwer auf den Pornos zu erkennen? Dann hätten wir unser Erpressungsopfer und vielleicht den Mörder. Hast wen gesehen, Bummerl?«, hat der Sanktus nachgefragt.

»Nein! Niemand. Da ist keiner zu erkennen. Nur die Kinder, aber kein Erwachsener. Es sind drei verschiedene Pornos. Sogar mit Ton. Da kriegst du einen Vogel, was da abgeht. Ich weiß ned, wer so was mit unschuldigen Kindern machen kann. Da bist du zwischen Wut und Heulen hin- und hergerissen. Vielleicht sollten wir uns die Pornos mal zusammen anschauen. Vielleicht erkennts ihr irgend-was, was ich übersehen hab!«

Wieder zustimmendes Nicken in der Runde.

»Also Buam!«, hat der Sanktus angefangen, »jetzt wissen wir, dass der Hias und der Erwin Erpresser waren und dass sie mit aller Wahrscheinlichkeit deswegen umgebracht wor-den sind. Wir wissen, wo sie ihre Pläne ausgeheckt haben. Wir wissen nur nicht, ob es einen dritten Erpresser gege-ben hat und wenn ja, wer er ist.«

»Und wir wissen nicht, wen sie erpresst haben beziehungsweise weswegen«, hat der Bummerl geschlossen.

»Weswegen, ha! Redet der heut geschwollen daher, der Hirschberger, -berger. *Warum* tät's auch, oder, oder?«, hat der Helmut gemeint und sofort sind er und der Schlauch in eine Lachsalve ausgebrochen.

»Ärgerts ihn halt nicht allerweil, ihr Kindsköpf!«, hat der Sanktus geschimpft. Sofort war wieder Ruhe.

»Wir wissen, dass sie den Romanov erpresst haben. Wir wissen bloß nicht, warum. Aber im Tresor waren einige Papiere, die wir uns jetzt anschauen müssen, bevor das Zelt zum Toben anfängt. Bummerl, hast sie dabei?«

»Ja, ich hab sie mir schon einmal angeschaut. Da sind's. Es sind Malzlieferscheine. Bestimmungsort Bärenbräu, München. Absender eine Mälzerei in Russland.«

»Dann nehmen die russisches Malz her beim Bärenbräu. *Sehr* traditionell. Aber nicht verboten. Da muss doch noch was sein. Bummerl zeig mal her.«

Jeder der Detektive hat jetzt mehrere Lieferscheine in den Händen gehalten, aber schlau ist keiner daraus geworden.

»Weizenmalz!«, hat der Sanktus gemeint. »Die Sorten stehen auch da ›Tremie‹, ›Robigus‹, ›Hermann‹ et cetera. Typische Weizensorten. Angeliefert als Mischung. Das ist nix Besonderes.«

»Hier isse neben Hermanne schwarze Balkene und wenne halten ins Licht sehe Barone stehe darunter«, hat der Giovanni geträllert.

»Baron, Baron?«, hat der Bummerl gemurmelt. »Hab ich noch nie was darüber gehört.«

»Des wird schon so ein Glump aus Russland sein!«, hat der Schlauch gegrantelt. »Da schreiben s' Herbert, Penny und Robinson und drin ist wahrscheinlich der Baron, des Glump.«

»Gernot. Du hast zwar keine Ahnung von den Weizensorten«, hat der Sanktus gelacht, »aber wahrscheinlich hast du recht. Es steht immer die gleiche Mischung auf den Lieferscheinen. Nur einmal ist der Baron geschwärzt. Das könnt's sein. Jetzt müssen wir nur noch rausfinden, was mit dieser Weizensorte los ist. Dann haben wir's! Ich ruf die Kathi an. Die soll ins Internet schaun. Die müsst ja schon daheim sein.«

Wenn du jetzt die anderen am Tisch hättest sehen können, hättest du dich totgelacht, so haben die gegrinst.

»Kennst sie doch a bisserl besser, als du uns sagst, sagst?«, wollte der Helmut wissen.

»Okay, ich geb's zu. Ich kenn sie doch recht, ja, ziemlich gut. So! Das war's! Und jetzt rufen wir sie an!«

Der Sanktus hat ein Glück gehabt, dass er überhaupt noch was hat verstehen können, weil inzwischen war es kurz nach acht Uhr und die meisten Zeltbesucher sind schon auf den Tischen gestanden und haben zur Musik gegrölt. Saugrausen Schlagwort! Lärmpegel jetzt kontinuierlich steigend. Der Sanktus hat ins Handy hineingeplärrt und gewartet. Solche Aktionen hättest du draußen im Hauptschiff nicht machen brauchen. Da wärst du sang- und klanglos untergegangen, beim Bad in der Menge.

Schon nach ein paar Minuten hat sein »telefonino« geklingelt und der Sanktus hat sehr angestrengt hineingehorcht und auf einmal mit der Hand auf seine Schenkel geklopft und »Jawoll!« geplärrt. Anschließend: »Danke! Bussi! Ciao!«

»Bussi, ciiiaooo!«, haben der Gernot und der Helmut gealbert.

»Deppen, gebt's a Ruh! Genmanipulierter Weizen. Der Baron ist ein Genweizen. Der Romanov probiert russischen Genweizen im Münchner Weißbier aus. *Das*, wenn rauskommt, kann er zusperren. Und das ham die zwei oder drei rausgekriegt. Jetzt hat er verloren, der Konsortiums-Russ!«

»Leck mich am Arsch!«, war alles, was der Bummerl rausgebracht hat. Der Rest am Tisch hat nur noch geschaut, wie Schwalberl, wenn's blitzt.

»Zwiefe, mach auf!«, hat der Sanktus geschrien und an den Haupteingang des Bärenbräuzelts gehämmert. »Schau dass d' aufmachst. Sofort, du Zipfeklatscher, du schiacher!«

Trotz eines Werktags war das Zelt schon geschlossen, weil die Menge im Inneren musst du einigermaßen unter Kontrolle halten. Es hat ein bisschen gedauert, aber schließlich hat der Zwiefe dann doch noch aufgemacht und die zwei hineingelassen.

»Bist jetzt du scho wieder da, Sanktus! Habts ihr kein eigenes Bier beim Stern, dassts ihr immer unser Bärenbräu saufen müssts?«, hat der Zwiefe genörgelt.

»Naa, Hanse. Du gfallst uns so gut in deiner Uniform. Wir sind nur wegen dir da. Schönen Abend noch, gell!«

Abgang Sanktus und Bummerl in Richtung romanov'sche Box.

Der Russe war schon da. Brav wie jeden Tag. Als er die beiden gesehen hat, hat er von Weitem schon gewunken. Die Bodyguards haben die Brauer anstandslos passieren lassen.

»Guten Abend!«, hat der Romanov gesagt.

»Grüß Gott, Herr Romanov! Wie geht's allerweil?«

»Bist du heute aber förmlich, Sanktus. Was kann ich für euch tun. Habt ihr euren Mörder schon gefunden?«

»Wir sind gerade dabei«, hat der Sanktus angefangen, »Es muss eines der Erpressungsopfer sein.«

»Und jetzt glaubst du wieder einmal, ich war es! Ich hab dir doch schon gesagt, dass der Kellerer für uns keine Bedrohung dargestellt hat mit seinen Flugzetteln.«

»Ich weiß, aber die Hüter des Eids haben eine dargestellt. Und auch wenn's Sie jetzt umhaut – der Kellerer war einer der Hüter!«

Kurze Aussage seitens Sanktus – Wirkung phänomenal. Dem Russen ist sein obligatorisches Lächeln praktisch aus dem Gesicht gefallen und du hättest dir einbilden können, dass er sogar ein bisserl blasser geworden ist.

»Herr Romanov, ich sag nur *Baron*. Der Kellerer und der Riemensberger haben Sie erpresst, keine geheime Sekte. Blöd gelaufen, oder? Zwei bayerische Bräuburschen schaffen ein russisches Konsortium. Scheiß die Wand an, gell!«

Dem Romanov ist die Farbe wieder ins Gesicht gestiegen und er hat gemeint: »Dann muss ich den Hut vor euch bayerischen Sturköpfen ziehen.«

»Sie haben Malz von genmanipuliertem Weizen aus Russland importiert und in München verbraut. Irgendwie sind die beiden an einen verhängnisvollen Lieferschein gekommen und haben das große Geld gerochen.«

»Ja, stimmt. Der Weizen hat hervorragende Eigenschaften und wir wollen schließlich die Weißbierproduktion ausbauen und in die ganze Welt liefern. Da brauchen wir verlässliche Rohstoffe, verstehst du?«

»Aber es macht sich halt nicht gut in München und Umgebung, wahrscheinlich nirgends auf der Welt, wenn Reinheitsgebot draufsteht und Gentechnik drin ist, gell?«

»Irgendwie hast du ja recht, Sanktus. Was willst du machen?«, wollte der Russe wissen.

»Keine Ahnung! Echt! Das kommt jetzt drauf an, ob Sie den Kellerer und den Riemensberger auf dem Gewissen haben, oder nicht«, hat der Sanktus gesagt und du hast ihm angekannt, dass ihm jetzt nicht ganz wohl in seiner Haut war, eigentlich überhaupt nicht. Konflikt wieder da. In seinem Kopf haben sie jetzt Fußball gespielt, sodass ihm direkt schwarz vor den Augen geworden ist. Es wäre zu schön gewesen, wenn er endlich den Mörder gehabt hätte, aber irgendwas in seinem sturen bayerischen Schädel hat ihm gesagt, dass es nicht sein hat können. Die Reaktion des Russen war zu überzeugend. Der hat scheinbar wirklich nicht gewusst, dass sich der Hias und der Erwin hinter den Hütern verborgen hatten und daher waren sie für ihn uninteressant.

»Nix! Nix machen wir, aber vergessen tun wir's halt einfach nicht! Können wir so verbleiben?«, hat der Bummerl gemeint. »Uns ist es ehrlich gesagt wurscht, was Sie in Ihr Weißbier reintun. An unseres kommt's sowieso ned hin. Unseres ist ehrlich!«

»Danke, Sanktus. Danke, Herr Hirschberger! Vielleicht sehe ich mich mal nach guten Züchtungen um und lasse den Genweizen bleiben. Nochmals danke!«, hat der Romanov in seinem russischen Akzent gemeint.

»Sollten Sie, Herr Romanov, sollten Sie, weil so wie's ausschaut, gibt's von den Hütern drei. Und den dritten haben wir noch nicht gefunden. Entweder ist seine Leiche noch nicht entdeckt oder der Mörder hat auch keinen blassen Schimmer, wer er ist.«

»Bljat …, Scheiße!«, war alles, was der Russe da noch rausgekriegt hat.

Die drei haben sich anschließend noch geeinigt, dass sie einander auf dem Laufenden halten, wenn was Neues über den dritten Mann rauskommen sollte.

Im Sternbräuzelt war die Stimmung am Kochen. Der Sanktus und der Bummerl haben Mühe und Not gehabt, dem Chaos-Team die neuesten Erkenntnisse aus dem Bärenzelt vermitteln zu können. Das ist zum einen daran gelegen, dass die Akustik inzwischen zu wünschen übrig gelassen hatte, und zum anderen, dass keiner mehr nüchtern war, außer dem Piefke, der inzwischen aufgetaucht war.

Ein Blick in die betrunkene Menge hat dem Sanktus klargemacht, dass für ihn heute Zapfenstreich war. Der Bummerl hat noch auf eine Maß bleiben wollen, obwohl er am nächsten Morgen um vier Uhr zur Frühschicht wieder hat antreten müssen. Der Rest ist freilich auch geblieben.

Der Sanktus hat, während er über die nächtliche Wiesn gewandert ist, seinen Gedanken freien Lauf gelassen, Brainstorming nix dagegen. Doch das, was da so gestormt hat, hat ihn eher melancholisch gestimmt – oder gestormt? Miese Stimmung Dreck dagegen. »Vorbei« jetzt Resümee.

Vorbei die gute alte Zeit. Bierbrauer werden in Münchner Brauereien ermordet, Genweizen wird im Münchner Bier verwendet, Münchner Brauereien sind in ausländischer Hand, die Wiesn hat auch nicht mehr *den* Charme und den Münchner Dialekt kannst du auch fast nirgends mehr hören – also weder auf der Wiesn noch sonst wo.

Vorbei die Zeiten der Familienwiesn, auf die er mit seiner Mama, Oma und Schwester gegangen ist. Mittags ein Hendl für alle und eine Maß Bier für die Oma – in aller Ruhe, ohne um einen Platz kämpfen zu müssen. Danach

hat der Bub mit seiner Schwester Riesenrad und Geister-
bahn fahren dürfen. Abschließend hat's einen glasierten
Apfel oder eine Zuckerwatte gegeben. Es war immer ein
perfekter Tag.

Vorbei die Zeiten, wo du im gemütlichen Münchner
Biergarten ohne Probleme einen ruhigen Platz unter einer
grünen Kastanie gekriegt hast. Im Haidhausener Hofbräukeller-Biergarten hat der Sanktus fast jeden Sommerabend
seiner Kindheit verbracht. So ist es ihm zumindest vorgekommen. Kannst du dir heute auch nicht mehr vorstellen,
geschweige denn leisten.

Vorbei die Zeiten, als das Münchner Leben noch nicht
hektisch war, die Leute miteinander getan haben anstatt
gegeneinander. Nicht Globalisierung und Leistungsdruck,
sondern Lokalkolorit und Verständnis für das Indivi-
duum.

Vorbei, vorbei die Zeiten, ja, ja und wieder einmal hat
er sich die Frage gestellt, ob es richtig war, nach München
zurückzukehren. Aber eine Antwort hat er dafür nicht
gehabt – noch nicht.

So hat er einfach versucht, die laue Abendluft zu genießen und hat die verschiedenen Leute und die mannigfalti-
gen bunten Lichter auf sich wirken lassen. Natürlich hat's
den obligatorischen Türkischen Honig noch gegeben. Am
Löwenbräuzelt ist der Sanktus kurz stehen geblieben und
hat gewartet, bis der Löwe über dem Zelteingang den Maßkrug angesetzt, »LÖÖWENBRÄÄÄÄU!!!« gebrüllt und
dann mit seinem Schwanz gewackelt hat. Als Bub ist er da,
so ist es ihm zumindest vorgekommen, stundenlang mit seiner Oma stehen geblieben und hat den Löwen immer wieder und wieder brüllen hören wollen. Die Oma hat natür-

lich für den Buben so lange gewartet. Was tätst du ohne Oma? Dem Sanktus sind gleich ein paar Tränen gekommen. Da ist ihm wieder klar geworden, dass ihn der Mordfall mehr belastet hat, als ihm lieb war. Nach der Videokassette hat es ja jetzt durchaus sein können, dass er neben einem Mörder gleich noch einen hochgradig Perversen würde kriegen können. Er hat jetzt an die Martina von der Kathi gedacht. Wenn du da an solche Pornos denkst? Da hat's ihm gleich wieder das Wasser in die Augen gedrückt. Heimfahren jetzt höchste Zeit.

Langsam ist er über die Schaustellerstraße in Richtung U-Bahn geschlendert. Urplötzlich hat ihm ein besoffener Japaner in Lederhosen auf halber Höhe direkt vor die Füße gekotzt. Der Rest der japanischen Reisegruppe hat das Ganze lachend fotografiert. Ein älterer Japaner, der am lautesten gelacht hat, hat zu seiner bayerischen Tracht eine lächerliche Baseball-Mütze mit der Aufschrift »'65« aufgehabt.

Alkoholdehydrogenase, verstehst du? Das Enzym, das den Alkohol abbaut! Genetisch bedingt. Sie können nichts dafür, die Asiaten. Haben halt einfach weniger Enzyme.

Komisches Volk, hat sich der Sanktus gedacht, weil fürs Fotografieren, da können sie schon was dafür!

Bevor der Sanktus in die U-Bahn runter ist, hat er sich noch einmal umgedreht und auf das nächtliche Oktoberfest geschaut, einmal tief den Geruch von Zuckerwatte, gebrannten Mandeln, Hendln und Bier in sich aufgenommen und ist mit einem Lächeln und der plötzlichen Sicherheit, dass er die Morde bald aufklären würde, heimgefahren.

Daheim hat er seine Goaßl im Hinterhof durch die Luft zischen lassen. Ausnahmsweise ohne lautes Schnalzen, der Zeit angemessen. Aber nach so einem Tag hat's schon noch eine Viertelstunde geistige Entspannung gebraucht.

DONNERSTAG

G: Prost, Herr Nussrainer!

N: Naa!

G: Wie? Naa?

N: Keinen Durscht!

G: Werden S' krank, Herr Nussrainer?

N: Scho.

G: Was ham S' denn für eine Krankheit?

N: Seelisch, verstehn S', Herr Gschwendtner? Die Psyche!

G: Naa. Ehrlich gesagt ned.

N: O mei, o mei, Herr Gschwendtner. Da gfallt dir halt gleich gar nix mehr.

G: Ja, was is denn heut mit Ihnen? Lassen S' sich doch ned alles aus der Nase ziehen.

N: Terrorwarnungen, Sicherheitszonen um die Wiesn, Al Kaida … Ja, wo samma denn, frag ich Sie? Beim James Bond, oder wo? Unter höchsten Sicherheitsvorkehrungen darfst du nur ins Bierzelt. Da wirst du erst einmal gründlich gefilzt. Ned, dass du eine Bombe dabei hast. Sehr gemütlich. Wie viel Maß haben Sie denn getrunken?

G: Wieso ich?

N: Ned Sie! Sagst du, ja, acht waren's schon. Bist du ein Sicherheitsrisiko, weil du vielleicht hochexplosiv vom Alkohol bist. Also ab in die Terrorfahndung.

G: Jetzt übertreiben S' aber ein bisserl, Herr Nussrainer.

N: Ja, aber da fällt mir doch nix mehr ein. In was für einer Welt leben wir denn, wo du ned einmal mehr auf das Oktoberfest gehen magst wegen irgendeinem Araber? Da kann mir dann die Wiesn gestohlen bleiben. Die haben mich jetzt gsehn. Aus! Sag ich zu dem Bürscherl von der Polizei, also der, der mich gestern gefilzt hat, sag ich, ich hab noch nie nicht einen Sprengsatz auf der Wiesn dabei gehabt und jetzt geh ich seit fünfundfünfzig Jahr aufs Oktoberfest. Da hätt ich es schon vor Jahren sprengen können, wenn ich mögen hätt. Fragt er mich, ob ich's schon mal mögen hätt. Ich Depp sag »freilich«, wenn du wieder einmal keinen Platz kriegst vor lauter Reservierungen und halben Tischen, die komischerweise alle beim Pieseln sind. Sagt er, ich muss jetzt vorsichtig sein, weil das jetzt eine Terrordrohung sei. Er! Gell! Ich hab dann mein Maul gehalten, weil sonst würd ich jetzt nicht da sitzen.

G: Na, versteh ich schon, dass Ihnen das Bier nicht mehr schmeckt.

N: Außerdem schmeckt's mir erst wieder, wenn s' diesen Biermörder gfunden haben. Eine Schand is des! So was hab ich in München nicht für möglich gehalten. Wir sind halt scheinbar doch nur eine ganz durchschnittliche Großstadt.

G: Na, ja. Ob s' woanders die Leute auch im Bier umbringen?

N: Das vielleicht ned, aber ich hätt mir halt erhofft, dass sie den Verantwortlichen finden. Am Anfang hat's halt doch ein bisserl wie eine schwarze Komödie angefangen, wo du sagst: »Sauber! – solche Machenschaften gibt's nur in Bayern.«

G: Aber jetzt sind wir eher in die Realität geholt worden, ned wahr.

N: Und die ist hart, wie überall auf der Welt. Und des schlechte Wetter passt auch noch dazu!

G: Ja, wenn des so is, dann halt ned »Prost«.

N: Genau! Ned Prost!

*

Schlafen? Schlafen hat er eigentlich nicht können, also die ganze Nacht, der Sanktus. Kurz vor halb sechs, also kurz vor dem Aufstehen, ist er leider doch noch für fünf Minuten eingeschlafen ...

Er ist in einer kleinen Gruppe Leut auf der nächtlichen Theresienwiese gestanden und hat Richtung stadtauswärts geblickt. Kein Besucher war mehr auf dem Festplatz. Das Riesenrad hat sich ganz langsam im Wind gedreht und alles um ihn herum war weinrot erleuchtet.

Da hat sich der Karl Valentin zum ihm umgedreht und in Richtung München, das lichterloh gebrannt hat, gezeigt und gesagt:

»Siehst, seit so und so viel Jahr wohn ich jetzt in der Sendlinger Straß, also nicht in der Sendlinger Straß, sondern, also schon in der Straß, ich mein in de Häuser, die da sind. Also in der Straß könnt man ja nicht wohnen, weil da die Trambahn durchfährt. Inzwischen ist's aber eh egal, ob da eine Trambahn fährt oder ned, weil mir München inzwischen eher unbekannt ist, also, schon, also es ist so, als ob überall eine Trambahn fahren würde, also auch im Kopf, gell.«

»Man fühlt sich ja gar nicht mehr sicher hier!«, hat die Liesl Karlstadt geschimpft und der Valentin hat nur gemeint:

»Ich möchte wissen, was für ein saures Bier das gibt, wo sie den drin gekocht haben, die Saubande, die dreckige!«

Der Weiß-Ferdl hat gesungen: »Und unser Fähndelein war einst weiß und *blauuuuu*!« und der Roider-Jackl wollte gerade zu einem Gstanzl ausholen, als der König Ludwig in Strapsen mit den steinernen Füßen der Lola Montez in der Hand in einer Kutsche vorgefahren ist und geschrien hat: »Schauts dass's weiterkommts. Ganz München brennt. Es wimmelt nur so von Fremden. Der Usurpator hat das ganze Münchner Bier vernichtet. Hunderte von Brauern wurden bereits getötet. Niemand weiß, welch furchtbare Macht am Werk ist. Auf, auf, hinfort!«

Der Sanktus wollte alle aufhalten und hat aus voller Kehle geschrien: »Hörts auf! Bleibts da! Morgen hab ich ihn doch. Ich weiß doch, wie ich ihn find ...«

»... find!«, hat er sich selber noch plärren hören. Herzschlag jetzt Gott sei Dank wieder langsam runter. Je mehr der Sanktus begriffen hat, dass er in seinem eigenen Bett war und nicht im brennenden München, desto mehr ist sein verlorener Gesichtsausdruck einem Grinsen gewichen.

Als ihn die Anna eher schief angeschaut hat, hat der Sanktus nur verschmitzt gegrinst.

»Heut ghört er mir, Annamirl! Heut ist's so weit!«

»Wer ghört dir? Und sag ned allerweil Annamirl zu mir, Fredi!«

»Du sagst ja auch immer Fredi zu mir.«

»Du heißt ja auch so. Kleiner Unterschied, großer Meister. Und jetzt rein in dein Arbeitsgwand und ab mit dir. Schau mal auf die Uhr. Sonst schmeißen s' dich noch naus, bevor du richtig angefangen hast.«

»Heut passiert bloß einem was!«, hat der Sanktus postuliert.

»Was redest denn heut? Wie viel hast denn gestern wieder getankt? Und wer ghört dir jetzt heut überhaupt?«

»Der Mörder.«

»Wie? Weißt endlich, wer's war?«

»Naa, aber heut krieg ich's raus. Des schwör ich dir. Heut ghört er der Katz.«

»Ich hab mir denkt, dir ghört er?«

»Mir *und* der Katz. Mir *oder* der Katz? So genau nehm ich's dann doch ned, wenn ich ihn erst einmal hab, den Kerl!«

»Sagst mir halt dann heut Abend Bescheid, wer's war, falls es rauskriegst.«

»Selbstverständlich, Herr Hauptfeldwebel!«

»Sag amal. Bist du noch bsoffen von gestern?«

»Naa, nur gut drauf. Ich sag nur Japaner!«

»Japaner? Des soll einer verstehen. Wieso Japaner?«

»Japaner. Mehr sog i ned!«

»Dann lasst es bleiben. Is mir doch wurscht. Aber pass auf dich auf, gell! Hörst mich? Dass dir ja nix passiert. Ned, dass du auch noch im Bier schwimmst.«

»Freilich, Annerl, freilich. Ich geb dir dann gleich Bescheid, wenn's so weit is. Pfiat di und gell – Bussi!«

»Ich muss noch kurz einmal zum Dr. Müller«, hat der Sanktus nach einer Stunde Arbeit zum Master gesagt und seinen Hakenschlüssel auf das Filtrationspult gelegt.

»Was will na der scho wieder von dir, Sangdus?«

Sanktus jetzt irgendeine Story von Namibia und dass der Dr. Müller da in den Urlaub hin will und daher Informationen braucht et cetera.

»Na, die hohen Herren. Da is der Urlaub wieder dringender wie die Broduktion. Almächd, almächd. Da kriechst an Vochel. Schausd hald, dassd schnell wieder da bisd.«

»Mach ich, Master, mach ich!«

Kaum war der Sanktus aus dem Filterkeller draußen, ist er auch schon in Richtung Sudhaus abgebogen, ICE Schnecke dagegen. Vollgas in die Schaltwarte rein.

»Hirschberger, auf geht's. Geh mit, schnell!«, hat er geplärrt.

Der Bummerl hat nur verschlafen aus seinen vom Alkohol und wenigem Schlaf verengten Augen rausgeschaut und dem Sanktus einen Vogel gezeigt.

»Hat's dich, Sanktus?«

»Nein, aber dich gleich, wennst jetzt ned kommst. Los, los, Drehzahl, Schnellgang! Pack ma's!«, hat der Sanktus gekreischt.

»Der spinnt doch komplett«, hat der Bummerl gegrummelt und ist schon einmal von seinem Stuhl wankend aufgestanden. Ganz langsam und sachte – Kopf jetzt Wasserwaage, weißt?

»Scheiß Sauferei, Bummerl, gell. Hardcoresaufen gestern, oder? »

»Ja, und vor allem Kurzzeitschlafen. Alles ein Käs. Immer das Gleiche, aber glauben tust es ja doch erst am nächsten Tag. Wo gemma denn hin?«

»Ins Stüberl. Mir ist nämlich was gekommen. Aber zuerst schauen wir uns noch einmal den elektronischen Bericht vom Kellerer-Sud an. Auch wenn's dir gleich den Schädel zerreißt. Dann wenigstens mit Grund. Auf geht's Hirschberger! Keine Müdigkeit vorschützen.«

»Schänder! Grobian! Kein Einfühlungsvermögen.

Empathie? Pah! Von wegen! Fremdbegriff, oder? Psychologische Null ...«

»Die Sache will's. Tu weiter! Lass mal sehen«, hat der Sanktus gedrängt.

Der Bummerl hat die Datei geöffnet und der Sanktus einen wissenschaftlichen Blick hineingeworfen und vor sich hin gemurmelt.

»Maischbeginn neunzehn Uhr neunundvierzig, Abmaischen zweiundzwanzig Uhr vierunddreißig, Läutern Ende ein Uhr gradaus, Kochbeginn ein Uhr sechzehn, Spindeln zwei Uhr siebenundzwanzig, zwei Uhr neununddreißig ›Handeingriff‹! – Handeingriff, Himmel, Herrgott – Bummerl – Handeingriff!«

»Ja und, warum nicht?«, hat der Bummerl da gebafft. »Er kann doch irgendwas nachgeschaut haben oder ...«
In dem Moment hat's auch beim Bummerl geschnackelt.

»Scheiße, warum sollst denn beim Spindeln einen Handeingriff machen? Scheiße, noch größere Scheiße. Neununddreißig. Mist neununddreißig! Um siebenunddreißig ist der Hias ja schon eingetaucht, haben wir gsagt, gell?«

»Gell, Bummerl. Gell. Da war kurz darauf noch einer an der Steuerung dran. Schau einmal auf die elektronischen Linienschreiber.«

»Die schauen eigentlich ganz normal aus. Haben wir doch schon einmal angeschaut. Schau. Da ist der Kellerer eingetaucht. Der Heizdampf der Würzepfanne war schon vorher aus und ist auch nicht mehr angegangen. Warum also ein Handeingriff kurz darauf?«

»Bummerl! Wie schaut der Linienschreiber aus, wenn die Dampfzonen aus sind?«

»Die Linie ist auf fast null bar, also fast kein Dampfdruck!«

»Gut. Und wo ist die Linie nach zwei Uhr neununddreißig?«

»Auf null bar, oder?«

»Depp! Schau genau hin!«

»Weg!«, hat der Bummerl geflüstert. »Weg. Gar ned da!«

»Genau. Siehst Bummerl. Handeingriff. Da hat jemand die Dampfzonendaten ausgeblendet.«

»Das kann ja nur heißen …«

»Jawohl, Bummerl. Der Dampf ist per Hand eingeschaltet worden. Jemand hat sozusagen den Kellerer noch einmal richtig aufgekocht. Auf Nummer sicher, was meinst?«

»Das heißt ja … Es muss jemand aus unserer Brauerei gewesen sein oder jemand, der unser Programm in- und auswendig kennt.«

»Beides tät ich sagen«, hat der Sanktus geschmunzelt. »Und jetzt komm mit. Schnell! Auf geht's!«

Der Sanktus hat im alten Hefekeller die Tür des Verstecks mit einem Quietschen aufgeschoben. Gar nicht gut für den Bummerl. Kopfmäßig!

»Gestern hab ich einen alten Japaner in Tracht gsehn!«, hat der Sanktus zum Erzählen angefangen.

»Is mir doch so wurscht. Von mir aus hast zwanzig gsehn«, hat der Bummerl gestöhnt. »Oder Chinesen, ist doch so was von egal. Mei is mir schlecht.«

»Der hat eine Baseball-Kappe aufghabt.«

»Na, bravo. Und?«

»Da is fünfundsechzig draufgestanden!«

»Sanktus, komm zum Punkt. Mir zerreißt's gleich den Schädel. Ich kann jetzt ned denken. Sag's einfach!«

»Fünfundsechzig, Bummerl. Jahrgang fünfundsechzig. Das Foto von der Abschlussklasse da. Warum haben die des da aufgehängt, ha, Bummerl?«

»Weiß ich doch ned.«

»Weil sie selber drauf sind, bsoffens Wagscheitl!«

»Wer?«

»Das schaun wir jetzt gleich nach.«

Der Sanktus hat das Schwarz-Weiß-Foto von der Wand runtergenommen und inspiziert. Klein Adlerauge Anfänger. Auf dem Bild waren ungefähr dreißig Jugendliche zu erkennen. Alle haben ein breites Grinsen aufgehabt. Vorfreude auf den Arbeitsalltag als Brauergeselle. Der Sanktus hat auf einen schmalbrüstigen Buben mit schwarzen, von Pomade strotzenden Haaren gezeigt.

»Des is der Kellerer, schau Bummerl!«

Der Bummerl hat genauer hingeschaut und auf den Kameraden daneben gezeigt.

»Der Bauernschädel da is der Riemensberger. Da schau her. Waren die in derselben Berufsschulklasse, verreck!«

»So!«, hat der Sanktus gemeint, »jetzt schaun wir mal, ob wir den ominösen Dritten finden. Da bin ich mir eigentlich ganz sicher. Da schau her. Wen haben wir denn da. Kennst den, Bummerl?«

Der Sanktus hat auf ein eingeschüchtert wirkendes Büberl in der ersten Reihe gezeigt.

»Naa, wer soll denn das sein?«

»Der Richie! Der Müller Richie!«

»Der Dr. Müller?«, hat der Bummerl herausgestottert. »Glaubst du, er ist der dritte Mann?«

»Gefühlsmäßig eigentlich ned. Ich glaub nicht, dass der mit dem Riemensberger und dem Hias speziell war. Der ist ja anschließend nach Weihenstephan.«

Der Sanktus hat das Foto weiter betrachtet und ist mit dem Finger über alle Schüler gefahren. Plötzlich ist er abrupt stehen geblieben.

»Ja, jetzt leck mich doch am Abend. Schau mal den da an. Den mit den Schneckerln.«

Der Bummerl ist jetzt näher herangegangen. Der Sanktus hat seine Fahne in der Nase gehabt und sich sein Riechorgan zuhalten müssen.

»Der Linseisen, das Orakel! War der auch in dem Jahrgang. Das is ja eine ganze Brut. Meinst der war's?«

»Könnt ich mir schon eher vorstellen. Aber der hat uns doch auf den Romanov gebracht. Wär doch deppert, wenn er ihn selber erpresst. Kann ihm doch nur Schwierigkeiten bringen.«

Der Bummerl hat verständnisvoll genickt und ist jetzt auch mit dem Finger über die Jugendlichen gefahren.

»Halt. Stopp. Da! Da is er! Ich hätt ihn fast ned kennt!«

Der Sanktus hat jetzt auf einen unscheinbaren Buben mit Elvis-Frisur gedeutet.

»Der dritte Mann. *Der*, wenn's ned is, fress ich an Besen.«

Der Bummerl hat vor Staunen den Mund fast nicht mehr zugebracht.

»Pfeilgrad! Des is er! Freilich, klar!«

»Servus, Quasi!«, hat der Sanktus gesagt, als er mit dem Bummerl die Pförtnerloge betreten hat.

»Der Filtrierer und der Biersieder gleich miteinander. Machen wir kein Bier mehr, dass ihr zu zweit spazieren gehen könnts?«, hat der Dammböck gebrummt. »Was gibt's?«

»Na!«, hat der Bummerl gemeint, »heut bist aber beson-

282

ders freundlich. Is dir was über die Leber glaufen? Sonst bist auch immer so lustig.«

»Hmh, ja, ja. Also was is?«, wollte der Quasi wissen. Gleichzeitig hat er aus seinem Fenster geschaut und den Dr. Müller gegrüßt, der ihm freundlich im Vorbeigehen zugewunken hat. Die beiden Brauer haben auch gewunken. Praktisch Parade.

»Ja, wennts nix wollts von mir«, hat der Quasi angefangen, »dann könnts euch eigentlich wieder schleichen, weil mir pressierts a bisserl, gell. Also, servus!«

»Ned so schnell, Quasi!«, hat der Sanktus gerufen, »so wie du dich gibst, weißt du genau, was wir wollen.«

Der Quasi ist ganz blass geworden und hat zum Stottern angefangen.

»Ich? Ich weiß eigentlich gar nix!«

»Glaub ich dir ned, Hans. Glaub ich dir im Leben ned. Kennst du den Orson Welles?«, wollte der Sanktus wissen.

»Scho!«

»Bist es du, oder?«

»Wer?«

»Der dritte Mann?«

»Ich weiß gar ned, von was ihr redets, Buam! Außerdem hab ich jetzt zu tun. Also servus.«

»Quasi, willst, dass s' dich auch noch umbringen?«

Der Quasi hat jetzt geschluckt, die Augen geschlossen und lange und inbrünstig geseufzt.

»Also guat. I geb's zu!«

»Wer bringt euch um, Quasi. Wen habts erpresst? Wer lasst sich des ned bieten?«, hat der Bummerl gefragt und seine Stimme jetzt praktisch Überschlag.

»Kann ich euch ned sagen. Des müssts doch verstehen«, hat der Quasi mit zitternder Stimme von sich gegeben. »Ich

bin der Letzte von uns, und ich weiß ned, wer's is. Des
können mehrere sein. Wir haben da so einiges am Laufen.
Aber mich kriegt er ned. Dafür sorg ich schon.«

»Was redst denn da für ein wirres Zeug? Mehreres? Zwei
Erpressungen habts am Laufen. Der eine ist der Russ, aber
der war's ned. Und den anderen will ich jetzt wissen, sonst
scheppert's, gell!«, hat der Sanktus gedonnert und mit der
Videokassette gewedelt, die der Bummerl vorher noch aus
dem Spind geholt hatte.

»Na habts also unser Kammerl auch schon gfunden. Und
den Tresor habts auch schon aufkriegt. Respekt! Is ja auch
schon wurscht jetzt. Na schauts euch das Video amal an. Na
habts den zweiten. Aber ob der die anderen umbracht hat.
Ich weiß ned. So! Da hinten is ein Videorecorder für die lang-
weilige Nacht in der Pforte. Ziehts ihn euch rein, den Strei-
fen. Ich geh derweil und hol die Hefe für die alten Weiber.«

Am Donnerstag hast du um ein paar Euro Hefe beim
Stern kaufen können. Mehrere Stereotype der Damenwelt
haben geglaubt, dass sie mit dieser Bierzutat ihre Schönheit
ein wenig aufpeppen könnten. Blöd nur das Durchschnitts-
alter. Siebzig geradeaus.

Der Quasi ist also in Richtung Gärkeller davon gedackelt.

Der Sanktus und der Bummerl haben die Kassette in den
Recorder hineingeschoben und abspielen lassen. Beiden ist
bei den Szenen, die sie zu sehen bekommen haben regel-
recht schlecht geworden. Dem Sanktus zum ersten Mal,
dem Bummerl schon wieder, weil er die Kassette schon
einmal im Dienste der Verbrecherjagd anschauen hat müssen. Kinderpornographie pur. Bei dem Video hat es sich
um zwei kurze Pornos gehandelt. Danach war nichts mehr
auf dem Band zu finden.

Die beiden haben sich nur fragend angesehen und den Kopf geschüttelt.

»Das kann doch ned sein!«, hat der Sanktus gegrummelt. *Schauts es euch an, dann habts ihn*, hat er gsagt. Also muss was drauf sein. Des gibt's doch gar ned!«

»Vielleicht wollt er uns nur verarschen und ist auf und davon«, hat der Bummerl gesagt.

»Glaub ich ned«, hat der Sanktus gesagt. »Bringt ihm doch eigentlich auch nix. Schaun wir uns des Band noch einmal an.«

Dem Sanktus hat der Kopf wieder einmal gesurrt. Gedankenfetzen, die durch das neuronale Hirnuniversum schwirren, aber an keiner Synapse durchkommen. Klarer Gedanke also Fremdwort. Mörder? Wer, wo? Wieso? Hauptsache wer! Zefix!

»Spiel's noch mal, Sam«, hat der Sanktus geseufzt. Mittendrin ist die Tür aufgegangen und der Dr. Müller ist in der Pförtnerloge gestanden. Der Bummerl hat gerade noch ausschalten können.

»Gibt's Probleme, Buben?«, hat der technische Direktor wissen wollen.

Beim Sanktus und Bummerl jetzt Herz in der Hosentasche und großes Zittern, weil Mörderjagd hin oder her, aber vom Chef bei Kinderpornos erwischt werden eher schlecht.

»Naa, naa, wir wollten nur kurz was mit dem Herrn Dammböck ausmachen. Wir gehen dann gleich wieder«, hat der Bummerl geschwindelt.

»Dann passt's ja«, hat der Dr. Müller gemeint und kurz in Richtung Fernseher geschaut. »Lassts euch ruhig Zeit, Männer. Hektik hat noch keinem gutgetan, gell. Wo is er denn, der Hans?«

»Im Gärkerller«, hat ihm der Sanktus erklärt. »Medizin für die alten Weiber holen.«

»Ob des noch was hilft. Ich glaub's ja ned«, hat der Dr. Müller gescherzt und war recht schnell weg.

»Des war knapp, Sanktus!«

»Leck mich am Arsch! Sauknapp, Bummerl.«

»Jetzt warten wir einmal auf den Quasi. Der soll noch ein bisserl mehr rauslassen. So hat des doch keinen Sinn, oder?«

Die beiden haben einige Minuten gewartet und schließlich eine geraume Zeit auf den Brauereihof hinausgeschaut, ob der Quasi schon im Anmarsch war. Aber vom Quasi weit und breit aber auch gar nichts zu sehen.

Der Sanktus ist wieder ins Pförtnerhäuschen rein und hat noch einmal in Richtung Fernseher gepeilt.

Neben dem Fernsehbild hat er auch noch Engerl gesehen, weil ihn jetzt endgültig der Schlag getroffen hat. Der Bummerl hatte in der Hektik nicht den Stoppknopf getroffen, sondern die Pausetaste. Auf dem Bildschirm war ein eindeutiges Standbild zu sehen.

»Bummerl!«, hat der Sanktus gekrächzt und dabei geschluckt. »Bummerl. Kannst du bitte amal ganz kurz reinkommen, bevor ich in Ohnmacht fall!«

»Wieso Ohnmacht? Scheiße! Ohnmacht! Jetzt schon«, hat der Bummerl gestottert. »Was isn des?«

»Des da, Bummerl. Des is des Flimmern zwischen den beiden Pornos. Des is des, was vorher auf der Kassette drauf war. Also bevor die Pornos auf die Kassette aufgenommen worden sind.«

»Scheiß die Wand an! Meinst der Müller hat's gsehn?«

»Keine Ahnung. Hoffentlich nicht.«

»Welch hohen Gast erblicken meine trüben Augen in meiner bescheidenen Hütte …«, hat das Fräulein Huber gesäuselt.

»Heut ned, Fräulein Huber. Ich muss ganz dringend zum Dr. Müller. Is er da?«

»Soeben ist er rein. Ich meld Sie an«, hat das Fräulein gesagt und ist im Büro des technischen Leiters verschwunden.

Kurz darauf ist der Vorzimmerdrachen zurückgekommen und hat den Sanktus in das Büro geführt. Der Dr. Müller ist hinter seinem Schreibtisch gesessen. Ein Pflaster und diverse Schweißtropfen haben seine Stirn geziert.

»Haben S' sich gstoßen, Herr Dr. Müller?«, hat der Sanktus angefangen.

»Ja, ja. Im Gärkeller an der niedrigen Abluftleitung am Tank siebzehn«, hat ihm der Direktor geantwortet.

»Ich wollt vorbeikommen, weil wir bei der Mördersuche entscheidend weitergekommen sind. Da wollt ich gleich Bericht erstatten«, hat der Sanktus gesagt.

»Um Gottes Willen. Wissen Sie jetzt endlich, wer's war, Sanktjohanser?«, hat der Dr. Müller gesagt und ist von seinem Schreibtisch aufgesprungen.

»Schon, schon. Ich weiß nur ned, ob Ihnen das Ergebnis gefallen wird«, hat der Sanktus weiter gemacht.

»Warum denn nicht, Sanktjohanser?«, wollte der Doktor wissen.

»Wir haben ein Videoband mit Pornofilmen gefunden, mit dem der Mörder erpresst worden ist. Es war nur leider kein bekanntes Gesicht darauf zu finden.«

»Ja, warum erzählen S' mir denn das dann? Aber Sie haben bestimmt noch was in der Hinterhand. Mögen S' ein Bier im Verkostungsraum? Da kann uns das Fräulein Huber nicht belauschen.«

»Gerne, Herr Dr. Müller.«

Diesen kleinen Raum hast du nur durch das Büro erreichen können. Sozusagen Privatverkostung, weil der offizielle Raum, zu dem alle Zugang hatten, natürlich beim Betriebslabor war. Der Raum war relativ steril in Weiß gehalten. In ihm haben sich ein erhöhter Tisch, eine Zapfanlage für das zu verkostende Bier, ein Schrank mit Gläsern und ein Spülbecken befunden.

Mit dem Bier in der Hand hat der Sanktus weitergemacht.

»Das Dumme für den Mörder ist nur, dass er die Filme auf eine private Kassette aufgenommen hat, auf der vorher schon was drauf war. Und zwischen den Pornos haben wir ein Standbild sozusagen extrahieren können. Es muss ein Geburtstagsfilm gewesen sein, weil er unseren Mörder bei einer Ansprache gezeigt hat. Dahinter ist gestanden ALLES GUTE ZUM SECHZIGSTEN.«

»Und weiter?«, hat der Dr. Müller den Sanktus gedrängt.

»Wollen Sie's wissen? LIEBER RICHARD, ALLES GUTE ZUM SECHZIGSTEN!«

Wenn du glaubst, der Dr. Müller wäre jetzt reumütig zusammengebrochen, hast du dich getäuscht. So schnell hat der Sanktus gar nicht schauen können, hat ihn ein Schlag getroffen und es ist ihm schwarz vor Augen geworden.

Kurze Zeit später ist der Sanktus mit Kopfschmerzen aufgewacht. In den Hintern hätt er sich jetzt beißen können. Hättest doch auf die Dramatik geschissen, hat er sich gedacht. Sofort hättest du ihn der Polizei übergeben müssen, aber der Herr Sanktjohanser braucht ja ein Finale wie der Edgar Wallace.

»Ratatatatatatata« – mehrere Schüsse – dann *Hier spricht Edgar Wallace*. Kennst du die Filme? Wenn es eh schon jedem Deppen klar ist, wer der Mörder ist, rennen die Karin Dor, die Karin Baal, die Uschi Glas und so weiter zum Schluss noch zu ihm hin und lassen sich in ein Verlies seiner Wahl einsperren. Du sitzt nur vor dem Fernseher und brüllst hinein: »Ihr dummen Weiber. Ihr habt's ja nicht anders gewollt. So was von verblödet! Gibt's ja gar ned!«

Hat der Sanktus seitdem nie wieder gemacht. Peinliches Verständnis. Sanktus jetzt ein Edgar-Wallace-Frauen-Versteher. Dumm gelaufen.

Der Sanktus hat natürlich sofort versucht, die Tür aufzubekommen, aber leider verloren, weil die Tür viel zu robust gefertigt war. Von der Zapfanlage hat er jetzt ein leises Zischen hören können.

Kohlensäure! Kohlensäure ist schwerer als Luft und ein Atemgift. Sie ist überall in der Brauerei durch die Gärung vorhanden und wird zum Leerdrücken der Tanks und beim Fassbierausschank verwendet.

Dem Sanktus wurde schnell klar, dass ihm das Zudrehen der Kohlensäureflasche an der Zapfanlage nichts helfen würde. Das Zischen ließ nicht nach. Er konnte das Geräusch weiterhin hören. Unter der verschlossenen Tür eines Schranks, in dem scheinbar das Leergut und die Kohlensäureflaschen aufbewahrt wurden, konnte der Sanktus den eingeklemmten Schlauch ausmachen, aus dem das tödliche Gas in aller Ruhe weiter entweichen konnte. Der Dr. Müller wollte ihn wahrscheinlich ersticken lassen und es dann auf einen Schankanlagenunfall zurück führen.

Klarer Gedankengang Gott sei Dank wieder da, zu guter Letzt.

Der Sanktus hat sofort das Fenster geprüft, aber scheinbar hatte der Dr. Müller den Griff entfernt, während sein Opfer ohnmächtig war. Außerdem weit und breit nichts zum Einwerfen in Sicht. Guter Rat jetzt teuer! Am Boden hatte sich schon zu viel Kohlensäure gesammelt, sodass er nicht versuchen konnte, mit irgendeinem Werkzeug den Schlauch unter der Tür herauszukriegen, um ihn zu verschließen, ohne sofort in Ohnmacht zu fallen. Halt! Die Kohlensäureflasche unter dem Schanktisch würde sich ideal zum Scheiben-Einschmeißen eignen. Der Sanktus hat nur den Schlauch, der von der Flasche zum Fass geführt hat, entfernen müssen.

Kohlensäure ist ein geruchloses Gas und der Sanktus hat beim Abschrauben der Flasche gemerkt, wie er in einen leichten Rauschzustand gedämmert ist. Jetzt war langsames Atmen und konzentriertes Arbeiten angesagt. Dann ist dem Sanktus schwarz vor den Augen geworden.

Die schrille Stimme des Fräulein Huber, die plötzlich in der Tür gestanden ist und irgendwas mit »Um Gottes Willen« geplärrt hat, hat den Sanktus wieder in die Realität zurückgeholt.

»Obacht, Kohlensäure!«, hat der Sanktus gelallt und hat das Fräulein Huber schwankend in das Büro gedrängt, um der Kohlensäure zu entkommen.

»Was ist denn hier los, Herr Sanktjohanser? Herr Dr. Müller hat gemeint, Sie würden auf ihn warten, bis er wieder zurück kommt.«

»Ich erzähl's Ihnen später. Aber ganz ehrlich, ich war noch nie so froh wie heut, dass ich Sie plötzlich vor meinen Augen hab.« Sprach's, hat der verblüfften Sekretärin ein Bussi auf die Backe gedrückt und war dahin.

Er ist jetzt direkt ins Sudhaus zum Bummerl gerannt. Vollgas! Normalerweise siehst du den Hirschberger ruhig vor seinen Rechnern sitzen und seine Sude kontrollieren, weil der Hirschberger Ruhe in Person. Jetzt ist er wie eine aufgescheuchte Henne in ihrem Stall in seiner Schaltwarte auf und ab gerannt und hat hier und da einmal auf einen der Rechner gedrückt.

»Da bist ja, Sanktus. Gott sei Dank. Ich hab mir schon denkt, dir ist was passiert!«, hat der Bummerl erleichtert gerufen.

»Fast, Bummerl. Mit Kohlensäure hat er mich in seinem Verkostungsraum ersticken wollen. So schaut's aus. Das Fraulein Huber, *das* wenn nicht gewesen wär, könntst mich jetzt auf den Ostfriedhof bringen lassen.«

»Leck mich doch! Na war's der Müller wirklich?«

»Schon. Aber die genauen Umstände würden mich jetzt schon noch interessieren. Wo ist eigentlich der Quasi?«

»Keine Ahnung, Sanktus. Vielleicht hat er sich aus dem Staub gemacht. Ich hab schon überall gesucht und mich erkundigt, ob ihn einer gsehen hat. Aber keine Chance. Niemand.«

»Einer wahrscheinlich schon!«, hat der Sanktus gemurmelt.

»Der Müller?«

»Genau. Wenn wir den finden, dann haben wir auch den Quasi. Wo hast denn noch nicht gsucht?«, wollte der Sanktus wissen. »Der Müller ist im Stand und bringt den Quasi auch noch um. Auf geht's Bummerl! Es pressiert. Streng dein Hirn an!«

»Mei, Sanktus. Die Hüttn ist riesig. Da weißt ja gar ned, wo du anfangen sollst. Überleg selber ein bisserl. Ich muss schnell den Hopfen geben, dann bin ich gleich wieder da.«

»Jetzt denkt der Depp an den Hopfen. So dienstbeflissen kann man doch gar ned sein. Bummerl! Da geht's unter Umständen um ein Leben und du mit deinem blöden Hopfenkeller ... Halt einmal. Hopfenkeller. Warst da schon drunten?«

Der Bummerl hat nur verdattert geschaut und dann verneint, woraufhin ihn der Sanktus am Latz seiner Arbeitshose gepackt und in den Keller gezerrt hat. Auf dem Weg in die Gewölbe wären die beiden fast die Kellertreppe hinuntergefallen, weil's dem Sanktus so pressiert hat. Kennst ja den Sanktus. Wie immer mit dem Kopf durch die Wand. Mittendrin ist der Schlauch des Weges gekommen und nach kurzem Zusammenstoß die Treppen runtergefallen, weil Überfallkommando Anfänger. Der Schlauch-Gernot war aber, wie er nachher erfahren hat, was an diesem Tag im Sternbräu noch passiert ist, froh, dass er sich bei dieser Aktion nur den Fuß verstaucht hat.

Der Sanktus hat den großen Hebel der Hopfenkellertür umgelegt und ist rein. Auf das Rufen der beiden hat sich nichts gerührt. Der Sanktus hat den Finger auf den Mund gelegt, sodass der Bummerl ganz ruhig war.

»Da! In der Ecke!«, hat der Bummerl geflüstert und pfeilgrad ist der Quasi hinter einer Mauer aus leeren Hopfenkartons zum Vorschein gekommen, wo er aller Ansicht nach gefesselt und geknebelt zum Erfrieren deponiert worden war. Der Hopfen braucht zur Lagerung niedrige Temperaturen, damit er sein Aroma behält, also fürs Erfrierenlassen ideal.

Die beiden haben den Quasi schnell entfesselt und in den Vorraum gezogen.

»So, Quasi, jetzt mach a Ansage! War's der Müller und wenn ja, warum?«

Der Quasi hat noch immer von der Kälte gezittert und vor lauter Zähneklappern hast du fast nichts verstanden.

»Freilich war er's. Die Sau, die dreckige! *Den*, wenn ich erwisch!«

»Quasi, Ansage! Keine leeren Drohungen. Warum? Anschließend müssen wir den Müller finden«, hat der Sanktus gedrängt.

»Wir haben seit Jahren Leut aus der Lebensmittelindustrie erpresst, der Kellerer, der Riemensberger und ich. Wir haben uns auf die früheren Hüter des Eids berufen. Das waren so Spinner aus der Hippiezeit…«

»Wissma. Das war euer erster Fehler. Die haben sich nämlich *Behüter des Aids* geschrieben, aber mach nur weiter.«

Der Quasi hat tief eingeschnauft und weiter erzählt.

»Wir haben nur welche erpresst, die's wirklich verdient haben, zum Beispiel den Russen mit seinem Genweizen oder Bierpanscher. Allein bei unserem Briefkopf haben die meisten schon so eine Angst gekriegt, dass sie gleich gezahlt haben. Das allsehende Auge, gut oder?«

»Wunderbar, Quasi«, hat der Sanktus gefrotzelt. »Ganz große Klasse. Der Bier-Code oder die Weißbierverschwörung oder die Pilsuminaten, einfach Wahnsinn.«

»So schlecht, meinst? Gewirkt hat's aber.«

»Was war beim Müller?«, hat der Bummerl gequengelt.

»Der hat's ganz ehrlich gebraucht. Bei dem hat's uns richtig Spaß gemacht. Ein pädophiler Perverser. Das Video habts euch ja angeschaut. Das war sein Ding. Kleine Mäderl befummeln. Eigentlich wollten wir ihn drankriegen, weil er sich von der Malt Union, also vom größten Malzlieferanten, jedes Jahr eine Urlaubsreise zahlen hat lassen, dass die Bestellmengen ein bisserl nach oben gehen, obwohl das Malz oft ein Glump war. Wir sind einmal in sein Büro eingebrochen, um die Malzunterlagen zu kopieren, da ist uns das Video zufällig in die Hände gefallen. Das war freilich ein gefundenes Fressen. Wir haben dann in seiner Vergangenheit nachgeforscht und haben rausgefunden, dass er in seiner Studentenzeit immer ganz junge Freundinnen gehabt hat. Und bei den Verbindungen kennt ja jeder jeden. Da sind uns Geschichten zu Ohren gekommen. Dass hätt ein paar Mal für Verführung Minderjähriger gereicht. Aber jetzt kommt's, weil erpressen kannst mit Geschichten, die dir keiner belegt, ja bekanntlich niemand. Wir haben ihn dann ausspioniert und ihn erwischt, wie er daheim auf seine Enkelin aufgepasst und sie ins Bett gebracht hat. Es war Sommer und am Abend war das Badfenster auf. Der Riemensberger ist mit dem Tele gegenüber im Baum gesessen. Magst es anschauen, Sanktus? Ich hab's, seitdem der Erwin und der Hias tot sind, immer bei mir.«

Der Quasi hat dem Sanktus das Foto gereicht. Den Sanktus hat ein Blitz durchfahren. Wut und Bestürzung im Duett. Auf dem Foto war der Dr. Müller zu sehen, als er die Martina gebadet, sie nebenher an bestimmter Stelle betatscht und sich dabei selbst befriedigt hat. Der Bummerl war käsbleich.

»So! Und jetzt sagst mir, der hätt's nicht verdient, Sanktus!«, hat der Quasi geplärrt.

Der Sanktus hat dem Quasi eine betoniert, dass er mit dem Hinterkopf an die Mauer des Vorraums geschlagen ist. Blut ist ihm aus dem Mund gelaufen.

»Wie lang ist des her, Quasi?«, hat der Sanktus gebrüllt.

»Depp. Das ist doch eine perverse Sau. Was willst eigentlich?«, hat der Quasi gewimmert.

»Bei so was geht man zur Polizei. Bei Genweizen ist des doch wurscht, aber das ist doch ein kleines Kind. Da denk ich doch ned an die Mordskohle, sondern unternehm was. Da schau ich doch, dass ich einen Schaden vom Kind abwend. Wie lang ist des her?«

»Zwei, drei Monat, warum?«, wollte der Quasi wissen.

Da ist's im Sanktus noch einmal explodiert und der Quasi mit dumpfen Schlägen, einen für jeden Monat, wieder an der Wand.

Der Bummerl und der Sanktus haben den bewusstlosen Quasi vom Hopfenkeller in seine Pförtnerloge geschleppt und wollten von dort aus den Kommissar Bichlmaier von ihren Entdeckungen in Kenntnis setzen. Doch die zwei haben leider feststellen müssen, dass die Leitung tot war.

»Der denkt doch an alles, der Zipfel. Hat die Anlage außer Betrieb gesetzt. Hast dein Handy dabei, Bummerl?«

»Natürlich nicht. Ist in meinem Spind.«

»Okay. Pass du auf den Quasi auf, Bummerl!«, hat der Sanktus gemeint. »Ich lauf rüber zum Sudhaus, hol dein Handy und ruf den Bichä dann an.«

»Sanktus, du … Sei mir bitte ned bös, aber kannst nicht du auf den Kerl aufpassen und ich ruf an, weil… Irgendwie hab ich ein bisserl Schiss, weißt«, hat der Bummerl gestammelt.

»Gut, Bummerl, da hast die Nummer, aber kommst dann gleich wieder. Wir müssen schauen, was wir mit dem da machen, bevor er aufwacht.«

Der Bummerl jetzt also ab in Richtung Sudhaus und der Sanktus hat den Quasi wieder verpackt, wie sie ihn aufgefunden haben und ihn unter den Schreibtisch in der Loge gesteckt, sich selbst in ein nicht einsehbares Eckerl verdrückt und auf den Bummerl gewartet. Bloß vergebens, weil der Bummerl leider nicht mehr aufgetaucht ist. Dem Sanktus ist schon blümerant vor Sorge geworden. Und so hat er den Quasi notgedrungen allein in der Pförtnerloge lassen müssen und ist in Richtung Sudhaus.

Als er ins Sudhaus rein ist, ist ihm sofort ein Stein vom Herzen gefallen, weil er den Bummerl durch die Glasscheiben im Eingangsbereich mit dem Handy in der Hand hat sitzen sehen können. Der Bichlmaier scheinbar schwer zu erreichen.

»Erwischst ihn ned, Bummerl, den Bichä? Ich hab den Quasi kurz allein lassen …«

Der Sanktus hat den Bummerl in seinem Drehstuhl zu sich gedreht. Der Bummerl hat ihn angeschaut, als hätte er einen Geist gesehen, so war ihm das Entsetzen ins Gesicht geschrieben. Aber gesehen hat er leider gar nichts mehr, der Bummerl, weil er in der Mitte der Stirn ein dunkles Einschussloch gehabt hat. Der Sanktus war völlig perplex und bevor er das Ganze hat realisieren können, hat er schon etwas Kaltes, Metallisches in seinem Genick gespürt und das hat nichts Gutes verheißen.

»Dieses war der fünfte Streich und der sechste folgt sogleich …«, hat der Sanktus hinter sich die Stimme des Dr. Müller vernommen.

»Kruzifix! Warum fünfter Streich, Herr Müller. Drei weiß ich. Der Dammböck hat's aber überlebt. Wer soll denn der fünfte sein?«, hat der Sanktus gefragt. Die Wut, die im Sanktus aufgekeimt ist, hat in diesem Moment scheinbar jedes Gefühl der Trauer übertrumpft. Er hat sich selber gewundert, wie er sich im Griff gehabt hat.

»Dreh dich um!«, hat der Dr. Müller ausgestoßen.

Der Sanktus ist dem Dr. Müller jetzt Auge in Auge gegenübergestanden. Sein Gegenüber scheinbar Ruhe in Person. Eine Pistole hat auf den Sanktus gezielt.

»Weiß halt auch ned alles, der Herr Sanktjohanser, obwohl er immer so gescheit sein will, gell, der Herr Hobby-Detektiv. Schön habt's alles rausgefunden, du und dein toter Kollege da. Aber mich kriegts ihr ned. Des könnts vergessen. Leider verloren. Den Dr. Müller schafft keiner so leicht. Des ham schon andere probiert. Im Studium, in der Arbeit und privat. Der Richard hat immer gewonnen.«

»Von wegen gewonnen. Verloren haben Sie. Selbst wenn Sie mich jetzt auch noch umbringen. Aufkommen tut ja doch noch alles.«

»Papperlapapp. Da fällt mir schon was ein. Genau! Der Quasi war's. Jetzt wo er's überlebt hat. Hat die beiden Brauer auch noch erpresst und hat sie dann leider umbringen müssen, weil sie ihm draufgekommen sind. Weiß ja ein jeder, dass ihr den Mörder sucht. Leider ist er in seinem Siegestaumel in der Brauerei bei einem Unfall tödlich verunglückt. Tja ja! Tragisch«, hat der Dr. Müller philosophiert und dem Sanktus ist angst und bang geworden bei so viel Irrsinn.

»Wer ist der letzte Tote, Herr Müller?«, hat der Sanktus angefangen. »Das würd mich jetzt aber schon noch interessieren. Lass mich ned dumm sterben, Richie. Komm!«

»Sanktus, Sanktus! Weißt es wirklich ned? Komisch, gell! Der, der euch auf den ganzen Schmarrn gebracht hat. Ihr habts es nur ned kapiert und seids auf den Russen losgegangen. Gleichzeitig wollt er mich bei der Polizei hinhängen mit seinem allumfassenden Wissen und unendlichen Gerechtigkeitssinn, der Depp!«

»Der Linseisen!«, ist es dem Sanktus rausgerutscht. »Drum haben wir den nicht mehr auf der Wiesn gsehen. Ich Volltrottel. Ihr warts alle in der Berufsschule miteinand. Logisch!«

Der Dr. Müller ist mit dem Rücken zur Glaswand der Schaltwarte gestanden und der Sanktus hat aus dem Augenwinkel die Kathi ins Sudhaus kommen sehen.

»Was wird denn da gespielt?«, wollte die Kathi wissen, nachdem sie die Schaltwarte betreten hatte.

»Vorsicht, Kathi!«, hat der Sanktus geplärrt. »Verschwind! Der hat a Waffe.«

»Papa! Spinnst du? Was machst denn da? Und seit wann hast du denn eine Pistole?«, hat die Kathi den Dr. Müller angeschrien. »Um Gottes Willen, der Bummerl!«

Die Kathi hat sich vor Schreck die Hand vors Gesicht gehalten und ihr sind die Tränen gekommen. Ihre Augen waren aufgerissen. Reines Entsetzen Anfänger.

»Den Herrn Sanktjohanser in Schach halten, Kathi. Er ist der Mörder. Er hat die ganzen Brauer umbracht. Sogar seinen besten Freund, den Harald. Zeugen beseitigen, gell«, hat der Dr. Müller erwidert.

Der Sanktus hat jetzt gemeint, ihn streift ein Bus, definitiv Doppeldecker.

»Das haben Sie sich wieder schön ausgedacht, Herr Müller. Aber die Sach hat einen kleinen Haken. Ich hab kein Motiv, aber du hast eins, gell. Frag ihn mal, Kathi. Frag ihn einmal, wer wirklich alle umbracht hat und vor allem, warum. Frag ihn. Komm!«, hat der Sanktus gebrummt.

Die Kathi hat nur verstört vom Sanktus zu ihrem Vater und zurück zum Sanktus geschaut.

»Papa, was is los? Sag was. Ich kenn mich da nimmer aus.«

»Glaub ihm kein Wort, Kathi. Er will alles auf mich abwälzen, aber da hat er sich getäuscht, der Herr Sanktjohanser. Nicht mit mir. Einen Mucks und ich drück ab. Ganz still halten, sonst knallt's!«, hat der Richie geschrien.

»Du hast doch viel zu viele schlechte Western und Krimis gsehn. Mein Name ist Bond, Richie Bond. Hören S' doch auf mit dem Käs«, hat der Sanktus gekontert.

Dann hat er sich an die Kathi, die jetzt schon käsweiß ums Näschen war, gewandt und gemeint: »Lang doch bitte in meine Arbeitshose. Dann siehst du klar. Aber Vorsicht. Des is ned schön.«

Die Kathi, jetzt weiße Wand Anfänger, hat einen Blick zu ihrem Vater geworfen und hat dann das Foto, auf dem der Dr. Müller und die Martina im Bad zu sehen waren, aus der Arbeitshose geholt.

Sie hat einen langen Blick auf das Bild geworfen und dann ist ihre Hautfarbe eher ins Gräuliche tendiert, weil noch weißer unmöglich. Geschwankt ist sie auch ein bisserl und dann hat sie zu zittern angefangen. Das Zittern ist in ein Beben übergegangen. Die Tränen sind ihr jetzt in Strömen über die Backen runtergelaufen und sie hat immer wieder den Kopf geschüttelt und mit tränenüberströmtem Gesicht ihren Vater angesehen. Ein leises »Papa?« hat sie noch rausgebracht.

Dem Dr. Müller sind jetzt komischerweise auch die Tränen runtergelaufen, aber der Sanktus hat die Szene nur beobachten können, weil die Pistole immer noch ganz furchtbar, zwar aus der Distanz, aber immer noch in seine Richtung gezeigt hat.

»Ich, ich …«, hat der Dr. Müller gestottert. »Ich hab ihr

nie wehgetan. Es gibt halt Sachen, da kommst nicht dagegen an. Kannst du das ein bisserl verstehen, Mädi?«

Die Kathi ist jetzt wie eine Furie auf ihren Vater losgegangen und hat hysterisch schreiend auf ihn eingeschlagen. Bei den wüsten Beschimpfungen, mit denen die Kathi ihren Vater bedacht hat, ist sogar der Sanktus noch blass geworden. Die Kathi hat unentwegt auf ihren Vater eingeprügelt, doch der hat den Eindruck erweckt, als würde es ihn gar nicht tangieren. Da der Dr. Müller bis dato noch Herr der Lage zu sein schien, hat sich der Sanktus noch nicht getraut einzugreifen. Der Dr. Müller hat die Kathi jetzt von sich weggestoßen und immer wieder versucht, sie zu beruhigen. Die Kathi ist immer noch schluchzend und zitternd zum Sanktus hinübergegangen, hat seinen Arm um sich gelegt und sich immer noch zitternd an ihn gekuschelt.

»Kathi, was machst denn jetzt? Du und der Sanktus? Ich glaub's ned!«, hat der Richie gemurmelt.

»Ich mach dich fertig, Papa, du perverse Sau. Du siehst das Kind gewiss nie mehr.«

»Er ist der Mörder, Kathi. Da beißt die Maus keinen Faden ab. Mit dem Bild ham s' ihn erpresst. Da hat er kurzerhand alle verschwinden lassen. Und jetzt will er's mir anhängen«, hat der Sanktus die Kathi fast angefleht. Die Kathi hat schluchzend den Kopf geschüttelt und jetzt hat der Dr. Müller, da ihm klar war, dass er seine Tochter nicht hat überzeugen können, eingelenkt.

»Gegen mich waren s', alle miteinander. Mir wollten s' schon immer an den Karren fahren«, hat der Müller, Dr. Müller – so viel Zeit muss sein – angefangen. »Diese Saubagage. Kleingeister. Einfache Brauer. Mich erpressen? Den Dr.-Ing. Richard E. Müller? Keine Chance. Das war die gerechte Strafe. Nicht mit mir!« Napoleon jetzt Scheißdreck dagegen. Dann hat er sofort wieder zum Blecken angefangen.

»Aber der Martina hab ich nie was getan. Das musst mir glauben Kathi, wirklich. Ich hab sie nie …«

Wenn Blicke jetzt töten könnten, hätt's der Dr. Müller nicht überlebt, so viel Gift hat die Kathi versprüht. »Halt deinen Mund, Papa. Aus!«, hat sie gezischt. »Mir zwei sind fertig miteinand. Entweder du stellst dich oder ich bring dich vor den Richter. Ist mir egal. Ich kann doch ned einfach so tun, als ob nichts gwesen wär.«

»Ist das dein letztes Wort, Kathi?«, wollte der Richie wissen. Die Kathi hat sich noch näher an den Sanktus gekuschelt, ja fast geklammert, und nur schniefend genickt. Der Sanktus war völlig perplex und hat gar nichts mehr sagen können, stumm, quasi.

Der Dr. Müller hat schlagartig zum Weinen aufgehört und ist rot angelaufen. Beim Sanktus haben jetzt alle Alarmglocken geklingelt, jetzt absolute Vorsicht, wegen total irr.

»Gut!«, hat der Dr. Müller geplärrt. »Dann alle zwei in den Nebenraum hinten rein, aber schnell!« Gleichzeitig hat er wie wild mit seiner Pistole gefuchtelt.

Der Sanktus und die Kathi sind in den kleinen Brotzeitraum hinter der Sudhausschaltwarte bugsiert worden. Der Dr. Müller hat mit einem Klacken von außen zugesperrt und die beiden haben ihn weglaufen hören.

Jetzt wo der Dr. Müller weg war, ist noch mal das komplette Leid aus der Kathi herausgebrochen. Dem Sanktus war es komplett unmöglich, sie zu beruhigen. Das Schluchzen von vorher Scheißdreck dagegen. Als die Kathi sich nach einiger Zeit einmal kurz beruhigt hatte, hat der Sanktus gefragt: »Was macht er jetzt, dein Papa?«

»Umbringen tut er sich!«, hat die Kathi schniefend geantwortet, dann aber gleich wieder zu weinen angefangen.

Dem Sanktus ist's kalt den Rücken runtergelaufen.

»Das is einmal eine Aussage. Respekt! Meinst echt?«

»Da bin ich mir ganz sicher. Und ich glaub, es ist das Gescheiteste. Für den Papa hat's immer nur null und eins gegeben. Ganz oder gar ned. Für den ist jetzt alles vorbei. Warum vergeht sich der an seinem eigenen Enkelkind, Sanktus, warum?«

Dann hat die Kathi sofort wieder gezittert und geschluchzt.

Der Sanktus hat nur ein »Hmm?« herausbringen können.

»Wie bringt er sich jetzt um? Was meinst?«, ist es dem Sanktus entschlüpft.

»Weiß ned«, hat die Kathi geantwortet. »Wie tätst du dich als Brauer umbringen, Sanktus?«

»In einen leeren Tank, der mit Gärungskohlensäure gefüllt ist, steigen«, hat der Sanktus doziert. »Da merkst nicht viel.«

»Dann is er jetzt im Gär- oder Lagerkeller, der Papa«, hat die Kathi geschluchzt.

»Na dann auf. Vielleicht können wir ihn noch aufhalten«, hat der Sanktus gedrängt. Die Kathi ist immer noch starr dagestanden, ohne sich zu rühren.

»Jetzt komm«, hat der Sanktus gemeint, »ist ja immer noch dein Vater.«

»Probieren könnten wir's. Hast recht. Auf geht's!«, hat die Kathi gemeint.

Der Sanktus hat sich mit seinem ganzen Bierbrauer-Kampfgewicht gegen die Tür des Brotzeitkammerls geworfen und diese tatsächlich aus den Angeln gehoben. In der Schaltwarte ist inzwischen der Produktionsleiter Niedermeier zitternd neben dem toten Bummerl gestanden.

»Sanktjohanser, Frau Müller. Was ist passiert?«, hat der Produktionsleiter gestammelt.

»Rufen S' den Kommissar Bichlmaier an und sagen S' ihm, was los ist und wir sind schon hinter dem Mörder her. Den Zettel mit der Telefonnummer hat der Bummerl in der Hand. Bis später, weil uns pressiert's!«, hat der Sanktus im Vorbeilaufen gerufen und die Kathi wie einen Zugwaggon hinter sich in Richtung Lagerkeller gezogen. Der Niedermeier hat schlotternd mit geschlossenen Augen versucht, dem Bummerl den Zettel abzunehmen.

Wenn du vom Sternbräu-Sudhaus in den Lagerkeller willst, musst du am alten Gärkeller, in dem das Dunkle gemacht wird, vorbei. Im Gärkeller hat der Sanktus den Schlauch-Gernot brüllen hören, dass er nicht der Depp hier sei und nur weil sich einer denkt, dass er der Chef sei und so weiter ...

Die Kathi und der Sanktus sind in den Gärkeller hinein. Im Gang zwischen den Gärbottichen ist eine dunkle, schäumende, malzig-süß riechende Flüssigkeit, die Anstellwürze des Stern Dunkel zentimeterhoch gestanden und der Schlauch in seinen Gummistiefeln wie ein Angler mittendrin.

»Schlauch, was is da los?«, hat der Sanktus gerufen.

»Ich wollt grad den Flobottich runterlassen ...«

Der Flotationsbottich ist ein Puffergefäß zwischen Sudhaus und Gärkeller. In diesen Bottich wird die fertige belüftete Bierwürze zwischengelagert. Belüften musst du sie, damit die Hefe wächst und arbeitet. Gleichzeitig wird ein bitter schmeckender Kühltrub entfernt, der durch die Luftbläschen nach oben steigt. Nach einiger Zeit wird der Sud in einen Gärbottich gepumpt und da war jetzt der letzte Bummerl-Dunkel-Sud drin.

»… da kommt der Dr. Müller mit einem Affenzahn daher und rennt mich übern Haufen. Ich wollt grad den Schlauch anschrauben. Mich schmeißt's, Klappe auf und die Würze beim Teufel. Dieser Trottel, tschuldige Kathi, aber …«

Der Sanktus hat ihm jetzt ein Zeichen gegeben, still zu sein.

»Wo is er hin?«, wollte die Kathi wissen.

»Richtung Lagerkeller. Warum?«, hat der Schlauch gefragt.

»Is noch was von dem Dunkeln da, Schlauch?«, hat der Sanktus gerufen. »Weil das war dem Bummerl sein letzter Sud. Der Müller war's und den Bummerl hat er auch noch daschossen. Den Sud müss ma in Ehren halten. Kathi, auf geht's.«

Der Schlauch hat von Knallrot auf Aschfahl gewechselt, geschnauft und sich einfach auf den Boden in die kalte Würze gesetzt und sein Kapperl abgenommen. Dass er einen klatschnassen Hintern bekommen hat, hat er scheinbar gar nicht gemerkt.

Im Lagerkeller angekommen haben die zwei Verfolger den Bär getroffen und ihn gleich nach dem Verbleib des Betriebsleiters gefragt.

»Ja, mei. Do is er nimmer!«, hat der Bär gemeint.

»Wo is er, Bär? Sag's!«, hat der Sanktus gedrängt.

»An leera Tank woit er sehng. Frisch filtriert. Zwengs der Kohlnsäure. Woaß ned, warum. Hob koan ghabt.«

»Gut, aber wo is er jetzt?«, hat der Sanktus genörgelt.

»Obn!«, hat der Bär einsilbig zum Besten gegeben.

»Wo oben? Herrschaftszeiten, lass dir doch ned alles aus der Nase ziehen!«

»Silo, hod er gsogt.«

Stichwort gefallen. Sanktus und Kathi kehrt. Vollgas durch den Lagerkeller zurück Richtung Malzturm. Gott sei Dank ist ihnen niemand in die Quere gekommen, weil den hätten die zwei glatt plattgewalzt.

An einem Ende des parallel führenden Lagerkellergangs hat eine Treppe direkt ins Freie geführt. Ausgang direkt vor dem hohen Malzsiloturm. Hier haben die verschiedenen Malzsorten gelagert und auf das Schroten im Sudhaus gewartet. Turm extrem hoch, also ideal für den Dr. Müller. Flugtechnisch. $9{,}81$ m/s^2, Erdanziehung, verstehst?

»Rein in den Aufzug, schnell«, hat der Sanktus geschrien. »Vielleicht schaffen wir's noch!«

Die Kathi hat nur schweigend zum oberen Ende des Turms geblickt und blass ausgeschaut. Wie angewurzelt ist sie dagestanden und hat einfach nur geschaut.

»Der Aufzug ist blockiert. Ich nehm die Treppe, schnell, Kathi, komm«, hat der Sanktus gerufen.

»Das schaffen wir nimmer. Zu spät«, hat die Kathi geseufzt und ist langsam die Treppe zum verdutzten Sanktus raufgestiegen und hat sich fest an ihn angeschmiegt.

In diesem Moment hast du einen Ton gehört, als wenn irgendwas die Luft durchschneiden würde und dann den Aufprall.

Die Müller Kathi hat sich mit einem Aufschrei vom Sanktus losgerissen und wollte zum Turm hinaus ins Freie. Kurz vor dem Ziel ist sie aber den letzten Treppenabsatz hinuntergestürzt und so ist ihr der Anblick des toten Dr. Müllers, der in unschöner Weise, also völlig zerbazt, auf dem Brauereihof gelegen ist, Gott sei Dank erspart geblieben.

Der Himmel war bewölkt. Es würde zu regnen anfangen. Der Brauereihof bevölkert mit Zuschauern: Braumeister, Brauer, Schlosser, Mechaniker, Verwaltungsangestellte und alles, was Füße hat. Keiner hat ein lautes Wort von sich gegeben. Alle haben nur getuschelt. Polizeiautos mit blinkenden Blaulichtern haben der Situation den offiziellen Rahmen verschafft. Es war mucksmäuserlstill. Der Kommissar Bichlmaier ist schweigend und schwitzend vor dem zugedeckten Leichnam gestanden und hat den Kopf geschüttelt. Der Sanktus hat die Kathi im Arm gehalten und die ihren Knöchel, den sie sich bei der Sturzaktion gebrochen hatte. Das Verschwörungs- und Detektivteam vom Stern-Bräustüberl ist in einer kleinen Gruppe in der Nähe der beiden gestanden und hat immer zwischen Sanktus, Kathi und der Leiche hin- und hergeschaut. Ein leichter Wind hat geweht und ein paar Wolken haben die Sonne verdeckt.

Langsam haben sich alle Blicke auf den Quasi gewendet, der gerade von zwei Beamten abgeführt worden ist. Der Charlie und der Lenz waren auch da, haben aber ausnahmsweise einmal ihren Mund gehalten. Jetzt typischer umschweifender Blick seitens Quasi. Ein Lüfterl hat ihm noch schnell die spärlichen Haare verweht und rein ins Polizeiauto mit dem obligatorischen Sicherheitsgriff an den Kopf des Delinquenten. Alles in Zeitlupe, versteht sich.

Der Kommissar ist zur Kathi und hat ihr sein Beileid ausgesprochen. Dem Sanktus hat er zur Lösung des Falles gratuliert. Schulterklopfen selbstverständlich. Stille immer noch erdrückend. Sonst hat kein Mensch was gesagt.

In völliger Ruhe und Abgeschiedenheit ist der tote Bummerl immer noch im Sudhaus vor seinem Rechner gesessen.

Auf einmal Stille beim Teufel. Zwei Leichenwägen sind mit einem Affenzahn und quietschenden Reifen durch das Tor zur Brauerei herein gebogen und mitten im Geschehen mit einer Vollbremsung zum Stehen gekommen. Situation endlich entspannt. Alle Anwesenden haben sich nun wild gestikulierend unterhalten und wollten das Geschehene in irgendeiner Weise verstehen oder nachvollziehen.

Der Sanktus hat zu den Autos geschaut und gelächelt.

»So ist's richtig. ›Bestattungsdienst Hingerl‹ aus Haidhausen. Der Leichen-Seppi und sein wahnsinniger Vater.«

Die beiden Herren sind ausgestiegen und sofort zum Sanktus hinüber. Den Seppi und seinen Vater musst du dir vorstellen wie die Blues-Brothers. Schwarzer Anzug, Sonnenbrillen. Nur einer mit grauen Haaren. Das war der Dünnere.

»Hi, Sanktus«, hat der Seppi gerade so rausgebracht. »Ois klar? Mir homma zwoa Passagiere, hob i ghört.« Schnaufen, weil völlig ausgepowert von der Ralley zur Brauerei.

»Scho, Seppi, scho!«, hat der Sanktus geantwortet. »Der da drüben ist der Kommissar Bichlmaier. Mit dem müssts alles ausmachen.«

Der Vater vom Seppi hat alle ganz fest ins Visier genommen, nachdem er die Brille abgenommen hatte. Ohne Sonnenbrille hat er eher ausgesehen wie der lebendige Tod selbst. Rolle im Brandner Kaspar als Boandlkramer locker drin.

Der Seppi ist vom Bichlmaier zurück gekommen und hat gemeint: »Der Papa kratzt den im Hof zamm und i schau daweil zu dem im Sudhaisl, gell. Bis glei!«

Der Sanktus wollte ihm noch was nachrufen, aber der Seppi war schon weg.

Beim »Zusammenkratzen« hat die Kathi wieder zum Schluchzen und Zittern angefangen.

Auf einmal ist die Tür zum Sudhaus aufgegangen und der Seppi ist tränenüberströmt auf der Treppe gestanden und hat geplärrt: »Welcher Saubär hodn an Bummerl daschossen?«

Der Sanktus und die Kathi haben nur auf die zugedeckte Leiche gedeutet.

»Der zum Z'sammkratzen!«, haben sie wie im Chor gerufen.

Beiden sind inzwischen so richtig die Tränen runtergelaufen.

Als die beiden Leichen in den Wagen verstaut waren, ist der Seppi zum Sanktus gekommen.

»So einfach konn i den ned in d'Grichtsmedizin fahrn. Ned an Bummerl. Andre scho, aber ned *den*. Mir brauchan wos Bsonders – a Event – an Konvoi, verstehst? Wia seinerzeit '77 beim Elvis in Memphis. Ned so groß, aber sonst genauso. So wia bei ›Irgendwie und Sowieso‹, woaßt eh, oder?«

»Ned schlecht, Seppi. Gute Idee. Du zuerst und wir im Brauerei-Oldtimer hinten nach. Reicht des?«, hat der Sanktus erwidert.

»Logisch. Und d'Polizei voraus. Der Burgmaier Charlie is ma sowieso no wos schuidig. Des homma glei!«

Der Seppi ist zum Charlie und der hat genickt. Beide sind sie dann rüber zum Sanktus gekommen.

»Sanktus«, hat der Charlie angefangen, »ich hab dich ja noch nie mögen, aber heut steh ich dir uneingeschränkt zur Verfügung. Kömma uns auf einen Waffenstillstand einigen?«

»Passt, Charlie, passt!«, hat der Sanktus zugestimmt.

Kurz darauf hat sich schweigend der Leichencorso auf den Weg gemacht. Zuerst das Duo Burgmaier-Hofer im Polizei-Fünfer mit blinkendem Blaulicht, danach der Seppi auf Mercedes mit dem Bummerl im Leichenwagen-Fond und hinterher alle Sternbrauer im Brauerei-Oldtimer. Das Auto war einem Bus anno 1920 nachempfunden und hat zur Werbung und zum Ausschank gedient. Im Passagierraum war genügend Platz für alle Brauer und am Hahn der Schankanlage ist ein Stern-Dunkel gewesen – aus Pietätsgründen, versteht sich. Dem Ganzen haben sich die verfügbaren Bierlaster der Brauerei angeschlossen, was dem Corso schon eine beachtliche Länge beschert hat.

»Ich fahr auch mit«, hat die Kathi kurz und bündig beschlossen und sich vom Sanktus in den Bus tragen lassen. »Für den Fuß ist's nachher auch noch Zeit. Wenn ich da jetzt kneifen würd, das könnt ich mir später nie verzeihen.«

Der Sanktus hat sie nur ganz fest an sich gedrückt und zärtlich geküsst.

Auf der Fahrt ist von keinem etwas gesprochen worden. Die meisten haben wässrige Augen gehabt. Die einzigen Sätze, die ab und zu gefallen sind, waren »Prost! Auf den Bummerl!«, »Schwoam man owe!« und »Ich versteh des alles ned!«.

Der Piefke, der vom Bummerl mittags die Schicht übernehmen hätte sollen, hat nur schweigend in seinen Bierkrug geschaut, der Schlauch-Gernot hat sich die meiste Zeit die Augen gerieben, der Giovanni als Südländer hat Rotz und

Wasser geheult und der Helmut hat schweigend mit einem Auge seinen Krug und mit dem anderen das Fass fixiert – fixiert. Der Bär hat sowieso nie was gesagt und sogar der Master war einmal ruhig.

Die Fahrt ist über die Landsberger Straße gegangen, vorbei an der Augustiner Brauerei. Nachdem sich bei Bierbrauern Nachrichten schneller als in allen anderen Berufsgruppen rumsprechen, sind vor der Einfahrt zum Augustiner schon mehrere Bierbrauer in ihren blauen Arbeitsanzügen gestanden und haben dem kleinen Zug schweigend zugeschaut. Als das Ende des Corsos die Brauerei erreicht gehabt hat, haben sich die Brauer auf mehrere Bierlaster verteilt und sich dem Zug angeschlossen. Dann über die Hackerbrücke zur Spaten und Löwenbrauerei. Dort sind weitere Bierautos gefolgt. Sogar LKWs der Bären-Brauerei haben sich angeschlossen. Der Zug hatte inzwischen gewaltige Ausmaße angenommen. Mitten unter den Bärenbräu LKWs hast du den Herrn Romanov in seinem Mercedes sehen können, der von dem letzten Mord inzwischen auch schon erfahren hatte und es sich nicht nehmen hat lassen, seinen Teil zum Trauerzug beizutragen.

Es ist runter zum Stachus gegangen, über den Lenbachplatz, vorbei am Bayerischen Brauerbund, über die Briennerstraße zum Odeonsplatz. Überall hat eine unnatürliche Stille geherrscht. Am Wegrand Einheimische und Touristen sprachlos vereint. Der Trauercorso ist dann die Oper passierend über die Maximilianstraße nach Haidhausen gefahren. Der Verkehr, sprich rote Ampeln, hat keinen Teilnehmer interessiert. Verkehrschaos inbegriffen, aber nachdem die Nachrichten bereits durch das Radio alle Münchner Autofahrer erreicht gehabt hatten, hast du kein Hupen hören können.

In Haidhausen ist man am Wohnhaus des Verstorbenen vorbeigefahren. Überall sind die Leute stehen geblieben und haben schweigend den Zug beobachtet. Viele aus Erstaunen, aber auch einige mit wachem Interesse, weil sie wie auch die Autofahrer durch das Radio bereits von den Geschehnissen in der Stern-Brauerei gehört hatten. Manche Ältere haben sich auf einen Schlag bekreuzigt, als das Leichenauto und die zig LKWs an ihnen vorbeigefahren sind.

Von Haidhausen ist's über die Ismaninger Straße, Herkomer Platz und Montgelasstraße mitten durch den Englischen Garten vorbei am Monopterus und Chinesischen Turm quer durch Fußgänger, Jogger, Biergartenbesucher und Radlfahrer nach Schwabing gegangen. Unterwegs haben sich noch zahlreiche Bierautos der Paulaner Brauerei und des Münchner Hofbräuhauses angeschlossen.

Während der ganzen Fahrt hat der Sanktus melancholisch Lieder wie Frank Sinatras »My Way« gesummt. Von der Münchner Freiheit aus ist der Zug wieder in Richtung Brauerei gefahren. Hättest du vom Siegestor stadtauswärts geschaut, hättest du gesehen, dass die Bierautos bis zur Münchner Freiheit gereicht haben – Oktoberfesteinzug absolut nix dagegen!

Zurück im Brauereihof angekommen haben sich dann noch alle Stern-Mitarbeiter im Kreis um den Leichenwagen gestellt und eine Halbe Dunkles auf einen Zug zu Ehren des Toten ausgetrunken. Der Seppi ist dann mit ernster Miene vom Hof gerollt.

ZWEI WOCHEN SPÄTER

G: Prost, Herr Nussrainer!

N: Prost, Herr Gschwendtner.

G: Jetzt hamma uns ja schon lang nicht mehr troffen, gell.

N: Ja mei, solche Biermorde muss man halt erst einmal verdauen. Ich bin ja knapp an einem Magengeschwür vorbei, verstehn S'? So nah ist mir das Ganze gegangen.

G: Versteh ich, Herr Nussrainer. Selbstverständlich. Mir schmeckt das Bier ja auch erst seit ein paar Tagen wieder.

N: Gell. So was hat's in München noch nie gegeben. So was hat's überhaupt noch nirgends gegeben. Aber so was kann's ja eigentlich bloß in München geben. Zwengs der Mentalität, ned wahr. München bleibt halt München. Hab ich ja immer gesagt. Immer gesagt, gell. Aber trotzdem ist man halt heilfroh, wenn so was vorbei ist. Trinken wir noch a Halbe?

G: Freilich. Bedienung!

N: Was steht denn heute in den Schlagzeilen, Herr Gschwendtner?

G: Lassen S' einmal sehen. *Bierpreiserhöhung zum nächsten Ersten unvermeidbar!*

N: Um Gottes Willen. Jetzt geht's von vorn los. Na dann Prost!

*

Die Linseisen-Leiche ist kurz nach den Geschehnissen in der Stern-Brauerei entdeckt worden. Aus einem versteckten Kammerl in der hintersten Ecke des Lagerkellers hat es irgendwann so gestunken, dass selbst der schlampigste Brauer hat nachsehen müssen, was da so vor sich hin gammelt. Wie es der Dr. Müller geschafft hat, das Orakel umzubringen und dort zu deponieren, wird wahrscheinlich ungeklärt bleiben.

*

Die Hirschberger Beerdigung praktisch Event. Zugegangen ist es wie im ewigen Leben. Fast schön. Sogar der bayerische Ministerpräsident war anwesend.

*

Die Müller Beerdigung hat unter Ausschluss der Öffentlichkeit stattgefunden. Brauer waren außer dem Sanktus keine da. Eigentlich war niemand außer der Kathi, der Frau Müller, der Martina und dem Sanktus da, wenn du vom Pfarrer, den Ministranten und von den Friedhofsangestellten absiehst.

*

Der Sanktus ist bei der Kathi eingezogen. Seine Schwester, die Anna, war fast ein bisserl eifersüchtig. Die Martina war glücklich, weil sie jetzt endlich einen Papa gefunden hatte, und der Sanktus und die Kathi waren sowieso glücklich, der Lage angemessen, natürlich.

Es hat auch einen Hinterhof gegeben, in dem der Sanktus ausgiebig seinem Goaßlschnalz-Hobby hat nachgehen können.

Er hat das Familienleben richtig genossen, besonders die gemütlichen Fernsehabende. Da hat die Kathi nämlich ihren Gipsfuß auf den Wohnzimmertisch gelegt und der Sanktus hat während des ganzen Films ihre schönen Zehen, die aus dem Gips herausgeschaut haben, betrachten können. Dunkelrot hat sie die Nägel lackiert gehabt, falls es dich interessiert …

Innere Konflikte jetzt nur noch Fremdwort.

ENDE

DANKSAGUNG

»Brauerehre« geht in die 5. Auflage und es sind inzwischen 3 Sanktus-Bände erschienen. Der vierte Teil erscheint 2018 und der fünfte Krimi ist bereits im Entstehen. Mit diesem Zuspruch hätte ich 2015 beim Erscheinen von »Brauerehre« nicht gerechnet.

Ich möchte mich an dieser Stelle herzlich bei allen Fans bedanken, die mir positive Rückmeldung geben, meine Lesungen genießen und mich zu weiteren Sanktus-Krimis animieren.

Ich danke vor allem meiner Frau, die mich zum Krimi-schreiben ermutigt hat, meine schärfste Kritikerin und Test-leserin ist. Danke auch an alle Mitarbeiter des Gmeiner -Verlags, die sich um mich und meinen Sanktus kümmern – allen voraus meiner Lektorin Claudia Senghaas.

Andreas Schröfl, Oktober 2017

Der »Sanktus« muss ermitteln:

1. Fall: Brauerehre
ISBN 978-3-8392-0457-3

2. Fall: Altherrenjagd
ISBN 978-3-8392-1923-2

3. Fall: Schlachtsaison
ISBN 978-3-8392-2050-4

4. Fall: Hopfenkiller
ISBN 978-3-8392-2218-8

5. Fall: Weißbier-Requiem
ISBN 978-3-8392-2602-5

6. Fall: Pfaffensud
ISBN 978-3-8392-2851-7

7. Fall: Schankschluss
ISBN 978-3-8392-0408-5

SPANNUNG

GMEINER

WWW.GMEINER-VERLAG.DE
Wir machen's spannend